小説アーサー王物語

エクスカリバー　最後の閃光［上］

Bernard Cornwell
バーナード・コーンウェル＝［著］
Etsuko Kihara
木原悦子＝［訳］

EXCALIBUR
A novel of Arthur

原書房

小説アーサー王物語　エクスカリバー　最後の閃光　上

ジョン＆シャロン・マーティンに

目次

下巻目次

登場人物

アーサー……ユーサーの庶子、ドゥムノニアの将軍、のちにシルリア総督
アムハル……アーサーの庶子、ロホルトの双子の兄弟
エレ……サクソン人の王
カイヌイン……キネグラスの妹、ダーヴェルの伴侶
キネグラス……ポウイス王
ギャラハッド……ランスロットの異腹の弟、アーサーの戦士のひとり
グウィドレ……アーサーとグィネヴィアの息子
グィネヴィア……アーサーの妻
サーディック……サクソン人の王
サンスム……ドゥルノヴァリア司教、のちにディンネウラク修道院の司教
ダーヴェル……語り手。アーサーの戦士のひとり、のちに修道士になる
タリエシン……〝輝くひたい〟、名高い吟唱詩人
ニムエ……マーリンの巫女
マイリグ……グウェント王
マーリン……ドゥムノニアのドルイド
モーガン……アーサーの姉、サンスムの妻
モードレッド……ドゥムノニア王、ユーサーの孫
ユーサー……ドゥムノニア先王
ランスロット……ベノイクの流浪の王、サーディックの同盟者
ロホルト……アーサーの庶子、アムハルの双子の兄弟

ブリタニアの
諸王国
(後525年)
ゲルマン海
ア
ウィス
トレント川
ウーズ川
ラクトドゥルム
ウェント
ム
ウム
ァーン川
バゾン
ロイギル
(エレの支配地)
スンレスレア
ロンドン
テムズ川
テムズ川
ポンテス
アンブラ城
ソルヴィオドゥヌム
ヴェンタ
ン城
ベルガエ族
の地
ロイギル
(サーディックの支配地)
ウィト島
ヴェンタ
イスカ
隔ての海
トレベス島
ブロセリアンド
アーモリカ
ベノイク

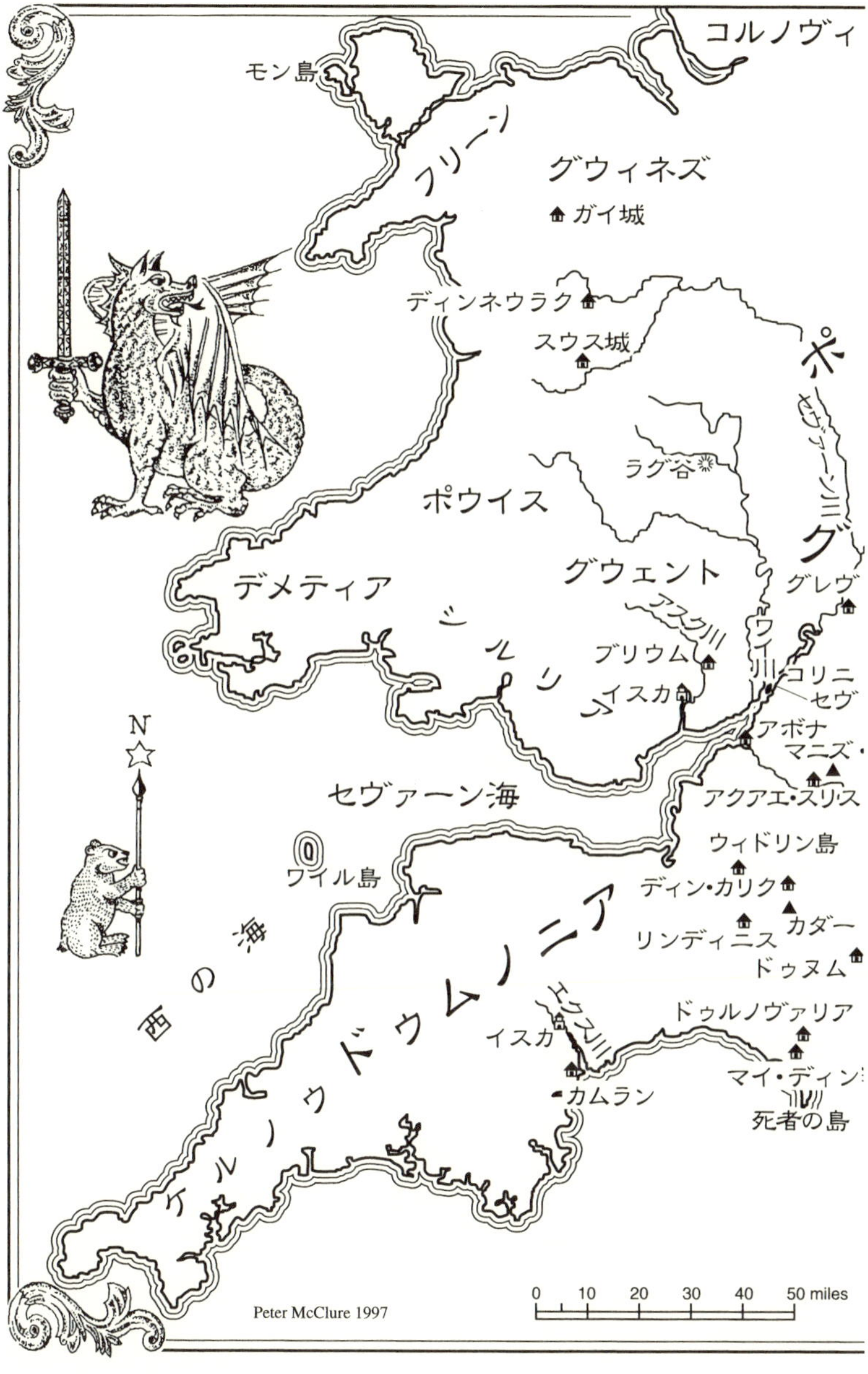

コルノヴィ
モン島
フリーン
グウィネズ
ガイ城
ディンネウラク
スウス城
ポ
グ
セヴァーン川
ラグ谷
ポウイス
グウェント
デメティア
シルリア
アスク川
ブリウム
イスカ
ワイ川
グレヴ
コリニ
セヴ
アボナ
マニズ
セヴァーン海
アクアエ・スリス
ウィドリン島
ワイル島
ディン・カリク
カダー
リンディニス
ドゥヌム
西の海
ケルノウ
ドウムノニア
エクス川
イスカ
ドゥルノヴァリア
マイ・ディン
カムラン
死者の島
N
0 10 20 30 40 50 miles
Peter McClure 1997

第一部　マイ・ディンの火

この物語は、なんと女にとり憑かれていることか。

アーサーについて書きはじめたときは、男の物語になると思っていた。剣と槍、勝ち戦《いくさ》と新たな国境線、協定破りと敗れた王の年代記になると。それが歴史というものではないか。諸王の系譜を暗唱するとき、王の母や祖母の名が出てくることはない。モードレッド・アプ・モードレッド・アプ・ユーサー・アプ・キステニン・アプ・カンナル……とさかのぼり、全人類の父たる偉大なベリ・マウルで終わるものだ。歴史は男が物語るもの、男がつくってゆくものである。だがこのアーサーの物語では、泥炭に濁る水に鮭のうろこがきらめくように、光彩を放っているのは女たちだ。

歴史をつくるのは男であり、ブリタニアを衰微させたのが男たちなのは否定しようもない事実だ。何百何千という男たち、皮革と鉄とで武装し、楯と剣と槍を携えた男たちが、ブリタニアを牛耳るのはわれわれだ、われわれ戦士たちなのだと考えていた。しかし、ブリタニアの衰微に決定的な役割を果たしたのは、ひとりの男とひとりの女である。そしてどちらがより大きな打撃を与えたかと言えば、それは女のほうだ。女が呪いをかけ、ひとつの軍勢が滅びた。これはその女の物語、アーサーの敵たる女の物語なのである。

「だれのこと?」イグレインさまはかならずやそうお尋ねになるだろう。

イグレインさまはわが国の女王、そのご懐妊に国はあげて喜びに包まれている。私はといえば、女王のご夫君ポウイス王ブロフヴァイルの庇護を受け、ディンネウラクの小さな修道院でこのアーサーの物語を書き進めている。もとはといえばイグレイン女王のお命じになったことだ。お若い女王は、かの皇帝のことをご存じでない。皇帝——アーサーはそう呼ばれていた。ブリトン語になおせばアムヘラウドルだ。もっとも、アーサーがみずからそう名乗ることはほとんどなかった。この物語はサクソン語で書いている。私はサクソン人だし、ここディンネウラクの小修道院に君臨しておられる聖人・サンスム司教は、アーサーの物語を記録することをけっしてお許しになるまいから。司教はアーサーを憎んでおられる。その思い出をそしり、裏切り者と呼んでおられる。それゆえ、主イエス・キリストの福音をサクソン語で書いているのだと申し上げて、イグレインさまと私は聖人をたばかっているのである。司教はサクソン語がおわかりでないし、何語であろうと文字はお読みになれないので、これまでのところ作戦はうまくいっている。

けれども、物語はしだいに暗い時代にさしかかり、いよいよ語るのがつらくなってくる。いま思い返してみると、なつかしいアーサーの真昼の時代は、燦々と太陽の輝く夏の日のようだった。だが、暗雲はなんと早くわき起こってきたことか。これから語るように、やがてその雲が分かれてふたたび日の光が景色をなごませたこともあった。しかしついには夜が訪れ、以来二度と太陽の昇るときはなかったのである。

真昼の太陽を曇らせたのはグィネヴィアだった。ランスロットがアーサーの信頼を裏切り、ドゥムノニアの玉座を奪おうと謀叛を起こしたときのことである。謀叛を助けたのは、指導者たち（サンスム司教もそのひとりだった）にだまされたキリスト教徒だった。西暦五〇〇年に再来する主イエス・キリストのため、ブリテン島から異教徒を一掃するのが神聖な務めだと信じ込まされていたのだ。また、サクソン人の王サーディックもつるんでいた。テムズ川の流域にそって猛攻をしかけ、ブリタニアを分割しようともくろんだのである。サクソン人がセヴァーン海に達すれば、ブリタニアの諸王国は南北に分断されてしまう。だが神々のお恵みにより、ランスロットをかつぐキリスト教徒の群れだけでなく、サーディックも撃退された。しかし、その戦いのさなかに、アーサーはグィネヴィアの裏切りに気づいた。ほかの男の腕に裸身で抱かれているのを目のあたりにしたのだ。アーサーにとって、それは空から太陽が消え失せたようなものだった。

晩夏のある日、イグレインさまが言われた。「よくわからないんだけど」

「なにがでございますか?」

「アーサーはグィネヴィアを愛していたんでしょう」

「はい」

「ならどうして赦《ゆる》さなかったの?　ヌイレのことがあったけど、わたしはブロフヴァイルを赦したわよ」ヌイレとはブロフヴァイル王の愛妾だった女だが、皮膚病をわずらって美貌が台無しになり、王の寵を失ったのである。お尋ねしたことはないが、この愛妾が病いにかかるようにイグレインさまは魔法をお使いになったのではないだろうか。女王はキリスト教徒を名乗っておられるが、キリスト教は復讐の慰めを与えてくれる宗教ではない。復讐を望むなら、どんな薬草を摘めばよいか、欠ける月の下でどんな呪文を唱えればよいか知っている老婆を訪ねるほかはないのだ。

「たしかに奥方さまは王をお赦しになりましたが、王は奥方さまをお赦しになるでしょうか」

女王は身震いした。「とんでもない!　生きたまま火あぶりにされてしまうわよ。でも、それが法ですもの」

「アーサーも、その気になればグィネヴィアを火あぶりにできたのですよ。それどころか、そうせよと忠告する者も大勢おったのです。けれども、アーサーはグィネヴィアを愛しておりました。熱烈に愛しておりました。それゆえ、殺すことも赦すこともできなかったのです。ともかく最初のうちは」

「要するに馬鹿だったのね」イグレインさまはまだとてもお若い。若さゆえの輝くばかりの確信に満ちておられる。

「いえ、ことのほか誇り高かったのです」あるいはそのせいで、アーサーは馬鹿になっていたのかもしれない。だが、それを言うならほかの者もみな同じではないか。私はやや考えてから、またことばを継いだ。「アーサーは数々の夢をもっておりました。自由なブリタニアを夢見、サクソン人を撃退したいと夢見ていました。けれども魂の奥底から望んでいたのは、あなたはすぐれた人だといつでもグィネヴィアに保証してもらうことだったのです。そのグィネヴィアがランスロットと寝ていたとわかったとき、それはアーサーにとって自分が劣った男であるという証拠だったのですよ。もちろんそんなはずはありません。けれども、アーサーは傷ついていました。なんと痛ましいことか。あれほど傷ついた男はほかに見たことがございません。グィネヴィアはアーサーの心を引き裂いたのです」

「それで、幽閉されたの?」

「幽閉されました」ウィドリン島《アニス・ウィドリン》の聖なるイバラの聖堂に、グィネヴィアを連れてゆくよう命じられたのは私である。アーサーの姉モーガンが牢番を務めることになったが、グィネヴィアとモーガンのあいだには好意などかけらもなかった。いっぽうは異教徒、もういっぽうはキリスト教徒なのだ。聖堂の境内に閉じ込められた日、めったに見せたことのない涙をグィネヴィアは流していた。アーサーは言った。「あそこから一歩も出さない。あいつが死ぬ日まで」

「男はみんな馬鹿よ」イグレインさまはきっぱりと言って、ちらとこちらに横目をくれた。「ダーヴェル、浮気をしたことある?」

「ございません」私はまじめに答えた。

「したいと思ったこともないの？」

「それはございますとも。いくら幸福でも情欲は消えるものではございません。それに、いちども試練がなかったら、貞節になんのありがたみがありましょう」

「貞節にありがたみなんかあるかしら」そう言われて私はいぶかった。城《カイル》にいる若くて男前の戦士のうち、女王のお眼に留まったのはどの男だろうか。いまはご懐妊中だから軽はずみなことはなさるまいが、あとあとのことが案じられる。取り越し苦労であればよいが。

私は笑みを浮かべた。「人はだれしも、恋人には貞節を求めるものです。であれば、相手もこちらに貞節を求めるのは当然でございましょう。貞節は、愛する者への贈り物でございます。アーサーは貞節を捧げましたが、グィネヴィアはそれに応えられなかった。欲しかったのは貞節ではなかったからです」

「なにが欲しかったの？」

「栄光でございますよ。けれども、アーサーは栄光を毛嫌いしておりました。手に入れはしたものの、酔うことはありませんでした。一千もの騎馬兵を従え、頭上に色あざやかな旗じるしを翻らせ、ブリタニア全島が足下にひれふすのを見たいというのがグィネヴィアの望みでした。ところがアーサーが望んだのは、ただ正義と豊作だけだったのです」

「自由なブリタニアとサクソン人の撃退もでしょう」イグレインさまはそっけなく指摘してきた。

「それもございました」私は認めた。「それからもうひとつ。ほかのなによりも望んでいたことがございます」

私は思い出し笑いを浮かべ、そのときふと思った。数ある野心のうち、アーサーにとっていちばん遠い夢だったのはこの最後の望みだったのではないだろうか。なにしろ、彼と親しかった私たちでさえ、アーサーが本気でそれを望んでいるとは最後まで信じられなかったのだから。

「どういうこと？」イグレインさまは催促なさった。私が居眠りを始めたかと思われたのだろう。

「ささやかな所領と館、わずかな牛、それに自分の鍛冶場をもつことでございますよ。平凡な暮らしを夢見ていたのです。ブリタニアをほかの者に任せて、ささやかな幸福を手に入れたがっていたのです」

「それで、手に入れられたの？」

「手に入れました」私は請け合った。だがそれは、ランスロットの陰謀が終わったあとの、あの夏のことではなかった。あれは血塗られた夏、審判の季節。あの夏、アーサーはドゥムノニアを叩きのめし、不承不承の服従をもぎとったのである。

ランスロットは南に向かい、自分の王国ベルガエに逃げ込んだ。アーサーはなにをおいても追いかけてゆきたかっただろうが、サーディック率いるサクソンの侵入軍のほうが由々しい脅威になっていた。ランスロットの謀叛が終息するころには、すでにコリニウムにまで迫っていたのだ。この都市が占領されなかったのは、神々の送った疫病のためにサクソン軍がさんざんな目にあっていたからだ。下痢が止まらず、血へどを吐き、兵士たちは立ち上がれないほど弱り果てていた。アーサーが攻めかけたのは、まさに疫病がもっとも猛威をふるっているときだったのだ。サーディックは軍勢を立て直そうとしたが、兵士たちは神々に見捨てられたと思って逃げ出してしまった。「だがいずれ戻ってくる」サーディック軍後衛の兵士の血に染まった戦野に立って、アーサーは言った。「来年の春にはまた戻ってくる」血によごれたマントで刀身をぬぐうと、エクスカリバーを鞘に収める。伸ばしはじめたひげには白いものが交じり、そのせいでずっと老けて見えた。グィネヴィアの裏切りの苦悩に、長い顔はやつれている。あの夏に初めて会った者はその顔を恐ろしいと思い、アーサーはアーサーでその印象を和らげる気は少しもないようだった。以前はどんなときも寛容だったのに、いまでは怒りがつねに身内にたぎっていて、ちょっとしたことですぐに爆発するのだ。

あれは血塗られた夏、審判の季節。グィネヴィアはモーガンの聖堂に閉じ込められる運命《さだめ》だった。アーサーは妻を生きながら墓場へ送り込み、そこから永遠に出すなと衛兵に命じたのである。ヘニス・ウィレンの王女グィネヴィアは、ついにこの世から姿を消した。

「たわけたことを、ダーヴェル」一週間後、マーリンはぴしゃりと言った。「二年もすれば出てきおる。一年かもしれん。本気で目の前から消そうと思うなら火あぶりにしておるはずだし、そうするべきだったのだ。女に行いを改めさせるなら、火あぶりほどよい手段はない。だが、アーサーにそう言うてやってもせんないことだ。間抜けめが、あの女にぞっこんなのだからな。まったく間抜けなやつよ。考えてもみよ！　ランスロットもモードレッドも、サーディックもグィネヴィアも生きておるのだぞ！　この世でずっと生きておりたければ、アーサーの敵になるのが一番かもしれん。私はこれ以上は望めんほど元気だ。元気かのひとこともないとは優しいやつよ」

私は辛抱強く言った。「さっきお尋ねしましたよ。お館さまが無視なさったんです」

「ちと耳がな。すっかり遠くなってな」と、耳を叩いてみせる。「まるで聴こえんのだ。歳はとりたくないものよ。めっきり耄碌《もうろく》してしまったわい」

とてもそうは見えなかった。これほど元気そうなのは久しぶりだ。八十歳は越えていたはずだが、あいかわらず鷹のようによい眼をしていたし、耳のほうもその眼に劣らず鋭かったにちがいない。耄碌するどころか、新たな活力にみなぎっているように見える。ブリタニアの宝物のおかげだろう。この十三の宝物はブリタニアと同じぐらい古く、何世紀も前から失われていたのだが、マーリンがついに見つけ出してきたのである。これがあれば、古い神々をブリタニアに呼び集めることができるという。まだいちども試されたことのないその力だが、ドゥムノニアの騒乱のこの年、マーリンはこの宝物を使って大いなる魔法を行うつもりでいるのだった。

グィネヴィアをウィドリン島へ護送した日、私はマーリンを探した。土砂降りの雨のなか、頂にいるのではないかと期待して岩山《トール》を登ったのだが、そこはがらんとしたわびしい場所になっていた。かつてはマーリンの大きな館があり、夢見の塔がそびえていたのだが、すっかり焼け落ちてしまっている。焼け跡に立っていると、言いようのない寂しさがこみあげてきた。わが友アーサーは傷ついている。愛するカイヌインははるかポウイスだし、愛娘のモルウェンナとセレンはカイヌインのもとだ。そして末娘のディアンは異世《ことよ》にいる――ランスロットの家来の剣にかかったのである。たくさんの友が命を落とし、生きている友ははるかかなただ。サクソン人は新年がくれば攻めてこようと準備を進めているし、私の家は灰になっている。人生にはもう希望などないような気分だった。グィネヴィアの悲嘆が伝染したのかもしれないが、あの朝、ウィドリン島の頂で雨に打たれながら、私はかつて経験したことのない深い孤独を味わっていた。泥と化した館の灰にひざをつき、ベル神に祈りを捧げて加護を願う。まるで子供のように、いまも私たちを見守っておられるならばしるしを顕したまえと祈った。

しるしは一週間後に顕れた。アーサーはサクソンの国境を襲うために東に馬を走らせていたが、私はカダーン城《カイル・カダーン》に残ってカイヌインと娘たちが戻ってくるのを待っていた。その週のうちに、マーリンとその片腕のニムエは近郊のリンディニスにやって来て、いまは住む者もない広大な宮殿に入り込んだらしい。かつて私はそこに住み、国王モードレッドの保護者を務めていたのだが、モードレッドが成人に達すると、宮殿はサンスム司教に修道院として下げ与えられた。だが、修道士たちはもう立ち退いている。復讐に燃える槍兵たちの手で、大きなローマ風の広間から追い立てをくらったのである。こうして、広壮な宮殿は無人のまま残されることになったのだ。

マーリンがその宮殿に来ていると教えてくれた土地の者たちは、まぼろしのことや世にも不思議なしるしのことを語った。夜になると、神々が現れて歩きまわっているという。私は馬を飛ばして宮殿に向かったが、マーリンの気配はなかった。宮殿の門の外には二、三百もの人々が野営しており、夜に現れるまぼろしのことを熱っぽく語っていた。聞いているうちに気が滅入ってきた。ドゥムノニアは、熱狂したキリスト教徒の暴動を経験したばかりだ。その暴動をあおったのと同じような狂った迷信に、今度は異教徒がとり憑かれようとしているらしい。私は宮殿の門扉を押し開き、広い庭を突っ切って、リンディニスのがらんとした広間をずかずかと歩いていった。マーリンの名を呼んだが、答えはない。厨房のひとつでまだ灰の温かい炉を見つけたし、掃除されてまもない部屋も見つかったが、ネズミのほかには生き物の気配はなかった。

しかし、日没が近づくにつれて、リンディニスに押し寄せる人の数は増えるいっぽうだった。ドゥムノニアじゅうから集まってくるのだ。だれの顔を見ても希望に痛々しく輝いていた。肢体不自由者や病人を連れてきて、日没のときを辛抱強く待ちつづけている。やがて日が沈むと宮殿の門が勢いよく開き、人々は宮殿の外庭へとなだれ込んでいった。足を引きずっている者、這ってゆく者、なかには人に抱えられて運ばれる者もいる。誓ってもいいが、あの広大な宮殿のなかにはだれもいなかったはずだ。それなのに、だれかが門扉を開いたばかりか、大きなたいまつまで灯している。その火が庭のアーケードを照らしていた。

私は副官のイッサをともなって、外庭を埋めつくす群衆に紛れ込んだ。長い暗色のマントを垂らし、ふたり並んで門のわきに立つ。集まっているのは田舎の住人のようだ。粗末な服装《なり》、日に焼けてやつれた顔。かつかつの生活を送るために土にしがみついている者の顔だ。だが、ゆらめくたいまつの明かりを受けて、いまその顔には希望がみなぎっている。アーサーがこれを見たらさぞかしおぞけをふるうだろう。苦しむ民衆に超自然的な希望を与えることを昔から毛嫌いしていたから。しかし、ここに集まった人々はなんと希望に飢えていることか。女たちは病気の赤子を掲げ、手足の不自由な子供を前に押し出し、マーリンがまぼろしを呼び出したという奇跡譚に、だれもがむさぼるように聞き入っている。奇跡が最初に起きたのは三日前のことだ。いまではそれをこの目で見たいという者が増えすぎて、外庭に入りきれないほどになっていた。私の背後の壁に腰かける者もいれば、門内になんとか割り込もうとする者もいるが、庭の三辺を囲むアーケードに足を踏み入れる者はいなかった。柱の並ぶ屋根つきの通廊は四人の槍兵に守られていて、近づこうとする者は長い槍で押し戻されていたのだ。見れば四人とも黒楯族の戦士だ。エンガス・マク・アイレム王の治めるデメティアのアイルランド人槍兵が、故国を遠く離れてこんなところでなにをしているのか。

夕陽の残光も空から完全に消え失せ、こうもりがたいまつのうえを飛び交いはじめた。人々は板石を敷いた庭に腰を落ち着け、門に正対する宮殿正面の扉に期待に満ちた眼差しを向けている。ときおりあがる女のうめき声。子供たちが泣いては、しっと叱られる。四人の槍兵はアーケードの隅にうずくまっていた。

あとは待つばかりだ。何時間も経ったような気がしてくる。だんだん飽きてきて、カイヌインのことや死んだ娘ディアンのことを考えはじめたころ、ふいに宮殿のなかから鉄と鉄のぶつかる音が響いた。大釜を槍で打ったような音。群衆はいっせいに息を呑み、数名の女が立ち上がったかと思うと、たいまつの光を浴びながら身体を揺らしはじめた。だれもが両手を上げて左右に揺らし、神々の名を呼ぶ。だがなんのまぼろしも現れず、宮殿の大扉は閉じたままだ。私はハウェルバネの柄の鉄に触れた。剣の頼もしい感触にほっとする。ヒステリー寸前の群衆のようすも不安だが、むしろ不安なのはこの状況それじたいだ。私の知るかぎり、マーリンは魔法を使うのに見物人を集めることはなかった。それどころか、見物を集めるドルイドを軽蔑していた。「間抜けを感心させるぐらい、どんな手品師にもできる」といつも言っていたものだ。そのマーリンが、今夜はここに間抜けを集めて感心させようとしているらしい。じらし、うめき声をあげさせ、身体を揺すらせている。ふたたび金属音が轟いたとき、人々はついに立ち上がってマーリンの名を大声で呼びはじめた。

とそのとき、宮殿の扉が荒々しく開いた。しだいに庭は静まってゆく。

扉口には闇があるばかりだった。だが、鼓動を数回かぞえたころ、その闇のなかから若い戦士が姿を現した。豪華な軍装に身を固め、アーケードにくだる階段のうえで立ち止まる。

魔法の気配は少しもなかったが、戦士は美しかった。これ以上にぴったりのことばはない。ねじれた肢体、萎えた足、腫れ上がった首、傷だらけの顔、疲れ切った人々に囲まれて、戦士は美しかった。すらりと背が高く、金髪で、落ち着いた顔は穏やかというより優しいと言ったほうが当たっている。眼ははっとするほど青い。兜は着けておらず、女のように長い髪をまっすぐに肩の下まで垂らしている。輝く純白の胸甲と白い籠手を着け、剣の鞘も白い。見るからに高価そうな軍装だ。いったいどこのだれだろうか。私はブリタニアの戦士はたいてい知っているつもりだ——少なくとも、これほど高価な物の具をそろえられるほどの戦士なら。だが、この若者には見覚えがない。彼は群衆に向かってほほえみかけ、両手をあげてひざまずくよう合図した。

イッサと私は立ったままでいた。戦士特有の傲慢さのゆえか、あるいは人々の頭ごしによく眺めたかっただけかもしれない。

長髪の戦士は無言のままだったが、人々がひざまずくと、礼を言うかのように微笑を浮かべた。そしてアーケードを歩きはじめ、たいまつを次々に金輪から外しては、用意してあった水桶に突っ込んで消してゆく。どうやらこれは、周到に計画された見世物らしい。庭はしだいに暗くなってゆき、ついに宮殿の大扉の両側を固める二本のたいまつを残すだけになった。ほかに光源はない。月の光はほとんど射さず、ぞっとするほど暗い夜だった。

白装束の戦士は、最後に残る二本のたいまつのあいだに立った。「ブリタニアの子らよ」美貌にふさわしい優しい声は、温かみに満ちている。「神々に祈るがよい！　この壁のうちにブリタニアの宝物がある。その力が解き放たれるときは近い。だが今夜のところは、宝物の力を示すために神々に語っていただくとしよう」そう言うと、戦士は最後の二本のたいまつを消した。庭がふいに闇に呑まれる。

なにも起きなかった。人々はぶつぶつつぶやき、ベルやゴヴァンノン、グランノス、ドヌの名を呼び、お力を示したまえと祈っている。鳥肌が立つのを感じ、私はハウェルバネの柄を握りしめた。神々が周囲を歩いているのだろうか？　眼を上げると、雲の切れ間に星明かりが見えた。偉大な神々が天上に浮かんでいるさまを想像する。とそのとき、イッサが息を呑み、私は星に向けていた目を地上に戻した。

そのとたん、私も息を呑んだ。

ひとりの少女、まだ女とは呼べないような少女が、暗闇のなかに姿を現していた。はかなげな姿。若さゆえに美しく、美しさゆえに優雅な姿。一糸まとわぬ裸身だった。華奢な肢体。小さく固そうな乳房、すんなりと伸びた腿。片手には百合の花束をもち、もう片方の手には細身の剣を持っている。

私は声もなく見つめていた。吸い込まれるように炎が消えたあとの不気味な闇のなかで、少女は輝いていた。文字どおり輝いていたのだ。きらきらする白い光に包まれている。目もくらむような明るい光ではないが、それでも輝いている。白い肌に星屑を刷いたようだ。輝く光の粉が、少女の胴に、両腕両脚に、そして髪に散っている。ただ顔だけを除いて、光は百合の花束にも、長い細身の剣の刃にも躍っていた。

輝く少女はアーケードを歩いてゆく。中庭の群衆が、萎えた四肢や病気の子供を差し出しても、まったく眼中にないようだ。気づいたそぶりも見せず、翳に包まれた顔をうつむけて、優雅に、軽やかに、アーケードの石の床を歩いてゆく。その足取りは羽毛の軽さだ。なにごとか一心に考え込んでいるのか、夢に没入しているのか、人々がうめき声をあげても、呼びかけても、眼を向けようとしない。ただ歩いているだけ。胴が、腕や脚が、そして長い黒髪が不思議な光に輝いている。だが、その髪に縁取られた顔は、奇怪な輝きに囲まれた黒い仮面だった。だがなぜか、おそらくは直観的に、その顔が美しいのはわかった。イッサと私が立っているすぐそばまで近づくと、ふいに漆黒の翳に包まれた顔をあげ、こちらをまっすぐ見つめた。海を思い出させるにおいがした。と思うまもなく、現れたときと同じく突然に、少女は扉の向こうに姿を消した。群衆のあいだからため息が洩れる。

「何だったんです？」イッサが声をひそめて尋ねてきた。

「わからん」私は恐ろしかった。これは狂気ではない。この目で見たのだから現実にはちがいない。だが、いったいあれは何だ。女神だろうか。それにしても、どうして海のにおいがしたのだろう。「マナウィダンに仕える精霊かもしれん」私はイッサに言った。マナウィダンは海神だから、その精霊なら潮のにおいがしても不思議はない。

また長く待たされたが、ついに第二のまぼろしが現れた。輝く海の精霊にくらべるとはるかに見劣りがする。ひとつの影が宮殿の屋上に現れ、その黒い影がゆっくりと大きくなってゆき、やがてマントをまとった戦士の姿になったのだ。化け物じみた兜には巨大な牡鹿の枝角を戴いている。闇夜のことで、ろくに見えなくても不思議はないところだったが、そのとき雲の陰から月が顔をのぞかせて、戦士の姿をはっきりと浮かび上がらせた。群衆からいっせいにうめき声があがる。戦士は庭を見下ろして立ち、両手を差し伸べていた。顔は巨大な兜の面頬《めんぼお》に隠れている。槍と剣を持っていた。しばらくその場にじっと立っていたが、やがてそのまぼろしも消えた。ただ、これは誓ってもいいが、戦士が消えたとき屋根の向こう側で瓦の落ちる音がした。

だがそのとき、戦士が消えたのと同時に、先ほどの裸身の少女がふたたび姿を現した。ただこのときは、アーケードにくだる階段のうえにふいに出現したように見えた。いままで闇しかなかったのに、次の瞬間にはすんなりした輝く少女が静かに立っていたのだ。まっすぐに立ってただ輝いている。あいかわらず顔は闇のなかで、光を放つ髪に縁取られた影の仮面のようだ。しばらくじっと立っていたかと思うと、ゆるやかな舞を舞いはじめた。優美に爪先を伸ばして、複雑なパターンのステップを踏みつつ、アーケードの一点をまわり、行きつ戻りつする。舞いながらも顔はずっと伏せたままだ。この世のものならぬ光の粉は、どうも肌のうえを流れているように見えた。明るさがあちこちまだらになっているのである。そうは言っても人間技でないのはまちがいない。イッサも私もこのころにはひざまずいていた。これが神々の送ったしるしでなくてなんだろうか。闇のなかの光、掃き溜めのなかの美。舞いつづけるうちに、精霊の身を包む光はしだいに薄れてゆく。アーケードの影に美の気配がほのかに浮かぶばかりになったとき、精霊はふと動きを止め、両手両足を大きく広げ、人々にまっすぐ顔を向けたかと思うと、ふっとかき消えた。

一瞬のまがあって、二本の燃えるたいまつが宮殿のなかから運ばれてきた。群衆は大声をあげはじめていた。神の名を呼び、マーリンの登場を求めて叫ぶ。ついに、宮殿の扉口にマーリンが姿を現した。燃える二本のたいまつのうち、一本を持っているのは先ほどの白装束の戦士、そしてもう一本を持つのは隻眼のニムエだった。

マーリンは階段の最上段に立つと、白く長いローブに包まれた身体をぐいと伸ばした。人々の叫び声を鎮めようとはしない。へそのあたりまで届く白いひげは細かく分けて三つ編みにし、黒いリボンで結んである。長い白髪も同じように編んで結んであった。ややあって、手にした黒い杖を高く掲げた。静粛の合図だ。「なにか現れたか?」真剣な口調で尋ねる。

「応!」群衆は叫び返す。歳を重ね、知恵と悪意に満ちたマーリンの顔に、うれしげな驚きの表情が現れた。この庭でなにが起きることになっていたか、それまでまったく知らなかったかのように。

マーリンは笑顔になり、一歩わきへよけて、あいたほうの手で手招きをした。ふたりの幼い子供——男の子と女の子が、クラズノ・アイジンの大釜を抱えて宮殿のなかから姿を現した。ブリタニアの宝物は、小さな、どちらかと言えば見すぼらしいものがほとんどだが、この大釜は正真正銘の宝物である。十三の宝のうちでもっとも力のある宝なのだ。大きな銀製の釜で、戦士や獣をかたどった黄金の飾り格子《トレサリー》に縁取られている。ずっしりと重い大釜にふたりの子供は難儀していたが、どうにかドルイドのそばに据えることができた。「私はブリタニアの宝物を集めた!」マーリンが演説を始めると、群衆は賛嘆のため息で応える。「時は近い。まもなく宝物の力の解き放たれる時がくる。ブリタニアはよみがえる。敵は蹴散らされるであろう!」庭を揺るがす大歓声が沸き上がる。「今宵、おまえたちは神々の力を見た。だが、それはささいなこと、とるに足りないことだ。まもなく全ブリタニアが、神々の訪れをその眼で見ることになるであろう。だが、神々を呼び出すためにはおまえたちの助けが必要なのだ」

群衆は口々に手を貸すと叫び、マーリンは満足げに笑みを浮かべた。その、いかにも慈愛に満ちた笑顔がどうもあやしい。心のどこかでこれはペテンだとささやく声があったが、いくらマーリンでも、闇のなかで少女を光らせることはできないと思いなおす。私はこの目で見たのだし、あれがペテンだとは思いたくない。しなやかに輝く少女の肢体を思い出すと、神々はまだブリタニアを見捨てていないと信じられた。

「ならば五月城《マイ・デイン》に来ねばならぬ！」マーリンは有無を言わさぬ口調で言い放った。「できるだけ長くおられるように食糧を持参せねばならぬ。武器を持っておるなら携えてまいれ。マイ・ディンに仕事が待っておる。長くつらい仕事になるであろう。しかし、死者がこの世を訪ねてくるサムハインの日（十一月一日。冬の始まる日とされていた）に、ともに神々を呼び出そうではないか。私に力を貸してくれ！」そこでことばを切り、杖の先端を人々のほうへ向けた。人群れのなかでだれかを探しているかのように、黒い杖が揺れる。ふいにその先端が私のほうに向いて止まった。「ダーヴェル・カダーン卿！」マーリンが呼ばわる。

「お呼びですか」私は答えたが、大勢のなかで名指しされてばつが悪かった。

「ダーヴェル、おまえは残れ。ほかの者は立ち去るがよい。わが家に戻れ。サムハインの前夜まではもう神々は現れぬ。わが家に戻り、畑を耕し、マイ・ディンに来たれ。斧と食糧を用意して来るのだ。神々がその栄光に包まれて降臨するさまを、その眼で見る日に備えよ！　いまは立ち去れ！」

人々はおとなしく引き揚げていった。多くの者が立ち止まって私のマントに触れてゆく。クラズノ・アイジンの大釜をモン島の隠し場所から奪回してきた、私はその戦士たちのひとりなのだ。それゆえ、少なくとも異教徒にとっては私は英雄なのである。やはり「大釜の戦士」のひとりなので、人々はイッサにも触れていた。とはいえ、人々が立ち去ったあと、私はイッサを門のそばに待たせてマーリンに会いに行った。挨拶をしたが、彼の健康を気づかう私の問いはあっさり無視され、逆に今夜の不思議は面白かったかと尋ねられた。

「あれは何だったんです？」私は尋ねた。

「あれとは？」マーリンはそ知らぬ顔で訊きかえしてくる。

「闇のなかの少女です」

マーリンは目を丸くして、大仰に驚いてみせた。「ではまた来たのだな？　なんと興味深いことよ！　翼のあるほうか、それとも光るほうかな？　そうか、光る娘か！　何かと言われても私も知らんのだ。いくら私でも、この世の不思議をなにからなにまで解きあかすことはできん。おまえはアーサーのそばに長くいたせいで、どんなことにもありふれた説明があるはずと思い込んでしまったのだな。だが悲しいかな、神々はめったに正体を明かさぬものだ。ところで、大釜をなかへ運んでくれんか」

私は巨大な大釜を抱えあげ、柱の並ぶ大広間へ運んだ。昼間入ってみたときはからっぽだったのに、いまは寝椅子と低い卓が置かれ、四つの鉄の台に油のランプが置かれていた。白い甲冑姿の若い美貌の戦士が、長い髪を垂らしたまま寝椅子に腰かけて微笑んでいる。ニムエのほうは、粗末な黒いローブを着て、火のついた小ろうそくをランプの芯に近づけているところだ。「昼間、ここにはなにもなかったのに」私は非難がましい口調で言った。

「さだめしおまえにはそう見えたであろう」マーリンがもったいぶって言う。「だが、私たちはただ姿を見せぬと決めただけかもしれんぞ。ガウェイン王子に会ったことは？」と指し示すと、若い戦士が立ち上がって私に会釈をした。「ブロセリアンドのビュディク王の子でな。つまりアーサーの甥にあたるわけだ」

「お目にかかれて光栄です」私はガウェインに挨拶した。噂には聞いていたが、会うのは初めてだ。ブロセリアンドは海の向こう、アーモリカにあるブリトン人の王国だが、フランク人に国境をおびやかされて、このごろではその国からの客人はめずらしくなっていた。

「こちらこそ光栄に思います」ガウェインは丁重に言った。「ダーヴェル卿の勇名は、ブリタニアを越えてはるかかなたまで鳴り響いておりますから」

「たわけたことを」マーリンがぴしゃりと言う。「ダーヴェルの勇名など、どこに響いておるものか。本人の鈍い頭のなかはどうか知らんがな。ガウェインは、ここで私の手伝いをしてくれておるのだ」と私に向かって説明する。

「なんのためです?」

「宝を守るために決まっておるではないか。槍を使わせたら手ごわい戦士なのだ。少なくともそう聞いておる。そうなのか、ガウェイン? おまえは手ごわいかな?」

ガウェインは微笑むだけで答えない。見た目はさして手ごわそうではなかった。ほんの若造で、せいぜい十五か十六の夏を過ごしたばかりだろう。まだひげも生えていない。長い金髪のせいで顔はどこか少女めいて見える。遠目にはとてつもなく高価そうに見えた純白の甲冑は、よく見ればありふれた鉄の具足に石灰塗料を塗ったものだった。身についた自信とまがうかたなき美貌がなかったら、さぞ滑稽に見えたことだろう。

「それで、最後に別れてからおまえはどうしておったのだ?」マーリンはこんどは私に尋ねた。グィネヴィアのことを話したのはこのときだ。そして、死ぬまで幽閉されるだろうと言ってマーリンに鼻であしらわれたのである。「アーサーは間抜けよ。グィネヴィアは賢いかもしらんが、べつにあの女でなければならんということはない。不細工で頭の悪い女でじゅうぶんなのだ。サクソン人の心配をしておるあいだに、寝床を温めてくれればそれでよいのだからな」マーリンは寝椅子に腰をおろし、先ほど大釜を庭へ運んできたふたりの幼子に笑顔を向けた。こんどはパンとチーズを盛った皿と蜂蜜酒《ミード》の壜を運んできたのだ。「夕餉《ゆうげ》だ!」とうれしそうに言う。「おまえも食え、ダーヴェル。話がしたい。まあ座れ。その床はなかなか座り心地がよいぞ。ニムエの隣に座ったらいい」

私は腰をおろした。いままでニムエは私を無視していた。ある王の手で眼球をえぐり出された片眼は、いまは眼帯で覆われている。グィネヴィアの海の城を目指して南へ出発する前に髪を短く切っていたのだが、だいぶ伸びてきている。とはいえまだかなり短くて、そのせいでいまも少年っぽく見えた。怒ったような顔をしているが、それはいつものことだ。ニムエはただひとつのこと、神々の探求に一生を捧げている。その探求を少しでも中断させられると我慢ならないのである。たぶん、マーリンの皮肉な冗談を時間のむだと思っていらだっていたのだろう。彼女と私はともに育った仲だ。これまでに一度ならず命を救い、食事と衣服を与えてきたというのに、いまだにニムエは私を低能扱いしている。

「ブリタニアを治めているのはだれなの」だしぬけに尋ねてきた。

「その問いは違う!」思いがけず激しい調子で、マーリンがニムエを叱りつけた。「間違っておる!」

「だれなの?」マーリンの怒りを無視して、また尋ねてきた。

「ブリタニアを治めている者なんかいない」私は答えた。

「正しい答えだ」陰にこもって言う。マーリンが不機嫌なのでガウェインは居心地が悪そうだった。マーリンの寝椅子の背後に立って、ニムエに不安げな眼差しを向けている。怖がっているのだが、腰抜けとそしる気にはなれない。ニムエを怖がらない者はほとんどいないのだ。

「じゃあ、ドゥムノニアを治めてるのはだれ?」彼女はまた尋ねた。

「アーサーだ」

ニムエは勝ち誇ってマーリンを見やったが、ドルイドのほうは首をふっただけだ。「正しい言葉はレクスだ。ラテン語を少しでもかじっておれば、レクスとは王という意味だとわかるはずだぞ。皇帝ではない。皇帝ならインペラトルだ。おまえたちの無学のためになにもかも台無しにしてよいものか」

「アーサーはドゥムノニアを治めてるんですよ」ニムエは譲らない。

マーリンはそれには答えず、「この国の王はだれだ?」と私に尋ねた。

「もちろんモードレッドです」

「そう、もちろんモードレッドだ!」マーリンはくりかえし、ニムエに唾を吐きかけた。「モードレッドなのだぞ!」

飽き飽きしたとばかりにニムエはぷいと顔をそむけた。私は面食らっていた。ふたりが何を言い争っているのかさっぱりわからない。質問の機会も逃してしまった。ちょうどそのとき、垂れ幕をかけた戸口からふたりの子供がまた姿を現し、さらにパンとチーズを運んできたからだ。ふたりが床に皿を置いたとき、かすかに海のにおいがした。潮と海草のにおい、あの裸身のまぼろしと同じだ。だが、子供たちはすぐに垂れ幕をくぐって引き揚げてしまい、それとともににおいも消えた。

論争に勝った者の満足感を漂わせて、マーリンは私に話しかけた。「ところで、モードレッドには子がおるのか」

「何人かいるでしょう。しじゅう女を襲ってますから」

「王とはそういうものよ」あっさりと言う。「王子もな。ガウェイン、女を襲っているか?」

「いいえ」とんでもないと言わぬばかりの顔をしていた。

「モードレッドは昔から強姦魔であった」マーリンは言った。「そこのところは父や祖父の血を引いておる。じつを言えば、ふたりともあの若殿よりははるかに優しかったがな。ユーサーはきれいな女には目がなくてな。いや、気分が乗れば不細工でもいっこうかまわなんだものよ。ところがアーサーときた日には、強姦しようなどとは夢にも思わぬ。ガウェイン、その点ではおまえと似ておるな」

「うれしいことです」ガウェインが言うと、マーリンはあきれ果てたというように眼玉をぎょろつかせた。

「それで、アーサーはモードレッドをどうするつもりなのだ？」今度は私に尋ねた。

「ここに幽閉されることになっています」と、身ぶりでこの宮殿を指した。

「幽閉とな！」マーリンは面白がっているようだ。「グィネヴィアは監禁され、サンスム司教は閉じ込められる。このぶんでは、アーサーと関わった者は遠からずみな幽閉されることになりそうだな！　われらは全員、水とかびたパンだけで生きる破目になるぞ。なんとアーサーは愚かなやつよ。モードレッドなど殴り殺してやればよいのだ」王位を継いだときモードレッドはまだ幼かったので、成長するまで王権はアーサーが掌握していた。だが成年に達すると、大王ユーサーとの約束どおり、アーサーは王国をモードレッドに渡したのである。モードレッドは権力を乱用し、陰謀をめぐらしてアーサーを殺そうとまでした。サンスムとランスロットが謀叛を起こしたのも、その陰謀に励まされてのことだった。こうしてモードレッドは幽閉されることになったのである。もっとも、神々の血を受け継ぐドゥムノニアの正統の王は、権力をふるうことは許されないとしても、あくまで丁重に扱うべきだとアーサーは決めていた。モードレッドはこの豪華な宮殿に護衛つきで閉じ込められる。求めればどんな贅沢も許されるが、悪事は働けなくなるわけだ。マーリンは私に尋ねた。「では、モードレッドには子がおると思うのだな」

「何十人もいると思いますよ」

マーリンが辛辣に言う。「〝思う〟脳みそがあるなら、名前をあげてみよ、ダーヴェル！　名前を！」

しばし考えてみた。モードレッドの悪行を知ることにかけては、たいていの者にはひけをとらないはずだ。なにしろ、彼が幼いころに保護者を務めたのはこの私なのだ。気の進まない務めであり、とうてい立派に果たしたとは言えない。私は父親代わりとしては失格だったし、母親代わりになろうとしたカイヌインも努力のかいなく失敗し、可愛げのかけらもなかった少年は、気むずかしいよこしまな人間に育ってしまった。「ここに下働きの娘がいて、モードレッドはその娘を長いこと手元に置いていました」

「その娘の名は？」マーリンは口いっぱいにチーズをほおばりながら尋ねた。

「キウイログです」

「キウイログとな！」なぜかその名前が面白いようだった。「それで、そのキウイログはモードレッドの子を産んだというのだな」

「男の子を産んでいます。モードレッドの子であればですが。たぶんそうだとは思いますが」

「それでそのキウイログだが」と、ナイフを振りまわしながら、「どこにおりそうだ？」

「たぶんこのすぐ近くにいるでしょう。おれたちがエルミドの館に移ったときはついて来なかったし、モードレッドはあの娘に金をやっているのだろうとカイヌインはずっと言ってたし」

「では、その娘を好いておったのか」

「そうだと思います」

「それはめでたい。あのおぞましい餓鬼にも、少しは人間らしいところがあったのだな。キウイログと言うたな？ガウェイン、見つけられるか」

「探します」ガウェインは意気込んで答えた。

「探すだけではだめだ、見つけよ！」マーリンがぴしゃりと言う。「ダーヴェル、それはどんな娘だ？　そのキウイログという妙な名前の娘は？」

「小柄でしたね。ぽっちゃりしていて、黒髪でした」

「ほほう、だいぶ絞れてきたな。それではブリタニアの二十歳以下の娘ならだれでも当てはまるではないか。もっと具体的な特徴はないのか。子供はいまいくつだ」

「六つです。たしか赤毛だったと思います」

「それで、娘のほうはどうだ」

私は首をふった。「感じのいい娘ではあったんですが、たいして目立つわけじゃなかったし」

「娘というものはすべて目立つものだ」マーリンは横柄に言った。「とくにキウイログという名の娘ならな。見つけてこい、ガウェイン」

「なんであの娘を探すんですか」私は尋ねた。

「おまえの仕事に私が首を突っ込んだことがあるか」マーリンが訊き返してくる。「槍だの楯だののことで、私が阿呆な質問をしたことがあるか？　裁きを行う方法について、くだらぬ質問をしておまえをしじゅう悩ませておるか？　おまえの所領の収穫のことなど私が気にするか？　要するに、おまえのやることに私がくちばしを突っ込んで、厄介をかけたことがあるかということだ」

「ありません」

「ならば、頼むから私のやることに首を突っ込まんでくれ。しょせんネズミには鷹の生きかたは理解できぬものよ。チーズをどうだ、ダーヴェル」

ニムエは食べようとしなかった。むっつりと考え込んでいる。ドゥムノニアの真の支配者はアーサーだという意見をあっさりはねつけられて腹を立てているのだ。マーリンはそれを無視して、ガウェインをからかって喜んでいた。もうモードレッドのことに触れようとはせず、マイ・ディンでなにを計画しているのかについても話そうとしない。マーリンがついに宝物の話を持ち出したのは、いまもイッサが待っている宮殿の門に私を送ってゆくときのことだった。ドルイドの黒い杖がこつこつと石畳を叩き、群衆がまぼろしの出現と消失を目撃していた庭を通って歩いてゆく。「人手が必要なのだ」マーリンは言った。「神々を呼び出すなら用意が必要だからな。ニムエと私だけではとても手に負えん。百人か、それ以上の人手が入り用なのだ」

「何のためです?」

「そのうちわかるさ、そのうちな。ガウェインをどう思う」

「ひたむきな若者のようですね」

「おお、たしかにひたむきだとも。だがそれはよいことではないか? 犬はひたむきなものだ。あれを見ていると、アーサーの子供のころを思い出す。善をなそうとそれは大まじめであった」マーリンは笑った。

私はどうしても確証が欲しくて尋ねた。「お館さま、マイ・ディンで何が起きるんです?」

「神々を呼び出すのに決まっておるではないか。手順が複雑でな、へまをしやせんかと冷や冷やする。それにむろん、魔法が効かぬのではないかという心配もある。おまえにも察しがつくだろうが、私のやることはなにもかも見当違いだとニムエは信じておるのだ。だがいまにわかる、いまにな」二、三歩ほど黙って歩いていたが、また口を開いた。「だがなダーヴェル、もしうまくゆけば、そのときはなにが起きると思う! 権能という権能を帯びて神々が現れるのだぞ。マナウィダンが海から上がってくる。ずぶ濡れで栄光に包まれて。タラニスは雷光で空を引き裂き、ベルは天から炎をたなびかせて下ってくる。そしてドヌは、炎の槍で雲を裂いて降りきたるのだ。キリスト教徒がさぞ恐れおののくことだろうて!」歓喜のあまり、マーリンは不器用に舞いのステップを二、三歩踏んだ。「司教どもは、黒いローブに小便をちびるだろうな、ええ？」

「でも、だめかもしれないんですね」私はどうしても、確たる答えが聞きたかった。

「たわけたことを。ダーヴェル、おまえはどうして、いつも確実を求めるのだ。私にできるのは儀式を行うことだけだ。あとはうまくゆくよう祈るばかりさ。だが、おまえも今夜はまぼろしを見たのだろうが。それでも信じられんのか」

私はためらった。あれはみんな手品ではないのだろうか。しかし、暗闇で少女の肌を光らせるような手品があるものだろうか。「それで、神々はサクソン人と戦ってくれるでしょうか」

「そのために呼び出すのではないか」マーリンは辛抱強く応じた。「目的は古き時代のブリタニアを取り戻すことだ。サクソン人とキリスト教徒に汚される前の、完全無欠のブリタニアをな」門の前で立ち止まり、暗い田園風景を眺めやる。「私はブリタニアを愛しておる」ふいに力の失せた声で言った。「この島が愛しくてならぬ。ここは特別な場所なのだ」私の肩に手を置いて、「ランスロットに家を焼かれたろう。いまはどこに住んでおる？」

「建てなくちゃなりません」ただ、エルミドの館の跡に建てる気はない。あそこは可愛いディアンが死んだ場所だ。

「ディン・カリクが空いておる。あそこに住むがよい。ただ、ひとつ条件がある。ことが成って神々が戻ってきたら、私はそこへ死ににゆくからな」

「いっしょに暮らしにきてください」

「死ににゆくのだ、死ににに。私は老いた。最後にひとつ務めが残っておる。マイ・ディンで果たすべき務めがな」まだ私の肩に手を置いたままだ。「どんな危険を冒そうとしておるか、私にはわかっておらんと思っておるのだろう」

マーリンは怯えているのだ。「危険があるんですか？」私はためらいがちに尋ねた。

闇の奥でふくろうがひと声叫んだ。マーリンは首をかしげて耳をそばだてたが、それきり聴こえてこない。ややあって彼は口を開いた。「私は生涯かけて、神々をブリタニアに呼び戻そうとしてきた。ついにその手段を得たはよいが、果たしてうまくゆくであろうか。その儀式を行う資格が私にあるのか。それどころか、成就の時を生きてこの目で見られるのか、それさえもわからぬのだ」私の肩をつかむ手に力がこもる。「行け、ダーヴェル。もう寝《やす》まねばならん。明日は南へ発つのでな。だが、サムハインにはドゥルノヴァリアに来るのだぞ。その眼で神々を見るがよい」

「かならず行きます」

マーリンは笑みを見せると、こちらに背を向けて去っていった。私は茫然と城へ歩いて戻り、希望に胸をふくらませつつも恐怖にとり憑かれていた。魔法に導かれて行く先はどこだろうか。翌春にやってくるサクソン人の足下に導かれるだけではないのか。マーリンに神々を呼び出すことができなければ、ブリタニアが破滅するのはまちがいないのだから。


かきまわされて濁った水がしだいに澄んでゆくように、ブリタニアは徐々に鎮まっていった。ランスロットはアーサーの復讐を恐れ、ヴェンタで小さくなっている。正統なる王のモードレッドはリンディニスに移った。このうえなく丁重に扱われてはいるが、槍兵にがっちり見張られている。ウィドリン島のグィネヴィアはモーガンの厳しい監視下にあり、モーガンの夫サンスムは、ドゥルノヴァリアのエムリス司教の宿房に幽閉されている。

サクソン人はそれぞれの国境の内側に引っ込んでいる。もっとも、いったん穫り入れが終われば、その国境の外側に容赦なく襲撃をしかけあうのだが。そんなサクソン人とわがほうとの国境は、ヌミディア人指揮官サグラモールが警護している。アーサーのいとこキルフッフは、いままたアーサー軍の指揮官に復帰し、ランスロットの王国ベルガエとの国境をドゥヌムの要砦から見張っている。同盟国ポウイスの王キネグラスは、アーサーの指揮下に百の槍兵を残して自分の王国へ引き揚げていった。それと入れ違いに、キネグラスの妹カイヌイン王女がドゥムノニアに帰ってきた。カイヌインは一生結婚しないという誓いを立てているが、それでも彼女は私の妻、私は彼女の夫である。秋の初め、カイヌインは娘ふたりを連れて帰ってきた。正直言って、彼女の顔を見るまでは私は心底楽しむときがなかった。グレヴムの南の道へ迎えに出て、カイヌインをひしと抱きしめる。そのまましばらく離すことができなかった。二度と会うことはないと覚悟した瞬間もあったのだから。カイヌインは美しかった。黄金の髪をした王女、かつて、もうずっと昔のこと、彼女はアーサーと婚約していた。彼がその婚約を一方的に破棄してグィネヴィアに走ったあと、カイヌインは次々に有力な王子たちと婚約したが、しまいに私と駆け落ちをしたのである。あれは正しいことだったと私は思っている。

ディン・カリクが私たちの新しい住まいになった。カダーン城の北、さほど遠くないところにある。ディン・カリクとは「清流のほとりの丘」という意味だが、その名にふさわしい美しい場所だ。ここなら幸せに暮らせそうだと思った。頂の館はオーク造りで、屋根はライ麦の藁葺き。崩れかけた木柵に囲まれた敷地には、離れ家が十軒ほど建っている。ふもとの小村の住民は、この館には悪霊が憑いていると信じていた。というのも、マーリンは老ドルイドのバリセを死ぬまでここに住まわせていたからである。しかし、私の家来の槍兵たちが害獣や害虫をすっかり退治し、バリセの儀式用具も残らず片づけてしまった。村人たちがこの古い館をどれほど恐れていたとしても、大釜や三脚台といったほんとうに価値のあるものは片っ端から失敬していたのはまちがいない。蛇の皮だの乾いた骨だの鳥の死骸の干物だの、残っていたのはそんな捨てるしかないものばかりで、どれも蜘蛛の巣に厚く覆われていた。干からびた骨のなかには人骨も多く、それがいくつもの山になっていたのを、別々の穴に分けて埋葬した。一か所に埋めると、ばらばらになっていた死者の魂がふたたびひとつになって、生者にとり憑く恐れがあるからだ。

アーサーが送り込んでくる何十人という若者を戦士に鍛え上げねばならず、秋いっぱいかけて槍と楯の扱いを教え込んだ。またここはウィドリン島からも遠くないので、好意からというより義務感から、週に一度はグィネヴィアを訪ねていた。みやげに食糧を持参し、寒くなってくると大きな熊皮のマントも持っていった。グィネヴィアの息子のグウィドレを連れてゆくこともあったが、彼女は息子といてもあまり楽しそうではなかった。ディン・カリクの川で釣りをしたとか、森で狩りをしたなどという話は退屈だったのだ。グィネヴィアも以前は狩りに興じたものだが、そんな娯楽が許されないいまは、聖堂の境内を歩きまわるのが運動だった。美貌は少しも衰えていない。それどころか、その大きな瞳には、かつては見られなかった深い悲しみゆえの光輝さえ加わっていた。もっとも、グィネヴィアは悲しみを表にあらわすことはなかった。誇りが許さなかったのだ。それでも不幸なのはわかる。モーガンにキリスト教の説教で攻めたてられ、バビロンの緋色の淫婦だと絶えず非難されているのだ。グィネヴィアはじっと耐え忍んでいたが、いちどだけ不満を洩らしたことがある。夜が長くなり、窪地に白く初霜が降りる初秋のころのこと、居室がいつでも凍えるほど寒いというのだった。これはアーサーのひとことで解決した。好きなだけ火を焚かせるようにと命じたのである。アーサーはいまもグィネヴィアを愛していたが、その名を出されるのはひどく嫌っていた。グィネヴィアのほうはだれを愛しているのか、私にはわからない。いつでもアーサーの近況を尋ねてきたが、ランスロットの名はけっして口に出そうとしなかった。

アーサーもまた囚人だった。自分自身の苦悩という檻に閉じ込められているのだ。彼に家というものがあるとすれば、それはドゥルノヴァリアの王宮だ。しかしドゥムノニアを見まわるほうが好きで、要砦から要砦へ飛びまわっていた。年が明ければサクソン人が寄せてくるのはわかっているから、戦争に備えて人々を叱咤激励しているのだ。とはいえ、どこよりも長く時を過ごす場所をあげるなら、それはディン・カリクの私たちの家だった。頂の館から彼が来るのが見えたと思うと、一瞬遅れて角笛の音が響く。騎馬兵が水をはねかしながら川を渡ってくる合図だ。父を出迎えようとグウィドレが丘を駆け降りてゆくと、アーサーはラムライの鞍から身を乗り出して少年を抱き上げ、門に向かって馬を早駆けさせるのだった。グウィドレには優しかった。というより、子供に対してはいつでも優しいのだ。しかし、成人が相手のときは冷やかな距離を保っていた。陽気な情熱家だったかつてのアーサーの面影はもうない。心を許す相手はカイヌインだけだった。ディン・カリクに来ると、いつもカイヌインと何時間も話し込んでいる。話題はグィネヴィアのことだ。ほかになにを話すことがあろう。「いままでも好きなのよ」カイヌインは私に言った。

「べつの女と再婚すればいいんだ」

「できっこないわ。あの人のことしか考えられないのに」

「おまえは殿になんて言ってるんだ?」

「もちろん、赦しておあげなさいって言ってるわ。もうあんな馬鹿なまねはしないでしょうし。それで幸せになれるのなら、意地を張るのはやめて連れ戻せばいいのよ」

「プライドが許さないだろう」

「そうなのよ」残念そうに言うと、糸巻棒と紡錘《つむ》をおろす。「まずランスロットを殺さなくちゃいけないんだと思うわ。そしたら気が晴れるでしょう」

実際その秋、アーサーはランスロットの王都ヴェンタに急襲をかけた。しかし、いちはやくその噂を聞きつけて、ランスロットは後ろ楯であるサーディックのもとへ走っていた。アムハルとロホルトも行動を共にしている。このふたりはアイルランド人の愛妾アランが産んだアーサーの双子の息子だが、庶子の生まれを恨んで父の敵と手を組んだのである。ランスロットは捕らえそこねたものの、アーサーは分捕り品として大量の穀物を持ち帰った。この夏の騒乱で収穫に被害が出るのは避けられなかったから、これはどうしても必要なことだった。

秋のなかば、サムハインのちょうど二週間前のこと。ヴェンタ襲撃から戻ったアーサーが、ふたたびディン・カリクを訪ねて来た。以前にもまして痩せ、顔もいっそうやつれている。かつてはそばにいて恐ろしいということはまったくなかったが、いまではむやみに用心深くなって何を考えているのか見当もつかない。無口さのために謎めいて見えるうえに、胸の奥に悲しみをたたんでいるせいで以前より気むずかしくなっていた。昔はめったなことでは腹を立てなかったのに、このごろはちょっとしたことで爆発する。なによりも自分自身に腹を立てているのだ。自分は失敗者だと思い込んでいるからである。最初に生まれたふたりの息子には去られ、結婚には失敗し、それとともにドゥムノニアは衰えた。完璧な王国、正義と安全と平和の国を築こうと意気込んでいたのに、キリスト教徒は虐殺のほうを好んだのだ。未来に何が待っているか予見できなかったことで自分を責め、嵐のあとの静けさが訪れたいま、自分の夢に疑いを抱きはじめている。「ダーヴェル、ささやかな望みがかなえば、それでよしとするしかないな」あの日、アーサーは私に向かってそう言った。

非の打ちどころのない秋の日だった。空にはちぎれ雲が浮かび、西を見れば一面の黄褐色のうえをまだらの影が流れてゆく。珍しく、アーサーはこのときはカイヌインと過ごそうとせず、私をともなってディン・カリクの草地に出た。修繕した柵のすぐ外側から、かなたにそびえるトールをむっつりと眺める。グィネヴィアのいるウィドリン島を見つめているのだ。「ささやかな望み？」私は尋ねた。

「サクソン人の撃退さ、もちろん」と顔をしかめる。サクソン人の撃退はとうていささやかなことは言えない。そのことはよくわかっているのだ。「話し合いを拒否している。使節を送ってきたら殺すと、ふたりとも先週そう言ってきた」

「ふたりとも？」

「ふたりともだ」険しい声で認めた。サーディックとエレのことである。ふだんは、このサクソン人の王ふたりは互いに互いの喉笛を狙いあっていて、こちらは莫大な賄賂を贈ってそれを煽ってきた。だが、アーサーがブリトン人の諸王国に教えた教訓を、ついにこのふたりも学んだらしい。団結しなければ勝利はないと悟り、ドゥムノニアをつぶすために軍をひとつにまとめようとしているのだ。使節を受け入れないという通告は、決意の固さの表明であると同時に自衛の手段でもあった。というのも、アーサーの使者がもたらす賄賂によって、族長たちが懐柔される恐れがあるからだ。それに、たとえどれほど真剣に平和を願っていようとも、使節というものは敵の情勢を探る手段にもなる。サーディックとエレは危険を冒す気がないのだ。これまでの対立は水に流し、力を合わせてこちらを本気で倒すつもりなのである。

「疫病で力が落ちたかと思っていたんですが」私は言った。

「それはそうだが、次から次に新手が到着するんだ。毎日のように舟が着いているそうだ。どの舟にも飢えた者がぎっしり乗っている。こちらが弱っているとわかっているから、来年は何千とやって来るだろう。何千何万とな」そんなおぞましい未来図を描きながら、まるで楽しんでいるようだった。「まさに大軍だ！　おまえも私もこれで最期かもしれないな。古い友人どうし、楯と楯を並べて野蛮人の斧に斃れる」

「もっと悪い死にかたもありますよ」

「もっとよい死にかたもな」そっけない答え。じっとトールを見つめている。ディン・カリクに来たときは、いつでもこの西側の斜面に腰を下ろす。東側や、カダーン城の見える南斜面ではなく、いつでもここに座って谷間の向こうを眺めやる。なにを考えているのか私にはわかっていたし、そのことはアーサーも先刻承知だが、彼女の名を口に出そうとはしない。朝ごとに彼女を想って目を覚まし、夜ごと夢で会いたいと祈りつつ目を閉じる。そのことを悟られたくないのだ。ふと私の視線に気づいて、広場のほうに目を転じた。イッサがそこで少年たちに戦術を教えているのだ。秋の空気を震わせて、槍代わりの棒がぶつかる荒々しい音が鳴りわたり、穂先は上げるな、楯は下げるなと叫ぶイッサの胴間声が響く。「ものになりそうか？」と、新兵たちのほうにあごをしゃくった。

「二十年前のおれたちと同じですよ。あのころは、これじゃまともな戦士にはなれんと言われたもんです。いまから二十年先には、あの連中が自分の息子たちについて同じことを言うでしょう。ものになりますよ。いちど戦闘を経験すれば度胸がついて、ブリタニアのどんな戦士にも劣らず役に立つようになります」

「いちどか」アーサーが陰にこもって言う。「戦闘はあといちどで終わりかもしれないぞ。この次サクソン人が攻めてくるときは、数で圧倒されるだろう。ポウイスとグウェントが全軍を送ってくれても及ぶまい」つらい現実をずけずけと口にする。「もっとも、マーリンは心配要らんと言っているがな」皮肉な口調。「マイ・ディンで
やっていることが首尾よくゆけば、戦争は必要なくなると言うんだ。ダーヴェル、マイ・ディンに行ったか」

「まだです」

「何百という馬鹿どもが頂上に薪を運んでる。狂気の沙汰だ」と、ふもとめがけて唾を吐いた。「宝物など信用できるか。信じられるのは楯の壁と鋭い槍だけだ。だが、もうひとつ希望がある」アーサーは口をつぐんだ。

「なんです？」私は催促した。

こちらに顔を向けて、「もういちど敵を分裂させることができれば、まだ望みはある。サーディック軍だけなら、ポウイスとグウェントの援軍があれば撃退できる。だが、サーディックとエレがいっしょでは無理だ。五年かけて軍を再建できれば勝てるかもしれんが、来年の春では無理だ。唯一の希望は、敵の足並みが乱れることだ」それはブリトン人にはおなじみの戦法だった。片方の王に賄賂を贈ってもう片方と戦わせる。だがアーサーによれば、この冬はそんなことが起きないようにサクソン人はじゅうぶん用心しているという。「エレに無期限の和平を申し込む」アーサーは続けた。「いまの領土も、サーディックからとれる領土もすべて認める。子々孫々までいまの領土を治めさせる。言いたいことがわかるか？　領土を永久に割譲するんだ。こんどの戦《いくさ》でこちらに味方してくれさえすれば」

私はしばらくものも言えなかった。以前のアーサーなら、あのイシス神殿の夜以前の、私の友人だったアーサーなら、そんなことはけっして口にしなかっただろう。なぜならそれは嘘だからだ。ブリトン人なら、サクソン人《サイス》に土地を譲ったりしない。エレが信じると望みをかけてアーサーは嘘をついている。数年もすれば約束を破って攻撃するつもりなのだ。それはわかっていたが、その嘘をまともに取り合うのはやめておいた。このときはとても信じるふりはできなかったからだ。そこで、かなたの木の下で石に刻んで埋めた古い誓いのことを持ち出した。

「殿はエレを殺すと誓ったじゃありませんか。忘れたんですか」

「もう誓いなどどうでもよい」アーサーは冷やかに言い、ふいに声を荒らげた。「どうして気にする必要がある？私への誓いを守っている者がひとりでもいるか？」

「おれは守ってます」

「では私の言うとおりにしろ」アーサーはそっけなく言った。「エレに会って来い」

そう命令されるのはわかっていた。すぐには返事をせず、広場のほうを眺めた。イッサが若い兵士たちを押しこくって、いまにも崩れそうな楯の壁を作らせている。ややあってアーサーに目を向けて、「エレは、使節を送れば殺すと言ってきたんじゃなかったんですか」

アーサーは私と眼をあわせようとせず、はるかな緑の塚を見つめている。「年寄りが言うには、今年は厳しい冬になるそうだ。雪が降りだす前にエレの返事が欲しい」

「承知しました」

私の沈んだ声に気がついたか、またこちらに顔を向けた。「エレも自分の息子を殺しはしないさ」

「だといいんですが」私は熱のない声で言った。

「ダーヴェル、頼んだぞ」たったいま私に死刑を宣告したのはわかっているはずなのに、アーサーには罪悪感の気色すら見えなかった。立ち上がり、白いマントから草を払い落とす。「来春サーディックを撃退できれば、ブリタニアを再建できる」

「そうですね」なにもかも簡単そうに聞こえる。サクソン人を倒し、ブリタニアを再建する。思い起こせばいつでもそうだった。最後にひとつ大仕事を果たせば、そのあとにはかならず幸福が待っているはずだった。なぜかいつもそうはならないのだが、ともかくいまは、捨て身の覚悟を固め、最後に一縷の望みをかけて、私は父に会いにゆかねばならないのだった。

私はサクソン人だ。母エルケもサクソン人だった。身重の身体でユーサー軍に捕らえられて奴隷になり、その後まもなく生まれたのが私である。幼いときに母の手から引き離されたが、そのころにはもうサクソン語が身についていた。それから長い年月が過ぎ、ランスロットの謀叛の前日に私は母と再会し、自分の父がエレだと知ったのである。

つまり私は純粋なサクソン人だったのだ。しかも半分は王の血が流れている。もっともブリトン人のなかで育ったので、サクソン人《サイス》にはなんの親しみも感じない。その点では、アーサーとも、また自由民として生まれたあらゆるブリトン人とも少しも変わらない。私にとって、サイスは東の海を渡ってくる疫病でしかないのだ。

かれらがどこから来るのか、はっきり知っている者はひとりもいない。アーサー軍の指揮官のうち、だれよりも世界を広く旅してきたのはサグラモールだが、その彼が言うには、サクソン人の故郷ははるか遠く、泥と森に覆われた霧深い土地だという。しかし、そういうサグラモール自身もそこに行ったことはないと認めていた。わかっているのは、それが海の向こうの土地だということ、そしてブリタニアのほうがよい土地だからサイスはそこを出て来るのだ、ということだけだった。もっとも、世界の果てからやって来るなお異質な敵に故郷を奪われたせいだ、という話を聞いたこともある。理由はともかく、もう百年も前からサクソン人は海を渡ってきている。渡ってきては土地を奪い取り、いまではブリタニアの東側を完全に押さえてしまっていた。その奪われた土地を、ブリトン人はロイギル——失われた地と呼んでいる。サクソン人の支配をまぬがれている国々には、ロイギルを取り戻したいと夢に見ない者はひとりもいない。マーリンとニムエは、神々の力によらなければ取り戻せないと信じているし、アーサーは剣で取り戻そうと念じている。そして私の務めは、敵を分裂させてその仕事をやりやすくすることだ。神々のためか、アーサーのためかはわからないが。

オークの木々はブロンズのような赤褐色に染まり、樺の葉は紅く色づき、冷たい霧が夜明けを白く変える。私はひとりで旅していた。訪れる使節にエレが死をもって報いるとすれば、死ぬのはひとりきりのほうがよい。部隊を率いていってとカイヌインに懇願されたが、そんなことをして何になるだろう。エレの全軍が相手では、部隊ひとつで戦えるはずもない。吹く風にエルムの木々が黄葉を散らしはじめるころ、私は馬に打ち乗って東に向かった。カイヌインはなおも引き止めようとし、せめてサムハインまで待ってほしいと言いだした。マイ・ディンでのマーリンの儀式が功を奏すれば、使節をサクソン人に送る必要などなくなる道理である。しかし、アーサーは許すまい。エレが寝返ると信じて、返事を聞きたがっているのだ。そういうわけで、サムハインの前夜には生きてドゥムノニアに戻っていたいものだと願いながら、私は馬を進めていた。剣を帯び楯を背負ってはいたが、ほかには武器ももたず、具足も着けていなかった。

まっすぐ東を目指したわけではない。あまりにもサーディックの領国に近すぎて危険だからである。まず北上してグウェントに入り、そこから東に向かった。目指すはエレ支配下にあるサクソン人との国境だ。一日半のあいだグウェントの豊かな田園を旅し、ローマふうの屋敷《ヴィラ》や農家のそばを通る。屋根の穴から煙が立ちのぼっていた。野は牛の蹄に踏み荒らされてまるで泥沼だった。冬の屠殺にそなえて囲いに集められているのである。その牛の鳴き声を聞くと、心は滅入るいっぽうだった。空気にはすでに冬の気配が忍び寄り、朝空には霧に膨れて見える太陽が低く淡くかかっている。椋鳥が休閑地に群れていた。

東へ進むにつれて景色が変化してきた。グウェントはキリスト教国であり、最初の日に見かけた教会は大きくて凝った造りだったが、二日めにはずっと小さくなり、農地は貧弱になって、ついに中間地帯に差しかかった。この無人の土地はサクソン人のものでもブリトン人のものでもない。ここは殺戮の舞台なのだ。かつてはたくさんの家族を養っていた牧草地が、いまではオークの若木やサンザシや樺の木やトネリコにびっしりと覆われ、ローマふうのヴィラは屋根を失って廃墟となり、領主の館が焼けた骨組みをさらしている。しかし、ここにもまだ住んでいる者はいる。いちど、近くの木立を走り抜ける足音を耳にして、私はハウェルバネを抜いた。主君をもたないならず者が、この見捨てられた谷間に逃げ込んでいたかと恐れたのだ。しかし、近づいてくる者はいなかった。だがその夜、初めて一団の槍兵に行く手を阻まれた。グウェントの部隊だった。マイリグ王の兵士はみなそうだが、身につけているのは古いローマ風の軍装の名残である。青銅の胸甲、赤く染めた馬毛の前立てのついた兜、朽葉色のマント。指揮官はカリグという名のキリスト教徒で、私は彼に連れられてグウェントの要砦に向かった。要砦は高い尾根の上、茂る木々を伐り拓いた開拓地に建っていた。この国境を警備するのがカリグの仕事であり、旅の目的をぶっきらぼうに尋ねてきたが、私が名を名乗り、アーサーの使いだと答えると、それ以上は訊こうとしなかった。

カリグの要砦は、一対の小屋を簡単な木柵で囲っただけのものだった。覆いのない炉で火が焚かれ、小屋のなかは煙が充満している。私が火に当たっている横で、カリグの十名ほどの部下たちが鹿の脚をせっせと焼いていた。焼き串はサクソン人から分捕った槍で作ってあった。一日の行軍距離内に似たような要砦が十か所もあって、そのすべてがエレの襲撃に備えて東を見張っているのだ。ドゥムノニアも同様の防衛態勢をとっているが、軍本隊をもっと国境の近くに常駐させている。そんな軍隊の維持には法外な経費がかかり、費やされる穀物や皮革や塩や羊毛を税として差し出す人々からは恨みの声があがっていた。アーサーは昔から税の公平に心を砕き、なるべく負担を軽くしようと努めてきたが、例の謀叛があって以来、ランスロットを支持した富者は例外なく厳しい取り立てに遭っていた。取り立てはキリスト教徒に大きく偏っていたから、グウェントのマイリグ王はキリスト教徒として抗議してきたが、アーサーは無視していた。マイリグの忠実な家来であるカリグは、そのためいささかよそよそしい態度だったが、国境の向こうで何が待っているか、それでもできるだけ忠告しようとした。「サイスは国境をだれにも越えさせないと言ってますが、ご存じでしたか」

「その話は聞いた」

「一週間前、ここを商人がふたり通っていきました。陶器と羊毛を運んでいたんです。忠告してやったんですが」カリグはことばを切って肩をすくめた。「サクソン人は陶器と羊毛を取り上げて、首をふたつ送り返してきましたよ」

「私の首が戻ってきたら、アーサーに送り届けてくれ」鹿肉の脂肪がしたたり落ち、炎がはじけた。「ロイギルからやってくる者はいるか？」

「もう何週間も途絶えてます」カリグは答えた。「けど年が明けたら、数えきれないほどのサクソンの槍兵がドゥムノニアに押し寄せてきますよ」

「グウェントには来ないっていうのか」私はむっとして問い返した。

「エレとわが国のあいだに問題はありません」カリグはきっぱりと言い切った。神経質そうな若い男だ。ブリタニアの辺境に配置され、敵の脅威にさらされて喜んでいないのはたしかだったが、それでもまじめに務めに励んでいた。部下の規律もよく保たれている。

「グウェントはブリトン人の国で、エレはサクソン人だ。それでも問題がないというのか」

カリグは肩をすくめた。「ドゥムノニアが弱体化してるのをサクソン人は心得てます。グウェントは強国です。だからこっちじゃなくお国を攻めるんですよ」あきれた慢心ぶりである。

「しかし、ドゥムノニアを滅ぼしてしまったら」と言いながら、自分のことばにひそむ凶運を祓うために剣の柄の鉄に触れた。「北上してグウェントに侵入してくるのは時間の問題じゃないか」

「キリストがお守りくださいます」カリグは神妙に言って十字を切った。小屋の壁には十字架が掛かっている。槍兵のひとりが自分の指をなめ、磔《はりつけ》にされたキリストの足にその指で触れていた。私はこっそりと火に唾を吐いた。

翌朝、東に馬を進めた。夜のうちに雲が出て、夜明けに降りだした小雨が顔に冷たく吹きつけてくる。ローマ道はいまは荒れ果てて草ぼうぼうだ。その道がじめじめした森を抜けて延び、進めば進むほど気が滅入ってくる。カリグの辺境の要砦で聞いたことからして、グウェントはアーサーのために戦うつもりはなさそうだ。グウェントの若き王マイリグは、もともと戦嫌いである。その父テウドリックは、ブリトン人どうし団結して共通の敵と戦うべきだと理解していたが、テウドリックは玉座を降りて、ワイ川のほとりで一修道士として生きる道を選び、息子は戦士にはほど遠いのだった。よく訓練されたグウェント軍の加勢がなかったら、ドゥムノニアは破滅だ——輝く裸身の精霊が、神々の奇跡的な介入の前兆であればべつだが。あるいはまた、エレがアーサーの嘘を信じれば。だが、そもそもエレは会ってくれるのだろうか。私が彼の息子だと信じるかどうかも怪しいものだ。あのサクソン人の王にはなんどか会っており、親切にしてもらったものだが、そんなことにはなんの意味もない。エレにしてみれば、私が敵であることに変わりはないのだ。のしかかってくるような濡れた木々の下、冷たい霧雨を衝いて進めば進むほど絶望は深くなってゆく。アーサーは私を死なせるつもりなのだ。それも投げやりに死地へ送り込んだのだ。負けのこんできた賭博師が、的盤《スローボード》への最後の一投にすべてを賭けるときのように。

午前のなかば、森が尽きて広々とした開拓地に出た。川が流れており、道はその浅い川を横切って延びている。渡り場のそばに人の腰の高さに盛り土がしてあり、樅の枯れ木が一本立ててあった。枝には捧げ物が掛かっている。初めて見るもので、なんの魔法か見当もつかない。この飾り立てられた木は道のお守りなのか、川の神をなだめているのか、それともたんなる子供の遊びだろうか。馬の背からすべり降りてよく見ると、枯れた小枝から下がっているのは人の脊椎の小さな骨だった。児戯のたぐいではなさそうだが、ではいったい何だろう。厄除けに盛り土のわきに唾を吐き、ハウェルバネの柄の鉄に触れて、馬の手綱を引いて渡り場を渡った。

川から三十歩ほどで道はまた森に入る。だが、その三十歩を半分も行かないうちに、木立の陰から斧が飛んできた。灰色の陽光を刃に反射させ、くるくる回転しながら飛んでくる。だが狙いははずれて、ゆうに四歩ほども向こうを音を立てて飛び過ぎていった。誰何《すいか》する者はなく、木々のあいだから別の武器が飛んでくることもない。

「私はサクソン人だ！」と向こうのことばで叫ぶ。あいかわらず声をかけてくる者はないが、押し殺したささやき声や、小枝の折れる音が聴こえる。「私はサクソン人だ！」また叫んだ。姿の見えない監視者は、サクソン人ではなくブリトンの無法者かもしれない。ここはまだ辺境の無人地帯。主君をもたないならず者が、部族や国を問わず裁きを逃れて隠れ住む場所なのだ。

危害を加えるつもりはないとこんどはブリトン語で叫ぼうとしたとき、物陰からサクソン語で叫ぶ声がした。

「ここで剣を捨てろ！」

「出てきて受け取れ」

やや間があった。「きさまの名は?」

「ダーヴェルだ。エレの子の」

父の名を出したのは挑発のためだ。それで動揺したらしく、ふたたび押し殺したささやき声が聞こえたかと思うと、イバラの茂みをかき分けて六人の男が開拓地に姿を現した。全員が分厚い毛皮をまとっている。サクソン人は具足に毛皮を好んで使うのだ。そして全員が槍をたずさえていた。角のついた兜をかぶっているのが指揮官らしく、道の端をこちらに向かって歩いてきた。「ダーヴェルと言ったな」と、五、六歩ほど手前で立ち止まる。

「ダーヴェルか。聞いたことがある。サクソン人の名前じゃないな」

「悪いか」私は答えた。「私はサクソン人だ」

「エレの子だと?」うさんくさげに尋ねる。

「そうだ」

しばらく私をじろじろと眺めていた。長身で、ぼさぼさの褐色の髪を角つきの兜に押し込んでいる。あごひげはへそのあたりまで伸び、毛皮のマントの下に着けた皮の胸甲の上端まで、口ひげが垂れ下がっている。たぶん地元の族長か、辺境のこのあたりを警備するよう派遣された戦士だろう。あいたほうの手で口ひげをねじったりほどいたりしている。「エレにゃフロスガルって息子ならいる」と考え考え言う。「エレの子チルニングは友だちだ。ペンダ、セボルド、イッフェは戦闘で見たことがある。だが、エレの子ダーヴェルなんて知らねえな」と首をふった。

「いま知ったわけだ」

私の楯がいまも馬の鞍に掛かったままなのに気がついて、彼は槍の穂先を空に向けた。「アーサーの家来のダーヴェルなら聞いたことがあるぞ」脅すように言う。

「それもいま実物にお目にかかったわけだ。その実物はエレに用がある」

「エレに用のあるブリトン人なんぞいねえ」そう言うと、部下たちが賛同のうなり声をあげた。

「私はサクソン人だ」私は突っぱねた。

「で、なんの用だ」

「息子から父にじきじきに話があるんだ。おまえには関係ない」

彼はふり向き、部下たちのほうにあごをしゃくった。「こっちにはこっちの仕事がある」

「おまえの名は？」

しばしためらったが、名を伝えたところでべつに害もないと考えたらしい。「エアドベールトの子チェオルウルフだ」

「ではチェオルウルフ、おまえのせいで私の到着が遅れたと聞いたら、父が褒賞をくれるとでも思っているのか。なにを期待してるんだ？　黄金か、それとも墓か」

虚勢もいいところだったが、効き目はあった。エレに抱擁されるか殺されるか予想もつかないが、チェオルウルフは王の激しい怒りを恐れて、しぶしぶながら通してくれたのだ。護衛としてつけられた四人の槍兵に先導されて、私は失われた地の奥深く踏み込んでいった。

一世代も前から、自由なブリトン人がほとんど足を踏み入れたことのない土地を、私はこうして旅することになったのである。敵国の心臓部を突っ切って馬で二日の道のりだった。一見すると、ブリトンの土地とほとんど変わらないように見える。サクソン人はブリトン人の土地を乗っ取って、ほとんど同じ方法で耕しているからだ。

ただ、干し草の山はこちらのほうが高く、もっときちんと積まれていた。また家の造りもがっちりしている。ローマのヴィラはほとんどが荒れ果てていたが、いまも使われている荘園もあちこちに残っていた。ここにはキリスト教の教会はない。というより、聖所や神殿のたぐいはいっさい見当たらなかった。一度だけブリトンの神像を見かけたが、その足下にはささやかな供え物が残っていた。ここにはまだブリトン人が住んでいるのだ。土地を所有している者もいないことはないが、たいていは奴隷かサクソン人の妻になっている。地名はすべて変えられていて、ブリトン人が治めていたころの名前など、護衛の槍兵たちは知りもしなかった。リッチェウォルド、ステルトフォルド、レダスハム、チェルメレスフォルトといった聞きなれないサクソン名の土地を通ったが、どこも豊かそうに見えた。侵略者がこしらえた急造の家や畑ではなく、人々が定住するれっきとした集落になっている。チェルメレスフォルトから南に折れて、バデウァンとウィックフォルドを通る。先導の槍兵たちが馬を進めつつ得意げに言うには、このあたりの農地は今夏にサーディックからエレに返されたのだという。来たる戦争にエレが協力を約束した代価なのだ。今度の戦争でブリタニアをすっかり占領して、ついに西の海に達するのだとかれらは言った。自分たちの勝利をまったく疑っていなかった。ドゥムノニアがランスロットの謀叛で弱体化したのはだれもが知っていた。その戦乱の報を聞いてサクソン人の王ふたりはその気になり、力を合わせてブリタニア南部を完全に占領しようと考えたのである。

エレの冬の陣営は、サクソン語でスンレスレアという場所にあった。見渡すかぎりの泥土の野と暗い湿地のなかに高い丘がそびえている。平坦な頂上から南を眺めれば、テムズ川の広い川面をはさんで、もやにかすむサーディックの領地が見渡せた。この丘に大きな館が建っていた。黒っぽいオーク材の頑丈な建物で、見上げる鋭くとがった切妻にはエレのしるしがつけてあった。血塗られた雄牛の頭蓋である。夕闇の迫るなか、孤高の館は黒々と巨大に屹立している。禍々《まがまが》しい場所だ。東には木立をはさんで村があり、ちらちらする無数の火が見えた。どうやらスンレスレアにはいま大勢の人々が集まっているようだ。あれは野営の火だろう。「祝宴をやってるんだ」と護衛の槍兵のひとりが教えてくれた。

「祭りを祝ってるのか？」

「サーディックの歓迎の宴さ。話し合いに来てるんだ」

もともと大して希望があったわけではないが、それも完全についえた。エレが相手なら生き延びる見込みもなくはない。だがサーディックが相手ではだめだ。エレには人間らしいところ、むしろ情味豊かなところがあるが、サーディックは冷酷無情な男である。

私はハウェルバネの柄に触れ、カイヌインを想った。生きてふたたび会う日があるようにと神々に祈る。ついに疲れた馬の背からおりるときがきた。マントをまっすぐに整え、鞍の前橋に掛けてあった楯をとって、敵と対面するために歩みだす。

雨に濡れた頂に高くそそり立つ禍々しい館。なかに入ってみると、イグサを敷いた床に腰をおろして戦士たちが飲み食いしていた。三百人はいるだろうか。浮かれ騒ぐ男たちはひげづらを赤く染めている。ブリトン人とはちがって、王の祝宴の間に武器を持ち込むのになんの不都合も感じていないようだ。広間の中央三か所に盛大に火が焚かれ、もうもうたる煙が立ち込めていた。そのせいで、広間の奥の長卓についている人々の姿は最初のうちは見えなかった。私に眼を留める者はない。長い金髪と濃いひげのせいで、サクソン人の槍兵にしか見えないからだろう。しかし、先導されて燃え盛る火のそばを通ったとき、私の楯に描かれた白い五芒星にひとりの戦士が目を留めた。戦闘でそのしるしに対面したことを憶えていたらしい。話し声と笑い声の渦のなかから唸《うな》り声が噴き出した。唸り声はたちまち広がり、ついには広間の全員がこちらに向かって吠えはじめた。そのなかを、主賓の食卓の置かれた壇に向かって私は歩いていった。戦士たちはエールの入った角杯をおろし、わめきながら床や楯を手で打ち鳴らしはじめた。その不吉な音が高い天井に鳴り響く。

剣ががん、と卓を打ち、広間はふいに静まりかえった。エレが立ち上がっている。粗削りの長卓から木っ端を散らしたのは彼の剣だったのだ。積み上げられた皿や酒を満たした角杯を前に、十人ほどの男たちがその卓に着いていた。エレの隣にはサーディックが腰をおろし、さらにその隣に座っているのはランスロットだった。ブリトン人はランスロットだけではなかった。その隣にうつむき加減に座っているのは彼のいとこのボースだし、卓の端にはアーサーの息子のアムハルとロホルトの顔も見える。みな敵ばかりだ。ハウェルバネの柄に触れ、名誉ある死を神々に祈った。

エレは私にひたと眼を当てている。知らぬ仲ではないが、私が自分の息子だと知っているだろうか。ランスロットは私を見て驚愕の表情を浮かべた。顔を赤らめさえした。通訳に手招きし、ふたこと三言耳打ちすると、通訳はサーディックの耳元に口を寄せて低声でなにごとか伝えた。サーディックも私の顔は見知っているが、ランスロットのことばにも敵の出現にも、眉ひとつ動かさなかった。あいかわらず表情の読めない男だが、一見すると書記かと思わせる顔をしている。きれいに剃った細いあご、秀でたひたい。唇は薄く、まばらな髪は櫛のあともくっきりとなでつけ、後頭部でまとめていた。とくに目立つでもない顔なのに、いちど会ったら忘れられないのはその眼のせいだ。淡色の瞳には慈悲のかけらもない。まさに殺人者の眼だ。

エレはあっけにとられて口もきけないようだった。サーディックよりかなり年上――というより、五十をひとつかふたつ越しているのだからどう考えても老人なのだが、いまでも手ごわそうに見えた。長身に広い肩幅、のっぺりした厳めしい顔、つぶれた鼻、傷痕の残る頬に黒々としたひげをたくわえている。上等の緋色のローブをまとい、首には分厚い黄金の首環《トーク》をかけ、手首にも黄金の腕環をはめている。しかしどれほど贅沢に着飾ろうとも、エレがなにを措いてもまず兵士であるという事実、熊のように巨大なサクソンの戦士であるという事実はごまかしようがなかった。右手は指が二本欠けている。はるか昔の戦闘で切り落とされたのだろうが、おそらく残酷無惨な復讐を果たしたにちがいない。エレはようやく口を開いた。「よくも来られたものだな」

「殿にお目にかかりに参りました」私は片膝をついた。まずエレに、次いでサーディックに頭を下げたが、ランスロットのことは黙殺した。私に言わせれば人間のくずだ。サーディックの小王、優美なブリトンの裏切り者、浅黒い顔には私への嫌悪がありありと浮かんでいた。

サーディックは長いナイフで肉を切り取り、口に運ぼうとしてふとためらった。「アーサーの使者には会わない」さらりと言った。「それでもやってくる愚か者は死ぬだけだ」肉を口に入れ、それでことは片づいたと言わんばかりにそっぽをむいた。サーディックの家来たちが私の死を求めて叫びだす。

また剣の刀身で卓を叩いて、エレが騒ぎを鎮めた。こちらに向かって、「アーサーの命令で来たのか?」

神々も嘘を赦《ゆる》してくださるだろう。「エルケからあいさつをことづかったのです。またエルケの息子として、父上にごあいさつ申し上げるために参りました。エルケの息子は、もったいなくも王ご自身の息子でもありますから」

これを聞いてもサーディックは平然としていた。通訳を聞いていたランスロットは切迫したようすで通訳にささやき返し、それを通訳がまたサーディックに伝える。サーディックを促してこう言わせたのはわかっている――「殺すべきだ」。私の死などささいなことだと言いたげに、落ち着きはらった口調だった。「約定をお忘れなく」とエレに釘を刺す。

「敵の使者には会わないというのが約定だ」エレは私の顔から眼を離さずに答える。

「その者が使者でないとでも?」さすがのサーディックも、ついにいらだちをあらわにした。

「これはわしの息子だ」エレがあっさり言うと、混み合った広間からいっせいに息を呑む音が湧いた。「これはわしの息子だ」重ねて言い、「そうだろうが」と私に尋ねた。

「仰せのとおりです」

「ご子息はほかにもおられる」サーディックは無頓着に言い、エレの左手に腰かけた数人のひげづらを身ぶりで示した。その男たち(たぶん私の異腹の兄弟だろう)は、面食らったようにこちらを見つめている。「その者はアーサーのことばを伝えに来たのだ!」サーディックは言い募った。ナイフを私のほうに突きつけながら、「この犬めは昔からアーサーに忠節を尽くしている」

「アーサーのことばを伝えに来たのか」エレは尋ねた。

「息子として父上にあいさつに参ったのです」私はまたしらを切った。「それだけです」

「殺すべきだ!」サーディックが切って捨てるように言うと、広間の家来たちがこぞって賛同の唸り声をあげた。

「わが館で、わが息子を殺すわけにはゆかん」エレは言った。

「では私にお任せを」サーディックが辛辣に言う。「ブリトン人が訪ねてくれれば、剣にかけぬわけにはゆかん」サーディックは広間全体に向かって言った。「それが約定だ!」サーディックの家来たちがいっせいに賛同の声をあげ、槍の柄で楯を打ちはじめた。私のほうに手を振って、サーディックは言った。「サクソン人でありながらアーサーのために戦っている害虫だ! 害虫には害虫らしい裁きがある!」戦士たちは私の死を求めて叫び、それに軍犬の唸りや吠え声まで重なって、喧騒は耳を聾するばかりだった。こちらを見つめるランスロットの顔にはなんの表情も浮かんでいない。アムハルとロホルトは、私を斬り捨てるならいくらでも手を貸しそうな顔をしていた。とくにロホルトは私を憎んでいる。彼が父に右手を切り落とされたとき、腕を押さえていたのは私なのだ。

エレは騒ぎが鎮まるのを待って口を開いた。「ここはわしの館だ」と、「わしの」に力をこめて言った。主人はサーディックではなく自分だと言いたいのだ。「ここで死ぬ戦士は、手に剣を握って死なねばならん。手に剣を持ったダーヴェルを殺そうという者がここにおるか?」挑戦者を待つように広間を見渡した。だが、名乗り出る者はない。エレは客人の王に目を向けた。「サーディック、あんたとの約定を破るつもりはない。われらが槍兵はともに行軍し、わが息子がなにを言おうと、われらの勝利に変わりはない」

サーディックは歯にはさまった肉片をせせり出した。「その者の首は」と私を指さし、「戦闘向きのよい軍標になるでしょう。私はその男が死ぬのを見たい」

「ではあんたが殺すがいい」エレがあざけるように言う。同盟を結んだとはいえ、ふたりのあいだには友情めいたものはかけらもなかった。エレは若いサーディックを最初から嫌っていたし、サーディックのほうはエレのやり方を手ぬるいと思っているのだ。

エレの挑発に、サーディックは薄笑いを浮かべた。「その仕事は、私でなくわが守護闘士《チャンピオン》がお引き受けする」と穏やかに受けて、広間に目を向ける。目当ての男を見つけると、指さして言った。「リオファ! ここに害虫がおる。殺せ!」

ふたたび快哉の声があがる。戦士というのは喧嘩と聞くだけでぞくぞくする連中だ。浴びるほど飲んだエールのせいで、今夜はいくつか派手な喧嘩が起きるだろう。しかし、王のチャンピオンと王の息子が命を賭けて戦うとなれば、酔っぱらいの喧嘩よりはるかに見応えがあるし、ふたりの竪琴弾きの音曲よりもずっとおもしろい余興になる。当の竪琴弾きたちは、広間の端から成り行きを見守っていた。

私は対戦相手のほうをふり向いた。すでにかなり酔っていればよいのだが。そうすれば簡単にハウェルバネの餌食にできる。そう思ったのだが、宴の客をかき分けて進み出てきた男を見て、その意外な風体に驚いた。エレのような大男を予想していたのに、しなやかな身ごなしの痩せた戦士だった。落ち着きはらった聡《さと》そうな顔には、ただのひとつも傷がない。こちらに恐れげもなく一瞥をくれると、マントを脱ぎ捨てて革の鞘から細身の長剣を引き抜いた。装飾品といえば簡素な銀のトークをつけているだけ。たいていのチャンピオンは華やかに着飾りたがるものなのに、服装は華美にはほど遠かった。どこをとっても経験と自信の塊だが、顔に傷痕ひとつないということは、とほうもなく幸運に恵まれているか、まれに見る技術の持ち主なのか。おまけにぞっとするほどしらふに見えた。主賓の食卓は、最前列の戦士たちから少し離れて置かれている。そのあいた空間へ進み出ると、王たちに向かって一礼した。

エレはしぶい顔をした。私に向かって、「わしと話をしたければ、このリオファの剣から身を守らねばならん。いまのうちなら、無事に立ち去って帰国することもできるぞ」この申し出に、広間全体から不満の声があがった。

「殿とお話をせずには戻れません」

エレはうなずき、腰をおろした。あいかわらず暗い顔をしている。リオファは、恐るべき剣の使い手という評判をとっているのにちがいない。サーディックのチャンピオンに選ばれるぐらいだから強いのは当然だが、エレの顔つきから推して、強いなどという生易しいものではないのだろう。

しかし、評判なら私も負けてはいない。それで心配になったのだろう、ボースがただならぬ様子でランスロットに耳打ちしている。いとこのことばを聞くと、ランスロットは通訳を手招きし、次いで通訳がサーディックにそれを伝えた。それを耳にするや、サーディック王は私に険悪な眼差しを向けてきた。「エレ殿、ご子息はマーリンの護符を身につけているのではありませんかな」

サクソン人は以前からマーリンを恐れていたから、これを聞くといっせいに怒りの声があがった。

エレは眉をひそめた。「そうなのか、ダーヴェル」

「いいえ、持っておりません」

サーディックは納得しなかった。「この者たちならマーリンの魔法を見分けられる」と、ランスロットとボースのほうに手をふった。通訳に話しかけ、命令をボースに伝えさせる。ボースは肩をすくめ、立ち上がると卓をまわって壇を降りてきた。近づいてこようとしてややためらったが、私は両手を広げて危害を加える気のないことを示した。ボースは私の手首を検《あらた》めた。結び目のある草の輪か、そのような護符を探したのだろう。それから留め紐を引いて私の革の胴着《ジャーキン》の胸元を開いた。「用心しろよ、ダーヴェル」とブリトン語でささやく。私ははっとした。ボースは敵ではなかったのだ。私の身体検査をするようランスロットとサーディックに勧めたのは、警告を耳打ちするためだったのである。「イタチみたいに敏捷なやつだ」ボースは続けた。「両手使いだ。足を滑らせてみせたら要注意だぞ」カイヌインからの贈り物の小さな黄金のブローチを見つけて、「魔法がかかってるか?」と尋ねてきた。

「いや」

「ともかく預かっとく」ブローチの針をはずして広間の戦士たちに見せると、護符を隠していたというので怒りの叫びが沸き上がった。「それと、楯を渡してもらおうか」ボースは言った。リオファは持っていないからだ。

左腕を輪穴から抜いて楯を渡すと、ボースはそれを壇に立てかけ、上端にカイヌインのブローチを落ちないように載せた。どこに置いたか見ていたことを確認するつもりか、眼を合わせてきたので私はうなずいてみせた。サーディックのチャンピオンは、立ち込める煙を切り裂くように剣を振った。「ただいちどの戦闘で四十八人殺したこともある」穏やかな、むしろ退屈そうな声で言う。「戦場で敵を何人倒したか、あまり多くて忘れてしまった。それでもいちども傷を受けたことはない。いまのうちに降参すれば楽に死なせてやるぞ」

「おとなしく剣をこっちに寄越せ」私もやり返した。「お仕置きされたくなければな」

こういう侮辱の応酬は形式的なものだ。リオファは私のことばを聞いて肩をすくめ、王たちのほうへふり向いた。あらためて一礼する。私もそれにならった。壇と三つの焚き火とにはさまれた空間に、私たちは十歩ほど離れて立った。両端には男たちが興奮して集まってきた。あちこちで硬貨を投げる音がする。賭が始まっているのだ。

始めてよいという合図に、エレはこちらに向かってうなずきかけた。私はハウェルバネを抜き、その柄に唇を寄せた。はめ込んだ小さな豚の肋骨に口づけをする。この二本の骨片こそ本物の護符である。ブローチよりはるかに強力な魔よけなのだ。この豚の骨は、かつてマーリンの魔法に使われたものなのだから。べつに不思議な力で守ってくれるわけではないが、私はもういちど柄に口づけをして、リオファに正対した。

剣は重くて扱いづらいしろものだ。戦場ではすぐに刃こぼれするから、大きな鉄の棍棒とあまり変わらず、しかも振りまわすにはかなりの力が要る。剣闘には洗練された技術などお呼びでないが、技術が不要というわけではない。技術は偽装のうちにある。攻撃が左から来ると見せかけて、敵がそちらを防御しているときに右から攻撃するのだ。もっとも、剣闘の決め手になるのはふつうそんな技術ではない。ものを言うのはけだもののような腕力だ。体力を消耗して受けきれなくなったところへ、剣を振り下ろしてぶった切ったほうが勝つのである。

だが、リオファの戦いかたは違っていた。実際、あんな戦士とあいまみえたのはあとにも先にもこのときだけだ。近づいてくるのを見ただけで違いはわかる。長さはハウェルバネと変わらないが、剣の刀身がずっと細くて軽い。速さのために重さを犠牲にしているのだ。ボースが忠告してくれたとおり速そうだ。と気がつくより早く、電光石火に攻撃をしかけてきた。大きく弧を描いて刀身を振るうのでなく、突いてきた。右腕の筋を切っ先で切り裂こうとしたのだ。

私は身をかわしてよけた。この手の戦いは目まぐるしい攻撃と反撃の連続だから、あとで経過を思い出そうとしても一手一手をはっきり思い描くことはできないものだが、彼の眼の光を見ていた私は、その剣が前に突き出されるいっぽうなのを見てとって、突きが素早く繰り出されるのと同時に身をかわしていた。素早い突きにも平静を装い、剣で受けずに右に左に身をかわしつづけ、相手がバランスを崩したと見るや、唸り声とともにハウェルバネを下から振りあげた。雄牛の腹さえ裂けそうな一撃だった。

敵は後ろに飛びすさった。バランスを崩してなどいなかったのだ。両手を大きく広げられて、私の一撃は相手の腹の六インチほど手前を虚しく払っただけだ。彼はこちらがまた剣を振るうのを待ち構えていたが、私は向こうの出かたを待っていた。戦士たちがはやし立て、血を求めて叫んでいたが、耳を貸さなかった。リオファの冷静な灰色の眼をひたと見すえていた。彼は右手に持った剣をあげ、前に差し伸べて私の剣に軽く当て、そして振り下ろしてきた。

やすやすと受け流し、すぐに逆刃を防ぐ。振り下ろされた剣が振り上げられるのは、夜のあとに昼が来るようなものだ。剣の切り結ぶ音が派手に響いたが、リオファがまだ本気を出していないのが感じとれた。こちらの戦いかたに合わせているのだ。だが、じりじりと前進し、次から次に剣を繰り出しながら、こちらの実力を量ってもいる。受け流しているうちに攻撃がしだいに激しくなったのを感じ、ついに本気を出そうとしているなと思ったちょうどそのとき、彼は剣を振るう手を途中で止め、剣をぱっと手から放したと思うと、左手に持ち替えて私の頭にまっすぐ振り下ろしてきた。その速いこと、獲物に飛びかかる毒蛇さながらだ。

頭上からのこの一撃をハウェルバネが受け止めた。どうしてそんなことができたのかわからない。ずっと横からの攻撃に備えていたのに、だしぬけに敵の剣が消え、頭上に死神が降ってきた。それなのに、なぜか私の剣はあるべき場所にあって、敵の軽い剣はハウェルバネの柄のほうへ滑った。この受けを反撃につなげようとしたが、その反撃には力が入らず、敵はやすやすと後ろへ飛びすさった。私はそのまま前進し、こんどはこっちの番だとばかりに剣を振りまわした。ありったけの力をこめていたから、ひと振りでもくらえばはらわたが裂けていただろう。私の攻撃の速さ激しさに、向こうは後退するほかなかった。私に負けず劣らずやすやすと受け流していたが、受ける剣には力がこもっていない。剣を振りまわすように仕向け、自分は剣で防御するのでなくたえず後退することで身を守っている。そしてまた、骨と肉と血に食い込むべき剣にむなしく虚空を切らせて、こちらが体力を消耗するのを待っているのだ。私は最後に勢いよく振りおろした剣を途中で止め、手首を返すなり腹を目がけて突き出した。

その突きを剣で受けると見せて、敵は横に身をかわして振り下ろしてきた。だが、私も同じく素早く横に飛んでいたので、互いに相手をとらえ損ねて胸と胸とをまともにぶつけてしまった。息のにおいがした。かすかにエールのにおいが混じっているが、酔っていないことはたしかだ。彼は一瞬凍りついたが、剣をもつ腕を礼儀正しく横に開いて、問いかけるような眼差しを向けてきた。ここは離れようということだろう。私はうなずき、お互いに剣をそらして後退した。戦士たちは興奮してしゃべりあっている。一世一代の大勝負を見物しているのだ。ここではリオファは知らぬ者のない勇士であり、たぶん私の名も多少は知られているだろう。だが、おそらく敵のほうが上手《うわて》だ。かりに私に技術があるとしても、それは兵士の技術だ。楯の壁の破りかた、槍と楯、あるいは剣と楯で戦う方法である。だが、サーディックのチャンピオン、リオファの技術はただひとつ、一対一の剣闘だ。まさに死神の技である。

互いにあとじさって六、七歩ほど離れたとき、リオファがこちらに跳躍してきた。舞い手のようにひらりと跳びあがり、まともに切りかかってくる。ハウェルバネで激しく受けると、その猛烈な受け手にひるんで後退した。思っていたより私が速いのか、あるいはふだんより彼の動きが鈍っていたのかもしれない。エールが少量でも入ると、動作は緩慢になるものだ。つねに酔っぱらって戦闘に臨む者もいるが、長く生き残るのはしらふで戦う戦士である。

相手がひるんだのが引っかかった。傷は負っていないのに、なぜか見るからに不安の色をのぞかせている。切りかかっては後ろに飛びすさる。その退《さ》がりかたがまた引っかかる。なぜひるんだのか？　そのとき、彼の受ける剣に力がこもっていなかったのを思い出す。なるほど、剣と剣をまともに打ち合わせるのを避けているのだ。あの剣は軽すぎる。渾身の力をこめて打ちかかられたら、たぶん刀身が折れてしまうだろう。私はふたたび剣を振るいはじめた。ただ、こんどは途中で止めずにあくまでも振りまわしつづけ、大声で吠えながら大股に前進した。空気にかけて呪い、火にかけて呪い、海にかけて呪った。女と呼んでののしり、リオファの墓を、そしてリオファの母親の墓を犬の墓と呼んで侮辱した。彼はひとことも発せず、私の剣に自分の剣を当てては流し、絶えず後退しながら、淡色の瞳をこちらにひたと当てている。

そのとき、彼は足をすべらせた。イグサにすべった右足が宙に浮き、仰向けにひっくり返った。身体を支えようと左手をのばす。私は死ねと叫んでハウェルバネを高々と振りかざした。

だが、必殺の一撃を振りおろそうともせず、私はそこで一歩わきへよけた。

ボースに警告されていたからこれを待っていたのだ。実際にこの目で見ても信じられず、あやうく引っかかるところだった。どう見ても偶然すべったとしか思えなかった。だが、リオファは剣の使い手でありながら軽業師でもあったのだ。バランスを崩してひっくり返ったとしか見えなかったのに、次の瞬間にはそれがしなやかな攻撃の動作に変わり、私の足があるはずの場所を剣で払っていたのである。いまでも、あの細身の長剣が空気を切る音が聴こえるようだ。床のイグサの数インチ上をなぎ払った剣は、まちがいなく私の足首に食い込んでいただろう。ただ、そこにはあるはずの足がなかった。

私は一歩退いて、落ち着いて彼を見おろしていた。くやしげにこちらを見上げる顔。「立て、リオファ」と言う私の声は静かで、先ほどの怒りの激発が芝居だったことを教えていた。

このとき初めて、私のことを手ごわい敵だと彼は思い知ったのだと思う。一、二度まばたきをする。たぶん最高の罠を仕掛けたのにそれが通じず、自信が揺らぎはじめている。しかし、腕が鈍ったわけではない。激しく前進してきて私を押し戻した。目にも留まらぬ素早さで細かく剣を振り、突きを繰り出し、と思うとだしぬけに大きく払う。私は払う剣は受けずにやり過ごし、ほかの攻撃はできるだけ右に左に受け流し、剣をそらすことで相手のリズムを崩そうとしたが、ついに切りかかってきた剣をよけそこね、まともに左の前腕にくらった。革の袖のおかげで衝撃は弱まりはしたが、このときの傷はその後一か月近く消えなかった。見物の戦士たちからため息が洩れる。戦いの模様を食い入るように見つめ、最初に流れる血を見ようと意気込んでいたのである。私の前腕から剣を引き戻すとき、リオファは革を切り裂いて骨まで刃を食い込ませようとした。だが、腕をさっと引っ込めてハウェルバネで突きをくれると、彼はあとじさった。

向こうは私がさらに攻撃してくるのを待っている。しかし、こんどはこっちが罠を仕掛ける番だ。わざと向かって行かず、剣をわずかに下げて荒い息をついた。頭をふり、汗ではりついた髪をひたいからふり払おうとする。盛大に燃える火のそばは暑かった。リオファはこちらを注意深く観察している。息切れがしていること、剣が揺れていることに気づいたはずだが、ここであえて危険を冒すようでは四十八人も殺すことはできまい。私の反応を見ようとすばやく切りつけてくる。かわさねばならないが、肉に食い込む斧の一撃とちがって致命傷をもたらすことはない。私は剣で受け流したものの、わざと反応を遅らせた。リオファの剣の切っ先が上腕に刺さったところで、ハウェルバネで刀身の太い部分を打った。私はうめき声をあげ、身体を揺すって見せ、返す刃で切りつけようとしたが、向こうはやすやすとよけた。

今度も私は相手の攻撃を待った。突いてくるのを受け流したが、このときは反撃に出なかった。見物の戦士たちはしんと静まりかえっている。幕切れが近いと悟っているのだ。リオファはまた突こうとし、私はふたたび受け流した。彼が突きを好むのは、大事な剣を危険にさらさずに相手を殺せるからだ。しかし、すばやい突きをなんども受け流していれば、いつかは昔ながらの戦法で殺そうとするだろう。さらに二度突いてきたが、私は最初の突きを不器用に横に流し、二度めは後ろに退がって、汗がしみるようなまねをして左の袖で眼をこすった。

ついに剣を振り下ろしてきた。初めて雄叫びを発しながら、高々と頭上に振りあげた剣を、私の首筋めがけて力いっぱい振り下ろす。私はこれをたやすく受けたが、よろめいた。ハウェルバネの刃でその振り下ろした一撃を頭上から横へ払い、そこで少し刃を下げた。すると、リオファはこちらの狙いどおりの行動に出た。

ここぞとばかり、力いっぱいに剣を振り上げたのである。すばやいあざやかな一手だったが、彼の速さは先刻承知だ。そのとき早く、私はハウェルバネを上げて反撃に出ていた。相手に勝るとも劣らぬ速度で、両手で柄を握って思いきり剣を振り上げた。だが、狙いはリオファではない。リオファの剣だ。

剣と剣がまともにぶつかった。

だが、響いたのは澄んだ高い音ではなく、腹に響く鈍い音だ。

リオファの剣は折れた。先端から三分の二ほどできれいに折れて、折れた刀身はイグサのなかに落ちた。手に残ったのは付け根だけだ。恐怖の表情を浮かべたが、次の一瞬、その剣の付け根で攻撃しようとするかに見えた。が、ハウェルバネで素早く二度切りつけると後退した。私が疲れていないことはこれでわかったはずだ。そしてまた、自分がもう死んだも同然だということも。それでも折れた剣でハウェルバネを受けようとする。だが、その力ない鋼の切れ端をハウェルバネであっさり弾き飛ばし、そこで私は突きをくれた。

そして、彼の喉首の銀のトークに切っ先を突きつけて、手を止めた。「殿、お願いがございます」私はエレに呼びかけたが、眼はリオファの眼に当てたままだ。広間は寂として声もない。サクソン人のチャンピオンが負かされたのを目のあたりにして、ものも言えなくなっている。「殿！」私はまた呼んだ。

「申してみよ」エレが答える。

「サーディック王のチャンピオンと戦えと仰せでしたが、殺せとは聞いておりません。チャンピオンの命を私にお預け願いたい」

やや間があって、エレは言った。「好きにするがいい」

「降参するか？」私はリオファに尋ねた。すぐには答えようとしない。誇り高いチャンピオンとして、いまでも勝利があきらめきれないのだ。相手がためらっているうちに、私はハウェルバネの切っ先を喉元から右頬に移した。「さあ、どうする」

「降参する」そう言って、剣の付け根を投げ捨てた。

私はハウェルバネを突き出して、頬骨から皮膚と肉をえぐりとった。「そら傷だぞ、リオファ」私は言った。「エレの子ダーヴェル・カダーン卿と戦って負けた記念だ。忘れるな」血を流している彼に私は背を向けた。やんやの喝采が沸き起こる。男というのは妙な生き物だ。さっきまで血を求めてわめいていたのに、いまは私がチャンピオンの命を助けたというので拍手喝采している。私はカイヌインのブローチを取り、楯を手にして父を見上げた。「殿、エルケがよろしくと申しておりました」

「しかと聞いたぞ、ダーヴェル卿」エレは言った。「しかとこの耳でな」

息子のひとりが譲った左側の椅子に、エレは私を手招きした。こうして、私はアーサーの敵と並んで主賓の食卓に着いたのである。祝宴は続いた。


宴が果てると、エレは私を連れて壇の裏にある自室に引き揚げた。天井の高い広い部屋で、中央には火が燃え盛り、切妻壁の壁際に毛皮の寝床がしつらえてあった。衛兵を外に張りつかせて扉を閉め、側方の壁際にある木製の櫃に座るよう私に手招きする。自身は部屋の奥に歩いてゆき、下穿きを下ろすと土の床に掘った穴に放尿しはじめた。「リオファは速い」小便をしながら言う。

「はい」

「てっきりおまえは負けると思った」

「あれぐらいの速さではまだまだです。エールのせいで動きが鈍っていたのかもしれません。唾をおかけなさい」

「何にだ」

「小便にです。魔よけのために」

「わしの神々は、小便も唾も気にせんぞ、ダーヴェル」とおかしそうに言った。息子のうちふたりがすでに部屋に呼ばれていた。フロスガルとチルニングだ。ふたりはしげしげと私を観察していた。「さて、アーサーはなんと言ってよこしたのだ」エレが尋ねる。

「どうしてアーサーが私をよこしたと思われるのですか」

「そうでなければここに来るはずがなかろうが。おまえの母を孕ませたのはどんな馬鹿だと思っておるのだ。アーサーは何が望みなのだ。いや、言うな。当ててみせよう」ズボンの紐ベルトを締めると、部屋にひとつきりの椅子に腰をおろした。黒い木でできたローマの肘かけ椅子で、象牙が象嵌されていた。だが、その象牙はあらかたはずれて、はめ込んだ跡だけが残っている。「領土はそのまま持っていてよいと言うのだろう。来年わしがサーディックを攻撃すれば」

「仰せのとおりです」

「断る」うなるように言う。「すでにもっているものをくれようとは、それで条件のつもりか」

「永遠の和平をお約束するのです」

エレはにやりとした。「なにかを永遠にと約束する者は、真実を軽んじておるのだ。この世には永遠に続くものなどありはせん。年が明ければ、わしの槍兵はサーディックとともに進軍するとアーサーに言え」声をたてて笑って、「ダーヴェル、時間のむだだったな。だが、おまえに会えたのはうれしい。明日はエルケのことを話そう。

夜伽の女は要らんか？」

「いえ、けっこうです」

「だいじな王女さまの耳にはけっして入るまいぞ」からかっているのだ。

「いえ、けっこうです」

「これでわしの息子だと言うのだからな！」エレが笑うと、息子たちもいっしょになって笑った。ふたりとも長身で、髪の色こそ濃いが、私と似ているのではないかと思う。かれらが呼ばれたのは、この部屋での会話を聞かせるためだろうとも思った。ほかのサクソンの指導者たちに、エレの断固たる拒絶を伝えさせるつもりなのだろう。「この扉の外で寝るがいい」エレは私に言うと、手をふって息子たちを部屋から退《さ》がらせた。「あそこなら安全だ」フロスガルとチルニングが出てゆくのを待って、エレは手を伸ばして私を引き止めた。押し殺した声で、「サーディックは明日帰る。ランスロットもいっしょにな。おまえを生かしておいたことでサーディックはわしを疑うだろうが、疑われただけでは死にはせん。ダーヴェル、明日話そう。アーサーにもう少し長い返事がある。望みどおりの返事ではないだろうが、これで命がつながるかもしれんぞ。さあ行け。まもなく客が来るのでな」

父の部屋の扉と壇とにはさまれた狭いすきまで眠った。夜更け、若い女が私のわきをすり抜けて、エレの寝所にすべり込んでゆく。いっぽう、戦士たちは広間で歌い、喧嘩をし、酒をあおっていたようだが、やがてひとりまたひとりと眠り込んでいった。もっとも、最後のひとりがいびきをかきはじめるころには夜が明けていた。それと入れ違いのように私は眼を覚まし、スンレスレアの丘の上で雄鶏が時をつくるのを耳にした。ハウェルバネを吊り、マントと楯を取り上げて、残り火を横目に外へ出た。冷気が肌を刺す。平坦な丘の頂上に垂れ込めるもやは、斜面をくだるほど濃さを増し、テムズの川幅が広がって海に続くあたりは分厚い霧にすっぽり覆われていた。館を離れて丘の端へ歩いてゆき、川を覆い隠す白い霧を見下ろす。

背後から声がした。「ひとりでいるところを見つけたら殺せと、主君に命令されている」

ふり向くとボースだった。ランスロットのいとこにしてチャンピオンだ。「あんたに礼を言わなくては」私は言った。

「リオファのことで忠告してやったからか？」大したことではないと言うように肩をすくめた。「速いだろう。速くて手ごわい」私と並んで立ち、リンゴをひと口かじったが、腐りかけていたとみえて投げ捨てた。ボースも大柄な戦士だ。傷だらけで黒いひげ面の槍兵、数かぎりない楯の壁に立ち、数かぎりない味方が斬り殺されるのを見てきた男だ。げっぷをして、「いとこにドゥムノニアの玉座を与えるために戦うのはいいが、サクソン人のために戦うのは願い下げだ。それに、おまえが斬り殺されてサーディックが喜ぶとこなんざ見たくないしな」

「しかし、来年になったらあんたはサーディックのために戦うんだろう」

「おれが？」からかうように問い返してきた。「来年のことは来年になってみなきゃわからん。船に乗ってリオネスにでも行くかな。リオネスの女は世界一別嬪だっていうじゃないか。銀の髪に黄金の肌、おまけに舌がないんだと」声をたてて笑うと、小袋からべつのリンゴを取り出して袖でこすった。「ともかく、おれの主君は」——というのはランスロットのことだ——「サーディックのために戦うだろうさ。ほかに道はないからな。アーサーに歓迎されるはずはないし」

やっとボースの言いたいことがわかってきた。「アーサーは、あんたにはなんの恨みもない」私は用心しいしい言った。

「おれのほうもだ」口いっぱいにリンゴをほおばったままで言う。「とすれば、おれたちはいつかまた会えるかもしれんな、ダーヴェル卿。いや、あんたを見つけられなくてじつに残念だった。殺せばたんまり褒美がもらえたんだが」にやりと笑うと、歩き去っていった。

二時間後、ボースがサーディックとともに立ち去るのを私は見守っていた。かれらのくだってゆく丘の斜面では、晴れはじめた霧が紅葉の木々のあいだを切れ切れに漂っている。サーディックに従う百名の兵士は、ほとんどが昨夜の祝宴のせいでよれよれになっていたが、立ち去る客の護衛を務めるエレの兵士もその点は同じだった。私は馬にまたがってエレの後ろを進み、エレのほうは、馬の手綱を牽かせてサーディック王やランスロットと並んで歩いている。三人のすぐ後ろを歩くのはふたりの軍標もちだ。ひとりはエレのしるし——点々と血痕の飛ぶ雄牛の頭蓋——を、もうひとりはサーディックのしるし——狼の頭蓋を赤く塗り、死人から剝いだ皮を下げたもの——を、それぞれ竿に戴いて捧げ持っている。ランスロットは私を無視していた。今朝がた館でたまたま出くわしたときは、向こうは私なぞそこにいないかのようにふるまい、こちらも知らん顔をしていた。私の末娘は彼の家来に殺されたのだ。娘を手にかけた下司どもはすでに殺したとはいえ、ランスロット本人にもディアンの魂の復讐を味わわせてやりたかった。しかし、エレの館でそれはできない。そしていま、テムズ川のぬかるんだ土手を見下ろす草深い斜面に立ち、ランスロットと彼のわずかばかりの家臣が歩いてゆくのを私は眺めていた。サーディックは川に浮かべた船にすでに乗り込んで待っている。

私に挑みかかってきたのはアムハルとロホルトだけだった。このむっつりした双子の若造は、父を憎み、母をさげすんでいた。自分では王子のつもりでいるのだが、称号を軽蔑しているアーサーがそう名乗るのを許さず、そのためふたりの恨みはつのるいっぽうだった。王族の地位も所領も富も名声も、本来なら与えられるはずなのに与えられなかったと思い込み、アーサーを倒そうとする者ならだれにでも喜んで手を貸すつもりなのだ。自分たちの不幸はすべて父アーサーのせいだと信じているのである。ロホルトの右手の断端には銀の覆いがかぶせてあり、その覆いには二本の熊の鉤爪が取り付けてあった。私のほうをふり返ったのはそのロホルトである。「来年を待っていろ」と声をかけてきた。

ことを構えたくてうずうずしているのだ。私は声を荒らげもせずに答えた。「楽しみにしている」

彼は銀の覆いをかぶせた断端をあげてみせた。父にエクスカリバーでその手を切り落とされたとき、私が腕を押さえていたのを思い出させようというのだろう。「きさまには手の貸しがあるからな、ダーヴェル」

私は黙っていた。アムハルが引き返してきて片割れのそばに立つ。ふたりとも父親ゆずりの骨太であごの長い顔をしているが、似ているのは外見だけで、父の剛毅さは片鱗も宿っていない。小賢しさばかり目立つ顔は、むしろ狼を思わせる。

「聞こえなかったのか」とロホルト。

「まだ片手があるのをありがたく思え。おまえに借りがあるとすれば、ハウェルバネで返すまでだ」

ふたりはためらった。だが、ここで剣を抜けばサーディックの衛兵が加勢してくれるという確信はない。結局は私に向かって唾を吐くだけで我慢して、こちらに背を向けると、サーディックの二隻の船の待つ泥の岸辺へ下っていった。

スンレスレアのふもとの岸辺は陰気な場所だった。川と海とが出合う、陸とも海ともつかない場所。泥土の堤と浅瀬と入り組んだ潮路ばかりの単調な眺め。騒ぐカモメをしりめに、サーディックの槍兵たちは波うちぎわのぬかるみに踏み込み、浅い潮路の水をはねかしてサクソンふうの細長い船に近づくと、木製の舷縁を乗り越えた。ランスロットはマントのすそをつまみ上げて、悪臭のする泥のなかをそろそろと歩いてゆく。ロホルトとアムハルがそれに続き、船までたどり着くとふり返ってこちらに指を突きつけてきた。悪運をもたらすしるしだが、私は無視した。帆はすでに揚がっていたが、風は弱く、舳先《へさき》の高い二隻の船は、サーディックの槍兵のもつ長い櫂であやつるしかなかった。潮の引いてゆく細い水路から出てゆくため、狼をかたどった舳先を外海のほうへ向けると、漕ぎ手に早変わりした戦士たちは歌を歌いはじめた。「おっかあのためならソーレ、あの娘のためならソーレ、かかあのためならソーレ、かかあと寝床でソーレ」櫂の調子をとる舟歌だ。「ソーレ」のところで声を高めて、長い櫂を力いっぱい引き寄せる。二隻の船は船足を速め、稚拙な狼の顔が描かれた帆がしだいに霧に呑まれてゆく。「おっかあのためならソーレ」また歌が始まった。ただ、霧の向こうから聞こえる声はいよいよ細い。「あの娘のためならソーレ」、低い船体はしだいにぼやけ、ついに深まりゆく霧に姿を消した。「かかあのためならソーレ、かかあと寝床でソーレ」歌声はどこから聞こえるとも知れず、やがて櫂の水音とともに薄れて消えた。

家来ふたりに抱えあげられて、エレは馬にまたがった。「眠れたか」鞍に腰を落ち着けると、私に向かって尋ねた。

「はい、おかげさまで」

「わしはもっといいことをしておった」ぶっきらぼうに言う。「ついて来い」かかとで馬腹を蹴ると、馬首をめぐらして浜に沿って進みだした。引き潮に潮路は波立ち、渦を巻いている。客人を見送るため、今朝のエレは武人の王らしく装っていた。鉄の兜は黄金で縁どりされ、扇のように広がった黒い羽根の頭立で飾られている。革の胸甲と長靴は黒く染められ、肩には長く黒い熊皮のマントをかけ、そのために小さな馬がますます小さく見えた。騎馬の家来が十人ほどついてきており、うちひとりは例の雄牛の頭の軍標を捧げ持っていた。エレも、私と同じで乗馬が下手だった。「アーサーがおまえを送ってくるのはわかっておった」だしぬけに言い、私が答えずにいるとふり向いた。「それで、おふくろを見つけたと言ったな」

「はい、殿」

「どうしておった？」

「年老いておりました」正直に答えた。「年老いて太って、醜くなっていました」

エレはため息をついた。「うら若い娘のころは全軍の胸を破るほどの別嬪でも、ふたりか三人子供を産むとみな老けて太って醜くなる」しばし口をつぐみ、物思いにふけっている。「だがどういうわけか、エルケだけはべつだと思っておった。とびきりの別嬪だったからな」残念そうに言ったが、ふとにやりとした。「とは言うものの、若いのが次々に生まれてくるのはありがたいことだ、な？」声をあげて笑うと、またこちらにちらと眼をくれた。「最初に母の名を聞いたときから、おまえがわしの子なのはわかっておった」ややあって続けた。「最初の息子だ」

「最初の庶子です」

「それがどうした。わしの血に変わりはあるまいが」

「殿の血を引いているのを誇りに思います」

「そうだろうとも。もっとも、仲間はいくらでもおるぞ。血を分け与えることについてはわしは気前がよくてな」喉の奥で笑うと、馬首をめぐらして泥の土手のほうへ向けた。鞭をくれてすべりやすい斜面を登らせると、そこには引き揚げられた舟がずらりと並んでいる。「見ろ、ダーヴェル！」父は言って、手綱をしぼるとその舟を指さした。「見ろ！　いまは無用の長物だが、ほとんどはこの夏に着いた舟だ。舟べりまでぎっしり移民を乗せてな」かかとでまた馬腹を蹴り、みすぼらしい舟が並ぶそばをゆっくりと進みはじめた。

泥の土手には八十から九十艘の舟が引き揚げられていた。どれも両頭式の優美な舟だが、例外なく傷んでいる。

板は緑色のへどろに覆われ、底には水が溜まり、肋材は腐りかけて黒ずんでいた。着いて一年以上になるのだろう、なかには黒い骨組しか残っていない舟もあった。「一艘につき六十人だぞ、ダーヴェル」エレは言った。「少なくとも六十だ。潮が満ちるたびに続々とやって来たのだ。いまは外海が荒れる季節だから来ぬだけで、新たに舟を建造しておるのだ。春になればまたやって来る。ここだけではないぞ。海岸という海岸に詰めかけて来おるのだ」と、ブリタニアの東岸全体を示すように腕を払ってみせた。「海岸を舟で埋めつくすのだぞ！　その一艘一艘にわが民がぎっしり乗り込んでおり、そのすべてが家を、そして土地を求めておるのだ」最後のことばを噛みつくように言い放ち、返事も待たずに馬首をあさっての方向に向けてしまった。「こっちだ！」エレが叫ぶ。私はその馬のあとを追って、さざ波の寄せる潮路の泥濘を渡り、砂利の堤を登り、イバラのやぶを抜け、頂にエレの館のそびえる丘を登った。

エレは丘の肩で馬を止めて待っていた。私が追いつくと、なにも言わずに眼下の丘の鞍部を指さしてみせた。軍が集結していた。数え切れないほどの兵士がその窪地に集まっている。しかも、エレの全軍から見れば、この軍勢とてごく一部でしかないのだ。密集して立つサクソンの戦士たちは、空を背にした王の姿を丘上に認めると、いっせいに歓呼のどよめきを爆発させ、槍の柄で楯を打ちはじめた。その耳を聾する音は灰色の空を埋めつくすようだ。エレが指の足りない右手を挙げると、轟きはしだいに静まってゆく。「見たか、ダーヴェル」

「殿が見せてくださったものは見ました」私ははぐらかしたが、エレの言いたいことはよくわかっていた。引き揚げた舟、武装した兵士の大軍。

「わが軍は強大になった。逆にアーサーの力は衰えておる。兵を五百も集められるか？　あやしいものだ。ポウイスの槍兵は助太刀に来るだろうが、それで足りるだろうか。これまたあやしいものだ。ダーヴェル、わが軍には訓練の行き届いた槍兵が一千おる。しかも飢えた男どもがその倍はおるのだ。一片の土地を手に入れるために喜んで斧を振るう者どもだ。サーディックはさらに大勢の、ずっと多くの兵士を抱えておる。あやつのほうが切羽詰まっておるほどだ。わしらはふたりとも土地が要るのだ。その土地をアーサーは持っておる。そしてアーサーは弱い」

「グウェントには一千の槍兵がおります。ドゥムノニアに殿が侵入なされば、グウェントが助太刀に来るでしょう」自信はなかったが、あるふりをしたところでアーサーの大義に傷もつくまい。「グウェント、ドゥムノニア、ポウイスが一丸となって戦います。アーサーの旗に馳せ参じる軍勢はまだあります。黒楯族はこちらにつくでしょうし、グウィネズやエルメトはもちろん、ヘレゲドやロジアンからも槍兵が集まってくるでしょう」

この法螺《ほら》を聞いてエレはにやりとした。「ダーヴェル、まだ話は終わっておらんぞ。ついて来い」そう言うと、また馬腹を蹴ってさらに丘を登りはじめた。だが、こんどは東にそれて木立のほうへ向かう。木立のとば口で馬を下り、護衛の兵士にその場で待てと合図すると、私ひとりをともなってじめじめした小道を歩きだした。小道の先には木々を伐り拓いた開拓地があり、小さな木の建物が二棟建っていた。小屋と呼んだほうがよいくらいの小さな建物で、藁葺き屋根にはピッチが塗られ、低い壁は丸太作りだった。「そら」と、手近の小屋の切妻壁を指さす。

私は魔よけに唾を吐いた。切妻壁の上方に木の十字架が掲げてあったからだ。ここ異教のロイギルの地で、まさかこんなものを眼にしようとは。キリスト教の教会堂だ。ややずんぐりした第二の小屋は、どうやら司祭の住居らしい。来客を出迎えようと、当の司祭が低い戸口から這い出るように姿を現した。剃髪した頭、修道士の黒いローブ、もしゃもしゃの褐色のひげ。エレを見ると深々と頭を下げ、「キリストの館へようこそ、王よ！」なまりのひどいサクソン語で言った。

「おまえはどこの者だ?」私はブリトン語で尋ねた。

母国のことばで話しかけられて、司祭は眼を丸くした。「ゴバンニウムでございます」司祭の女房が小屋から這いだしてきて、亭主と並んで立った。恨みがましい目つきの薄汚い女だ。

「ここで何をしている」私は司祭に尋ねた。

「主イエス・キリストがエレ王の眼を開いてくださり、この地の人々にキリストの教えを伝えるよう招いてくださったのです。私はここで、ゴルヴィズ司祭とともにサイスに福音を伝えております」

見ればエレはにやにやしている。「グウェントの伝道師ですか」私は尋ねた。

「腰抜けどもよ、そうではないか?」エレは手をふって、修道士とその妻を小屋に戻らせた。「スノルとサクスネットへの信仰を捨てさせるつもりでおるのだ。だからそう思わせてやっておる。いまのところはな」

「つまり」私はおもむろに口を開いた。「マイリグ王は和平を約束しているのですね。グウェントの司祭に伝道を許す見返りに」

エレは笑った。「あのマイリグという小僧は阿呆だな。自分の国の安全より、敵国の民の魂のほうが気がかりと見える。グウェントの槍兵一千を遊ばせておけるのなら、司祭ふたりなど安いものだ。そのあいだにドゥムノニアをとれる」私の肩に腕をまわし、馬を止めた場所へ戻りはじめた。「ダーヴェル、これでわかっただろう。グウェントは兵を出そうとはせんぞ。この国にあの宗教を広める見込みがあると、王が思い込んでおるかぎりはな」

「それで、広まっているんですか」

エレは鼻を鳴らした。「奴隷や女には、多少はな。だが多くはない。大きく広がることはないさ。わしが見張っておるからな。あの宗教がドゥムノニアで起こした騒ぎを見た以上は、二の舞はごめんだ。これまで古い神々を信じてうまくやってきたのに、このうえなぜ新しい神が要るものか。ブリトン人の災いは半分はそのせいだ。神々を失っておるからだ」

「マーリンは失ってませんよ」

エレはびくっとして立ち止まった。木立の下陰でふり向いたその顔に、不安がよぎるのがわかった。昔からマーリンを恐れているのだ。「噂は聞いておる」ためらいがちに言った。

「ブリタニアの宝物の話ですね」

「どういうものなのだ?」

「大したものではありません」私は正直に答えた。「古ぼけたがらくたの集まりです。ほんとうに価値があるものはふたつしかありません。剣と大釜です」

「その眼で見たのか」喧嘩腰で尋ねてきた。

「はい」

「どんな力があるのだ」

私は肩をすくめた。「わかりません。力などないとアーサーは信じていますが、マーリンが言うには神々を呼び出す力があるそうです。正しい時を選んで正しい魔法を行えば、ブリタニアの古き神々が願いを聞き届けてくれるとか」

「それで、神々をわしらにけしかけようというのだな」

「仰せのとおりです」それはもうさほど先のことではない。時は迫っているのだ。だが、そのことは黙っていた。

エレは顔をしかめた。「わしらにも神々はついておる」

「では呼び出されたらいかがです。神々と神々を戦わせるのです」

「神々は阿呆ではない」吐き捨てるように言った。「どうしてみずから戦うものか。人間に戦わせればよいことではないか」また歩きはじめた。「長いこと生きてきたが、生まれてこのかた、ただの一度も神々を見たことはない。信じぬわけではないが、神々が人間のことなど気にするものかな」不安げな眼差しをこちらに向けた。「その宝物の力をおまえは信じておるのか」

「マーリンの力を信じております」

「しかし、神々がこの地上に姿を現すか？」しばらく考えていたが、やがて首をふった。「そっちの神々が出てくるなら、こっちの神々とてわしらを守りに来てくれぬはずはない。ダーヴェル、いくらおまえでも」と皮肉な口調になって、「スノルのハンマーが相手ではなかなか勝てはせんぞ」エレのあとについて木立を抜けると、そこにいたはずの護衛の槍兵も馬も消えている。「歩こう」エレは言った。「ドゥムノニアのことをとっくりおまえに教えてやる」

「ドゥムノニアのことなら知っています」

「ではおまえもわかっておるだろう。ドゥムノニアの王は阿呆だ。それなのに真の実力者は王になろうとせん。それからなんとかいうものにもな。何だったか、カイザーか？」

「皇帝です」

「皇帝な」あざけるようにそのことばを発音してみせる。先に立って、今度は森を迂回する道を歩きだした。あたりには人影も見えない。左手は丘の斜面で、霧におおわれた河口まで段々に下っている。そして北は深く暗い森。「しかもキリスト教徒は反抗的だ」エレは先を続けた。「王は足萎えの阿呆で、上に立つ者はその阿呆から玉座を奪おうともせん。ダーヴェル、いずれな、その玉座を欲しがる人間が出てくるぞ。それも早いうちにな。ランスロットはもう少しで手に入れるところだったし、ランスロットよりましな男がすぐに同じことをしようとするだろう」ふとことばを切って眉をひそめた。「どうしてグィネヴィアはあいつに脚を開いたのだ?」

「アーサーが王になりたがらなかったからです」私はそっけなく答えた。

「ではアーサーは阿呆だ。そして来年は死んだ阿呆になる。提案を容れなければな」

「どのような提案でしょうか」燃え立つように赤い樺の木の下で、私は立ち止まった。

エレも足を止めた。私の肩に両手を置いて、「ダーヴェル、おまえに玉座を与えよとアーサーに言え」

私は父の眼を見つめた。せつな冗談かと思ったが、その眼は真剣そのものだ。「私に?」茫然として尋ね返した。

「おまえにだ。そしておまえはわしに忠誠を誓うのだ。わしはドゥムノニアの土地が欲しい。だが、玉座を与えよとアーサーに言えば、おまえはドゥムノニアを支配できる。わが民はドゥムノニアに定住して畑を耕し、おまえはその民を支配する。あくまでもわしに服する小王としてだ。おまえとわしとなら同盟が結べる。父と子としてな。おまえはドゥムノニアを治め、わしはエンゲランドを治める」

「エンゲランド?」初めて聞くことばだった。

私の肩に置いていた手をはずし、国全体を指すようにふってみせた。「この国のことだ! おまえたちはわしらをサクソン人と呼ぶ。だが、おまえとわしはエンゲランド人なのだ。サーディックはサクソン人だ。だがおまえとわしはエンゲランド人で、わしらの国はエンゲランドなのだ。これがエンゲランドよ!」と誇らしげに言い、湿っぽい丘の頂を見まわした。

「サーディックはどうするんです」

「おまえとふたりで殺すのさ」あっけらかんと言うと、私の肘をつかんでまた歩きはじめた。こんどは木々の合間を縫ってのびる小道に引っ張ってゆく。新しい落ち葉に隠れたドングリを豚があさってつけた、道とも言えない道である。エレが口を開いた。「アーサーにこの提案を伝えろ。そのほうがよければ、おまえでなくアーサーが玉座に座ってもかまわん。だがどっちにしても、わしの名のもとで座るのだ」

「お伝えいたします」私は言ったが、アーサーがこの案を歯牙にもかけないのはわかっていた。たぶんエレもわかっていただろうが、サーディックを憎むあまり持ちかけずにはいられなかったのだ。たとえサーディックと協力してブリタニア南部をすべて掌中におさめたとしても、次にはまた戦争が待っている。どちらがブレトウォルダ——サクソン語で大王を意味する——になるか、雌雄を決しなければならないからである。「条件は、アーサーが殿と力を合わせて来年サーディックを討つことですね」

　エレは首をふった。「わしに従う族長どもは、サーディックからたんまり黄金を受け取っておる。討とうとはするまい、サーディックから褒美にドゥムノニアをやると約束されておるからな。だが、アーサーがドゥムノニアをおまえに与え、おまえがわしに与えれば、もうサーディックの黄金は必要ない。アーサーにそう言え」

「お伝えいたします」私はまた言ったが、アーサーがこの提案に同意しないことはやはりわかっていた。ユーサーへの誓いを破ることになるからだ。モードレッドを王位に即《つ》けるという誓い、アーサーはその誓いを人生のよりどころにして生きてきたのだ。破れるわけがない。エレには伝えると言ったが、おくびにも出さずに終わるのではないかと思った。

エレに導かれて進んでゆくと、広々とした開拓地に出た。私の馬はそこに連れて来られていた。騎馬の槍兵からなる護衛隊も待機している。開拓地の中央に、人の背丈ほどの高さの大きな自然石が鎮座していた。ドゥムノニアの古い社《やしろ》にある整形されたサルセン石（ストーンヘンジなどに使われる砂岩）には似ても似つかないし、王の即位を宣言する平らな石ともちがうが、神聖な石なのはひと目でわかる。丸い草地のまんなかにただひとつ置かれているうえに、サクソンの兵士はみな近づこうともしていない。ただ、サクソン人自身の神体である、樹皮を剝《は》いだ大木の幹に不器用に顔を彫りつけたものが、かたわらの地面に突き立ててあった。エレは先に立って巨石に近づいていったが、すぐ手前で立ち止まり、剣帯にさげた小袋に手を突っ込んだ。小さな革袋を取り出すと、口紐をほどき、手のひらに中身をあけた。その手をこちらに差し出してみせる。載っていたのは、瑪瑙《めのう》のかけらをはめこんだ小さな黄金の指環だった。「おまえの母親にやるつもりだったのだ」エレは言った。「だが、渡す前にユーサーにさらわれてしまった。ずっと持っておったのだ。取るがいい」

私はその指環を手にとった。あっさりした素朴な細工。ローマ人の手になるものではない。ローマの装身具ならもっと凝った精巧なつくりだ。またサクソン人のものでもない。サクソン人はもっとどっしりした装身具が好みだ。たぶんこれをつくったのはブリトン人で、サクソン人の剣にかかったのだろう。四角い緑の石はまっすぐはめこまれてさえいないが、その小さな指環には不思議に繊細な魅力があった。「おまえの母親にやることはできなかったし、太ってしまったのならもうはめられまい。おまえのポウイスの姫君にやるがいい。やさしい女だそうだな」

「はい」

「くれてやれ。戦になったら、その指環をはめた女とその家族は全員助けてやるから、そう言っておけ」

「ありがとうございます」私はその小さな指環を自分の小袋に収めた。

「もうひとつ贈り物がある」エレは私の肩に腕をまわし、例の石のほうへ導いてゆく。このときになって、自分がなんの贈り物ももってこなかったのが恥ずかしくなった。ロイギルに来るという恐ろしさに気を取られて、すっかり忘れていたのだ。しかし、エレはこの非礼に気づいたようすはなかった。巨石のそばで立ち止まる。「これは、昔はブリトン人が崇めていた石だ。ほら、穴があいておるだろう。こっち側に来てみろ」

石の側面にまわると、たしかに大きな黒い穴があいていた。石の中心部にまで達している。

「以前、年老いたブリトン人の奴隷に聞いたのだが、この穴にささやきかけると死者と話ができるそうだ」

「しかし、信じておられないのでしょう」私は尋ねた。彼の声に疑うような響きがあったからだ。

「この穴を通じてスノルやウォーデンやサクスネットと話ができるというのがわしらの考えだ。だが、おまえはどうかな。ダーヴェル、おまえなら死者と話ができるかもしれんぞ」エレは笑みを浮かべた。「では、また会おう」

「ありがとうございました」そのとき、母の奇妙な予言のことを思い出した。エレは自分の息子に殺される。狂った老女のたわごとと片づけようとしたが、神々はそんな女たちを口寄せに選ぶことが多いものだ。ふいになんと言ってよいかわからなくなった。

エレに抱き寄せられると、大きな毛皮のマントのえりに顔が埋もれた。「おふくろはまだ長生きしそうか?」

「いいえ、殿」

「北に足を向けて埋めてやってくれ。それがわしらのやりかただ」最後にもういちど抱きしめる。「無事に帰らせてやるから案じるな」一歩さがって抱擁を解くと、ぶっきらぼうに付け加えた。「死者と話すには、まず石のまわりを三度まわって、穴のそばにひざまずくのだ。わしの孫に、じじいからよろしくと言え」エレはにんまりした。私が驚いたのを見て愉快がっているのだろう。実際、こんなことまで知っているとは思わなかった。こちらに背を向けて遠ざかってゆく。

護衛の兵士たちが見守るなか、私は石のまわりを三度めぐり、ひざまずいて穴に身を寄せた。とたんに涙がこみあげてくる。喉をつまらせながら、娘の名前をささやいた。「ディアン？」石の奥に呼びかける。「聞こえるか？いい子で待ってるんだぞ、父さんたちもそのうち行くからな」私の娘、可愛いディアン、ランスロットの家来に殺された幼い娘。愛しているとささやき、エレのあいさつを伝え、冷たい岩肌にひたいをあてて、異世《ことよ》にひとりぼっちで待っている小さな娘の影のことを思った。死者の世界に行った子供たちは、アンヌンのリンゴの木の下で幸せに遊んで暮らすのだ。マーリンはたしかにそう言ったが、それでも涙は止まらなかった。いきなり父の声が聴こえて、ディアンはどうするだろう。頭上を仰ぎ見るだろうか。私と同じように泣いているだろうか。

馬にまたがってその場をあとにした。三日でディン・カリクに帰り着き、カイヌインに小さな黄金の指環を渡した。昔から簡素なものが好きだったし、その指環は凝ったローマの宝石よりずっとよく似合った。ほかの指には合わなかったので、右手の小指にはめる。「でも、これで命が助かるとは思えないわ」沈んだ声で言った。

「どうして」

うれしげに笑みを浮かべて指環を眺めながら、「最初に指環を探すサクソン人なんかいるかしら。まず強姦して、略奪はそのあと。それが槍兵のやりかたというものでしょう」

「サクソン人が攻めてきたときここにいる必要はない。ポウイスに戻っていてくれ」

カイヌインは首をふった。「ここに残るわ。なにかあるたびに、お兄さまのところへ逃げてゆくわけにはいかないもの」

口論はあとまわしにして、とりあえずドゥルノヴァリアとカダーン城に使者を送り、戻ったことをアーサーに伝えた。四日後、ディン・カリクにやって来たアーサーにエレの拒絶を伝えると、予想どおりだと言わんばかりに肩をすくめた。「試してみないわけにはゆかんからな」とそっけなく言う。私を王にというエレの申し出のことは黙っていた。これほど気むずかしいアーサーにそんなことを言えば、私がその気だと誤解されて二度と信用されなくなるかもしれない。また、ランスロットがスンレスレアに来ていたことも黙っていた。その名が口に出されることさえ我慢できないのはわかっていたからだ。とはいえ、グウェントの司祭のことは伝えておいた。アーサーは顔をしかめた。「マイリグを訪ねたほうがよさそうだな」厳しい声で言う。トールを見つめていたが、ややあってこちらにふり向き、難詰口調で尋ねてきた。「おまえは知っていたのか。エクスカリバーはブリタニアの宝物のひとつだそうだな」

「知っていました」マーリンからずっと前に聞いていたのだが、口止めされていたのだ。迷信にとらわれていないと証明するために、アーサーが剣を壊しはしないかとマーリンは恐れたのである。

「マーリンが返せと言ってきた」アーサーは言った。いずれそう言われるのはわかっていたのだ――若き日のアーサーにマーリンが魔法の剣を与えた、はるか遠いその日から。

「返すのですか?」私は不安になって尋ねた。

しかめつらをして、「返さなかったらマーリンのたわごとを阻止できると思うか?」

「できるでしょう。ほんとうにたわごとであれば、ですが」そう答えてから、あの輝く裸身の少女のことを思い出した。あれはさまざまな奇跡の先触れなのだと自分に言い聞かせる。

アーサーは、斜め十字模様の入った鞘を吊ったまま、剣帯のバックルをはずした。「ダーヴェル、おまえが持って行ってくれ」しぶしぶ言う。「持って行くがいい」貴重な剣を私の手に押しつけて、「だが、返してほしいとマーリンに伝えろ」

「承知しました」サムハインの前夜に神々が現れなかったら、エクスカリバーはふたたび抜かれることになる。全サクソン軍に向かって振り上げられることになるのだ。

しかし、サムハインの前夜はもう目の前だ。死者のよみがえるその夜に、神々が召喚されるのである。

翌日、私はエクスカリバーをたずさえて南へ向かった。ことを成就させるために。

五月城《マイ・ディン》はドゥルノヴァリアの南にある大きな丘だ。かつては全ブリタニア最大の要砦だったにちがいない。広い頂は東西に長いなだらかな天蓋の形をしていて、古き人々がその周囲に急勾配の芝土の土手を三重にめぐらし、巨大な塁壁となしていた。いつどうやって築かれたのか知る者はなく、神々がみずから土を掘って築いたのだと信じる者もいた。三重の塁壁はあまりに高く、周囲にめぐらした堀はあまりに深く、とても人間業とは思えないからである。もっとも、高い塁壁も深い堀も、ローマ軍がこの要砦を攻め落とし、守備隊を剣にかけるのを防ぐことはできなかった。平らな頂の東端に、勝ち誇ったローマ人がミトラを祀る小さな神殿を建てはしたが、以来マイ・ディンは無人のまま放置されていた。夏にはこの古い要砦は快い場所だ。高い塁壁のうえで羊が草を食《は》み、芝草や野生のタイムやランのうえを蝶が舞い飛ぶ。だが晩秋ともなれば、日は早く落ち、西からくる雨雲がドゥムノニアをなめ尽くし、そんなとき、この頂は風の吹きすさぶ荒涼たる高みになる。

頂に向かう本道は、迷路のような西の門の通路に続く。ぬかるんですべりやすいその道を踏んで、私はマーリンにエクスカリバーを届けに行った。大勢の平民がぞろぞろと歩いている。薪の山を背負っている者、飲料水の革袋を運んでいる者、わずかながら雄牛を追っている者もいた。雄牛は大木の幹を引きずっていたり、落とした枝を山と積んだ橇を牽いている。脇腹から血を流しながら、すべりやすい急な坂道を重荷を牽いて苦しげに登ってゆく。見上げれば、道の先には最外縁の草むした塁壁がそびえ、その上には警備の槍兵の姿が見えた。ドゥルノヴァリアで聞いた噂はほんとうだったらしい。働きにやって来る者を除けば、マーリンはだれひとりマイ・ディンに入れようとしないというのである。

門を守るふたりの槍兵は、どちらもアイルランドの黒楯族の戦士だった。エンガス・マク・アイレムに金を払って借りているのだ。神々の訪れに備えて荒れ果てた草ぼうぼうの要砦を整えて神々の訪れに備えるために、マーリンはどれぐらい財産を費《つか》っているのだろうか。マイ・ディンに働きにきた平民ではないと気がついて、衛兵たちは私を出迎えに坂を下ってきた。「ここにご用ですか」ひとりが丁重に尋ねる。私は甲冑こそ着けていなかったが、腰に佩《は》いたハウェルバネの鞘をみれば、地位のある人間なのはすぐにわかる。

「マーリンに用がある」

黒楯の戦士たちは道をあけようとしない。「ここへやって来て、マーリンに用があるという者は大勢おります。しかし、マーリン卿のほうはそんな者たちにご用がありましょうか」

「では伝えてくれ。ダーヴェル卿が最後の宝物を持って来たと」その内容にふさわしく重々しく言おうとしたのだが、黒楯の戦士たちは恐れ入ったようには見えなかった。若いほうが私のことばを伝えに坂を登ってゆくあいだ、年配のほうは私と気安く雑談を交わしていた。エンガスの槍兵はたいていそうだが、この男も陽気な悪党のようだ。黒楯族の故国デメティアは、エンガスがブリタニアの西岸に樹《た》てた王国である。同じ侵略者には違いないが、エンガス率いるアイルランドの槍兵はサクソン人ほど憎まれていなかった。アイルランド人はブリトン人と戦い、盗み、奴隷をとり、土地を奪っているが、ことばは似ているし、同じ神々を崇めているし、戦っていないときは地元のブリトン人と簡単に交ざってしまう。エンガス自身もそうだが、なかにはもうブリトン人になりきって見える者もいる。かれらの生国アイルランドは、昔からローマ人の侵略を受けなかったことを誇りにしていた。だが、いまはローマ人の持ち込んだ宗教にひれ伏している。アイルランドはキリスト教を受け入れたのだ。エンガスのようなアイルランド人の王たち、ブリタニアの土地を占領しているいわゆる海越えの君主たちは、いまも古い神々に固執している。マーリンの魔法で神々が救いに来てくれればべつだが、翌春には、かれら黒楯の槍兵たちはまちがいなくブリタニア側に立ってサクソン人と戦うだろう。

頂から私を迎えに来たのは、若きガウェイン王子だった。石灰塗料を塗った具足を着けて道をさっそうと下ってくる。もっとも、ぬかるみに足をすべらせてしりもちをつき、そのまま数ヤードすべりおちる破目になって、せっかくの威厳もかたなしだった。「ダーヴェル卿！」なんとか立ち上がりながら叫んだ。「ダーヴェル卿、ようこそ！　どうぞ、どうぞこちらへ！」近づいてゆくと、こぼれんばかりの笑みを浮かべた。「こんなわくわくすることってないでしょう？」

「私にはまだなんとも」

「大成功ですよ！」興奮してそう言いながらも、先ほどしりもちをつく原因になったぬかるみを慎重によけて歩く。「みごとな出来ばえなんです！　むだにならないように祈りましょう」

「ブリタニアじゅうが祈っていますよ」私は言った。「キリスト教徒はべつでしょうが」

「三日もすれば、ブリタニアにはただのひとりもキリスト教徒はいなくなります。そのころには真の神々をだれもが目にするんですから。ただ……」と不安げに付け加える。「雨が降らなければいいんですけど」陰鬱な雲を見上げて、急に泣きだしそうな顔をした。

「雨がなんです？」

「雲がいけないのかもしれません。神々の降臨を妨げるんです。雨だか雲だかぼくにはわかりませんが、マーリンはいらいらしています。説明してくれませんけど、たぶん雨がいけないんだと。それとも雲かな」あいかわらず悲しそうな顔をして、しばし口をつぐんだ。「両方かもしれません。ニムエに訊いてみたんですが、ぼくは嫌われてるから」しょんぼりと続ける。「そういうわけではっきりとはわからないんですが、晴れるように神々に祈っているんです。でも近ごろは天気が悪くて、曇ってばかりで。雨が降るようにキリスト教徒が祈ってるんじゃないでしょうか。ほんとにエクスカリバーを持ってきてくださったんですか？」

包んでいた布を解いて鞘に収めた剣を取り出し、柄のほうをガウェインに向けて差し出した。しばらく手を出しかねていたが、やがて恐る恐る手を差しのべて、エクスカリバーを鞘から引き抜いた。刀身をうやうやしく見つめ、その鋼鉄《はがね》を飾る渦巻きの浮き出し模様と彫りつけたドラゴンに指で触れた。「異世《ことよ》でつくられたんですね」と畏怖に満ちた声で言う。「ゴヴァンノン神の手で！」

「アイルランドで鍛えられたんだと思いますよ」私はずけずけと言った。若いガウェインがあまり無邪気に信じているので、なぜかその天真爛漫な敬神の念を揺るがしてやりたくなったのだ。

「そんなことはありません」あくまでもきまじめに答える。「これは異世でつくられた剣なんです」エクスカリバーをまた私の手に押し戻し、「こちらへどうぞ」とせき立てようとして、また泥に足をすべらせてひっくり返りそうになった。遠くからはじつに立派に見える白い具足も、実際には見すぼらしかった。石灰塗料には泥はねがついてはげかけている。しかし、身についた冒しがたい自信のゆえに滑稽には見えなかった。ゆるやかに三つ編みにした金髪は、腰のくびれに届くほど長い。入口の通路は、高くそびえる草むした土手のあいだをくねくねと延びてゆく。その通路を歩きながら、マーリンとはいつ知り合ったのかと私はガウェインに尋ねた。「生まれたときから知ってますよ！」王子はうれしそうに答えた。「父の宮廷によく来てましたから。最近はそうでもありませんけど、ぼくが子供のころはいつも来てたんですよ。マーリンはぼくの先生だったんです」

「先生？」驚きが声に出てしまったが、実際驚いたのだからしかたがない。マーリンは昔から秘密主義だったが、それにしてもガウェインの名を私の前で口に出したことは一度もなかった。

「読み書きを教わったわけじゃありません。それは女官たちに教わりました。マーリンは、ぼくに与えられた運命《さだめ》を教えてくれたんです」恥ずかしそうに微笑んだ。「純潔でいるようにと言われました」

「純潔？」思わずちらと好奇の眼差しを投げてしまった。「つまり、女を寄せつけないということですか」

「そうです」無邪気に認める。「マーリンがどうしてもと言うので。ともかくいまは。でもこれが終わったら、そのときはもちろん……」声は途切れ、ほんとうに顔は真っ赤になっていた。

「それでは、晴れるよう祈るのも無理はありませんね」

「いえ、それは違います！」ガウェインは言い張った。「晴れるよう祈っているのは、神々に現れてもらいたいからです。神々といっしょに、銀のオルウェンも来ることになっていますから」と言って、また顔を赤らめた。

「銀のオルウェンとは？」

「ご覧になったでしょう、リンディニスで」その整った顔は、この世のものとは思えぬ輝きを発している。「足どりはそよ風よりも軽く、暗闇に肌は輝き、足跡に花が咲く乙女です」

「あれがあなたの運命の相手なのですか」醜い嫉妬の棘を押さえつけながら尋ねた。あの輝くしなやかな精霊が、この若いガウェインに与えられるのか。

「この務めが終わったら、結婚することになっているんです」とまじめに答える。「いまのところは宝物を守るのがぼくの役目ですが、三日後には神々を迎えて、先導して敵を攻めることになっているんです。ぼくはブリタニアの解放者になるんです」この途方もない大言壮語を、まるでありふれた務めかなにかのようにガウェインは平然と口にした。私はなにも言わず、彼のあとについて深い堀を渡った。マイ・ディンの第二の塁壁と奥の塁壁とのあいだにめぐらされた堀である。見れば、堀のなかには木の枝と藁で作った急ごしらえの小屋がぎっしり並んでいた。私が何を見ているか気づいて、ガウェインが言った。「二日後には、あの小屋はみんな壊して火にくべます」

「火とは？」

「すぐにわかりますよ、ダーヴェル卿。すぐに」

だが、ようやく頂に着いてからも、最初のうちはよく事態が呑み込めなかった。マイ・ディンの頂上の草地は東西に長く、戦さのときはひとつの部族が家畜ごと避難できるほどに広い。いまその草地の西端には、垣が縦横に築かれて入り組んだ模様を描いていた。「ご覧なさい！」まるで自分の手柄かなにかのように、ガウェインが得意げにその壁を指さした。

人々は手近の垣のほうへ誘導され、担いできた薪をそこで投げ下ろすと、また重い足を引きずって薪をとりに出てゆく。それを見ているうちにやっと気がついた。垣と見えたものは、じつは火を点じるために薪を山脈状に積み上げたものだったのだ。その山は人の背丈よりも高く、何マイルも連なっているようだ。ガウェインのあとについていちばん内側の塁壁に登ってみて、ようやく薪の配置が見えてきた。

薪の山脈は平地の西半分を完全に占領していた。山脈に囲まれた中心の空所は差し渡し六十歩から七十歩ほどの広さで、その中央部に薪の山が五つできていた。その中心の広い空所を囲んで、薪の山脈が渦巻き状に配置されているのだ。完全に三重にめぐっている。中央の空所も含めて、渦巻き全体の幅は百五十歩を超えていた。さらに、三重の渦の外周からやや離れて、その外側を環状に囲むように二連の渦巻きが六つ配置されていた。まず中心の丸い空間からほどける渦が、ふたたび巻いてもうひとつの円をつくる。したがって入り組んだ配置の外側の環には炎で囲まれた十二の円ができるわけだ。二連の渦巻きはそれぞれ隣の渦と接していて、巨大な意匠を囲む炎の壁をなすのである。「十二の小円……宝物は十三あるのに?」私はガウェインに尋ねた。

「大釜は真ん中に置くんです」そう答える声は畏怖に満ちていた。

よくもこれだけのことができたものだ。薪の山は人の背丈をゆうに越すほど高く、しかもぎっしりと密に積み重ねてある。この丘の頂には、ドゥルノヴァリアじゅうの人々が九回か十回は冬を越せるほどの薪が集められていたにちがいない。要砦西端の二連の渦巻きはまだ完成しておらず、人々が薪の山を上から力いっぱい踏みつけているのが見えた。火がすぐに燃え尽きることのないように、長く激しく燃えつづけるようにするためだ。山なす薪の壁の内側では、まるごとの木の幹が火を投じられるときを待っている。世界に終わりを告げる炎になるだろう、と私は思った。

ある意味ではそのとおりなのかもしれない。いま在るようなこの世界はたしかに終わるのだ。マーリンが正しければ、ブリタニアの神々がこの高き場所に現れる。下位の神々は外側の環の小さな円に、ベルはマイ・ディンの燃える中心部、大釜の待つ場所に降臨するのだ。大神ベル、神のなかの神、ブリタニアの主が、轟々と疾風を巻き起こして降り来たる。嵐に秋の木の葉が吹き散らされるように、彼の通ったあとには星々が乱れ飛ぶことだろう。そしてそこ、マーリンの燃える円環の中心部、独立した五つのかがり火が燃え立つところで、アニス・プラダイン——すなわちブリテン島にベルはふたたび降り立つのだ。ふいに寒けを覚えた。いまのいままで、マーリンの夢がどれほど壮大なものかほんとうにはわかっていなかったのだ。あまりのことに目眩がしそうだ。あと三日、あとたった三日の後には、神々がここに降り立つのである。

「この火の用意に四百人以上が働いているんです」ガウェインはあいかわらずまじめに言った。

「信じますよ」

「あの渦巻き模様は、妖精の綱で描いたんですよ」

「何で描いたんですって」

「綱です。純潔な者の髪から綯《な》った、子綱一本の太さしかない細い綱です。ニムエが中心に立って、ぼくが周囲を歩き、マーリン卿がぼくの足跡に妖精の石《エルフストーン》を置いていったんです。渦巻きは完璧でなければいけないので、それに一週間かかりました。綱がしょっちゅう切れて、切れるたびに一からやり直しだったんです」

「ほんとうに妖精の綱だったんですか」私は茶化した。

「まちがいありません」ガウェインはきっぱりと言った。「ぼくの髪で綯ったんですから」

「それで、サムハインの前夜になったら火を灯して待つのですね」

「三に三倍する時間、火を燃やしつづけなきゃいけないんです。六時間めに儀式を始めます」そして夜が明けて朝が来れば、やがて空は火に満ち、神々の翼のはばたきに煙は激しく煽られて渦を巻くことだろう。

先に立って塁壁の北側を歩いていたガウェインが、薪の環のやや東を指さした。小さなミトラ神殿が建っている。「あそこでお待ちください。マーリンを連れてきますから」

「近くにいるんじゃないんですか」私は尋ねた。この高台の東端に建つ急ごしらえの小屋のどれかにいるのではないのだろうか。

「どこにいるかはっきりわからないんです」ガウェインは白状した。「でも、アンバールを連れに行ったのはわかってますから、たぶん見つかると思います」

「アンバールとは？」アンバールと言えば、伝説に語られる魔法の馬の名ではないか。水上をも陸上と変わらぬ速さで駆けるという、乗り慣らされていない雄馬である。

「ぼくはアンバールにまたがって神々と並んで駆けるんですよ」ガウェインは胸をはって答えた。「ぼくの旗印を掲げて敵を攻めるんです」と、また神殿を指さした。低い瓦屋根に、大きな旗が無造作に立てかけてある。「ブリタニアの旗です」そう付け加えると、ガウェインは先に立って塁壁を下り、神殿に向かった。巻いてある旗をほどいてみせる。大きな方形の白い亜麻布で、刺繍してあるのはドゥムノニアの猛々しい赤いドラゴンだ。全身これ鉤爪と尾と炎の怪獣である。「ほんとはドゥムノニアの旗ですけど、ブリトン人のほかの王たちは気にしないと思うんです。そうですよね」

「気にしませんよ。サイスを海に追い落とすことができるなら」

「それこそぼくの務めなんです」ガウェインは厳粛な面持ちだ。「神々の助けと、そしてもちろん、それの助けを借りて」と、私が小わきに抱えたままだったエクスカリバーに触れた。

「エクスカリバーの！」思わず驚きの声をあげてしまった。この魔法の剣がアーサー以外の人間の腰に吊られているさまなど、想像もできなかった。

「いけませんか？　ぼくはエクスカリバーを佩《は》き、アンバールにまたがり、敵をブリタニアから蹴散らすんです」晴れやかな笑みを浮かべると、神殿の扉のそばにあるベンチを指し示した。「ここでお待ちください。マーリンを探してきます」

黒楯の槍兵六人が神殿の警備についていた。だが、私はガウェインに案内されてきた客人だから、低い扉口のまぐさをくぐってなかに入っても、槍兵たちは止めようとはしなかった。この小さな建物を探検する気になったのは好奇心からではなく、あのころ私の主神はミトラだったからだ。ミトラは戦士の神、秘教の神である。ミトラ信仰をブリタニアに持ち込んだのはローマ人だが、かれらが去って久しいいまも、ミトラは戦士のあいだでは根強い人気があった。この神殿はいかにも小さく、小部屋がふたつあるだけだ。ミトラの生まれた洞窟に似せるため、窓はひとつもない。手前の部屋には、木箱や枝編みの籠が詰め込んであった。蓋を開けてのぞいてみたわけではないが、おそらくブリタニアの宝物が納めてあるのだろう。背をかがめて奥の扉口をくぐり、真っ暗な聖域に入ってみる。そこでぼんやり輝いていたのは、巨大な銀と黄金の塊、かのクラズノ・アイジンの大釜だった。ふたつの低い扉口から洩れ入るかすかな光のおかげで、その大釜の奥にミトラの祭壇がかすかに見える。マーリンもニムエもミトラ神を軽蔑している。どちらがやったのかわからないが、神の眼をそらすために祭壇にはアナグマの頭蓋が載せてあった。その頭蓋を払いのけ、大釜のわきにひざまずいて祈りを唱える。わがブリタニアのほかの神々を助けて、敵の殺戮にその恐怖の力を貸したまえとミトラに祈ったのである。エクスカリバーの柄《つか》で祭壇の石にふれ、ここで最後に雄牛が生贄《いけにえ》にされたのはいつのことだろうかと思った。ローマの兵士たちが無理に雄牛の脚を折らせ、尻を押し、角を引いて低い扉口をくぐらせる。奥の聖域に入ると、牛は立ち上がって恐怖に吠える。闇に漂うのは槍兵のにおいばかりだ。その身の毛もよだつ闇のなかで、雄牛は膝腱を切られてまた吠える。くずおれながらも、大きな角で礼拝者たちを突こうとする。だが人々に押さえつけられ、血を抜かれて、雄牛はゆるやかに死んでゆく。神殿には糞と血の悪臭が充満する。礼拝者たちはミトラを称えて雄牛の血を飲む。それが掟なのだ。キリスト教徒も同様の儀式をするそうだが、生き物を殺すことはないという。しかし、そんな話を信じる異教徒はまずいない。生命を授けられた返礼として、神々に死を捧げるのは人間の当然の義務なのだから。

私は闇のなかでひざまずいていた。忘れられた神殿を訪れたひとりのミトラの戦士として、ひざまずいて祈っているそのときだ。海のにおいがした。リンディニスを思い出させる、あの海草と潮の鼻をつくにおい。リンディニスのアーケードを、銀のオルウェンがすんなりと優雅に美しく歩んでいた、あのとき鼻孔を襲ったにおいだ。とっさに、神がここにいるのだと思った。それとも銀のオルウェンそのひとがマイ・ディンにやって来たのか。だが、動くものはなかった。まぼろしはなく、輝く裸身もない。ただかすかな潮のにおいと、神殿の外を吹く風のささやきがあるばかりだ。

祭壇に背を向け、内の扉口を抜けて表側の部屋に戻ると、潮のにおいが強くなった。箱の蓋を力まかせに持ち上げ、枝編みの籠の麻布の覆いを取りのける。塩の詰まった籠をふたつ見つけたときは、これが海のにおいのもとだと思った。秋の湿気で塩はしけって固まっている。だが、海のにおいのもとはその塩ではなく、濡れたヒバマタ（海草の一種）を詰め込んだ籠だった。海草に触れた指をなめてみた。潮水の味がする。籠の横には栓をした大きな陶の壺があり、栓を抜いてみると海水がいっぱいに入っていた。たぶんヒバマタを湿らせておくためだろう。籠に手を突っ込むと、なかには貝が詰まっていて、海草はその上にかぶせてあるだけだった。細長い優美な形の二枚貝で、いくらかイガイに似ている。だがこちらのほうがやや大ぶりで、色も黒ではなく灰色がかった白だった。ひとつ手にとってにおいをかいでみた。たぶんマーリンの好物なので蓄えてあるだけだろう。そのとき、さわられたのが気に入らなかったのか、貝がわずかに口を開いて私の手にぴゅっと液を吹きかけた。籠のなかに戻し、海草をかぶせる。

外で待とうと外側の扉へ向き直りかけたとき、ふと自分の手に目が留まった。鼓動を何度か数えるほどのあいだ、目をそらすことができなかった。目の錯覚かと思ったが、よくわからない。外の扉口から光がわずかに差し込んでくるせいだ。また内側の扉にもぐり込み、祭壇のわきに大釜の鎮座する部屋、ミトラ神殿で最も暗い場所に戻って、右手を顔の前にもってきた。

まちがいなく光っている。

茫然と見つめていた。できることなら信じたくなかったが、私の手はたしかに光を発している。まぶしい光ではなく、内側から輝いているのでもないが、手のひらにまごうかたなき光の筋がついているのだ。貝に吹きかけられた液のあとを指でなぞると、きらきらする表面に暗い筋ができた。では、銀のオルウェンは精霊ではなく、神々の使者でもなく、貝の汁を塗ったただの人間の娘だったのか。あれは神々の魔法ではなく、マーリンの手品だったのか。この暗い部屋で、私の望みはすべてついえたように思えた。

マントで手をぬぐうと、日の光のもとへ戻った。神殿の扉わきのベンチに腰をおろし、いちばん内側の塁壁を眺めた。幼い子供たちがじゃれながら、斜面をすべって荒っぽい遊びに興じている。ロイギルへの旅の途中、とり憑いて離れなかった絶望が戻って来た。神々を信じたくてならなかったが、疑念を消すこともできない。あの乙女がただの人間だったから、あのこの世のものならぬ輝きがマーリンの手品だったから、だからどうしたというのだ。それで宝物の価値が減じるわけではないではないか。だが、宝物のことを考えるたびに、その力を疑いたくなるたびに、あの乙女の輝く裸身を思い出して自分自身を励ましてきたのだ。それなのに、結局のところあれは神々の先触れではなく、マーリンの手品でしかなかったらしい。

「殿さま……」若い女の声に物思いを破られた。「殿さま？」また声がする。顔をあげると、丸ぽちゃで黒髪の女が、こちらにおずおずと笑みを向けていた。簡素なローブとマントを着て、短い黒い巻き毛にリボンをかけ、小さい赤毛の少年の手を握っている。「あたしのこと、お忘れですか」と残念そうに尋ねてきた。「キウイログじゃないか」名前を思い出した。リンディニスに暮らしていたころの召使のひとりだ。モードレッドに籠絡された娘である。私は立ち上がった。「元気だったか？」

「はい、おかげさまで」私が憶えていたのでうれしそうだった。「この子はマルドックです。父親に似てるでしょう？」私は少年に目を向けた。たぶん六つか七つだろう。がっちりした体つきに丸顔、剛《こわ》い赤毛が突っ立っているところは父親のモードレッドにそっくりだ。「でも中身はぜんぜん似てないんですよ。とってもいい子で、まるで金貨みたい。悪さなんかちっともしないんですから。そうでしょ、坊や？」と、かがんでマルドックにキスをした。このあからさまな愛情表現に少年は照れたような顔をしたが、それでもにっと笑ってみせた。「奥さまはお元気ですか」キウイログが私に向かって尋ねた。

「元気だよ。おまえに会ったと聞いたら喜ぶだろう」

「奥さまには、いつもほんとに親切にしていただきました。新しいお館にもついて行きたかったんですけど、いい人がいたもんですから。あたし、結婚したんです」

「相手はだれだね？」

「イドヴァイル・アプ・メリックです。いまはランヴァルさまにお仕えしてます」

ランヴァルは衛兵隊の指揮官で、いまはモードレッドが豪華な牢獄から逃げ出さないよう見張っているのだ。

「おまえがおれの家中を離れたのは、モードレッドに金をもらったからだと思っていたよ」私は白状した。

「あの人が？　あたしにお金を？」キウイログは声をたてて笑った。「お星さまが落っこちてくるまで待っても、そんなこと起きっこありませんよ！　あたしは馬鹿だったんです」キウイログは快活に言った。「モードレッドがどんな男かなんて、もちろんわかってなかったし。あのころは一人前の男でもありませんでしたけどね。王さまだっていうだけで、あたし、のぼせ上がっていたんです。でも、あたしが最初だったわけじゃありませんよね。たぶん最後でもないでしょうし。だけど、なにもかもうまくいきましたから。イドヴァイルはいい人で、マルドックがカッコウの子なのも気にしないし。そうでしょ、坊や、カッコウちゃん！」そう言って、かがんでマルドックを抱きしめた。少年は母の腕のなかで身をよじり、くすぐられて笑いだした。

「ここで何をしてるんだね？」私は尋ねた。

「マーリンさまに来るように言われたんです」キウイログは自慢げに答えた。「マルドックがお気に召して、甘やかしてくださるんですよ！　しょっちゅうあれこれ食べさせてくださるんです。そうでしょ、坊や、おでぶちゃんになっちゃうわよ！　丸々の子豚ちゃんになっちゃうから！」またくすぐると、少年は笑いながら身をよじり、ついに母の手から逃げ出した。遠くには行かず、少し離れたところから親指をしゃぶりながら私を見ている。

「マーリンに来てくれと言われたって？」私は尋ねた。

「料理人が要るからって、そうおっしゃって。あたし料理ならだれにも負けないし、お金を出すとおっしゃるんで、イドヴァイルが行けって言うもんですから。でもマーリンさまはあんまり上がらないんです。チーズがお好きで、でもチーズなら料理人は要りませんよねえ」

「貝はよく食べるのか」

「トリガイはお好きですけど、たんとはなくて。たいていチーズをお上がりです。チーズと卵。殿さまは違いますよね。お肉をいっぱい上がってらっしゃいましたよね」

「いまもそうだよ」

「あのころは楽しくて。マルドックは、ディアンお嬢さまと同い年なんです。いいお遊び相手になれたのにとよく思ったもんですけど。お嬢さまはお元気ですか」

「死んだんだ」

キウイログの顔から笑みが消えた。「まさか、ご冗談でしょ？」

「ランスロットの家来に殺されたんだよ」

草地に唾を吐いて、「あいつらみんなろくでなしだわ。お気の毒です、殿さま」

「でも、いまは異世《ことよ》で幸せに暮らしてるんだから。いつかまた会える」

「そうですね、ほんとに。でも、ほかのお嬢さまがたは？」

「モルウェンナとセレンは元気だ」

「安心しました」と微笑んだ。「殿さまは〝お招き〟のときまでここにおいでですか？」

「〝お招き〟？」初めて聞いた。そんなふうに呼ばれていたのか。「いや、おれは来いとは言われてないから。たぶんドゥルノヴァリアから見物しているよ」

「きっとすごいでしょうね」また笑顔になって、おしゃべりの相手をしてくれたことに礼を言った。彼女がふざけて追いかけるふりをすると、マルドックはきゃあきゃあ言いながら逃げてゆく。再会できたのを喜びながら腰をおろしたが、ふと気になった。マーリンは何をたくらんでいるのだろう。なぜキウイログを見つけようとしたのだろうか。料理人を雇ったのも解《げ》せない。食事のしたくをさせるために人を雇ったことなど、これまで一度もなかったのに。

塁壁の向こうでふいに騒ぎが起こり、私はわれに返った。遊んでいた子供たちが散り散りに逃げてゆく。立ち上がったちょうどそのとき、塁壁のうえにふたりの男が姿を見せた。ふたりして綱を引っ張っている。一瞬遅れてガウェインが急ぎ足で登場した。次に綱で引きずられて現れたのは、猛々しい大きな黒い雄馬である。馬は引き返そうと踏ん張り、ふたりの男はあやうく塁壁の向こうへ引き戻されそうになったが、ふたりしてあわてて端綱をひっつかみ、怯えた馬を引きずって塁壁を越えさせようとした。と、だしぬけに馬はこちら側の急な斜面を駆け下りはじめ、こんどは男たちが引きずられる格好になった。ガウェインが気をつけろと怒鳴り、すべったり走ったりしながら巨大な馬のあとを追いかける。こんな騒ぎなどどこ吹く風で、マーリンはニムエをともなってそのあとから現れた。馬が東の小屋のひとつに連れてゆかれたのを見届けると、そろって神殿のほうへ降りてくる。「ダーヴェル！」と気軽に声をかけてきた。「またえらくむっつりしておるな。歯痛か」

「エクスカリバーを持ってきました」私は硬い声で言った。

「言われずとも見ればわかる。この眼は飾りではないぞ。ときどきは少し耳が遠くなるし、小便も近くてかなわんが、この歳ではしかたがあるまい」私の手からエクスカリバーを受け取り、鞘から数インチほど引き出して、鋼鉄の刀身に口づけをした。「ハラザーフの剣だ」うやうやしく言った。せつな、その顔に奇妙に恍惚とした表情が浮かんだかと思うと、だしぬけに剣を鞘に収めた。ニムエが手を伸ばし、マーリンは文句もいわずに剣を渡した。「父に会ってきたのだな」マーリンは私に言った。「好きになったか」

「はい」

「おまえは昔から馬鹿に情にもろいやつだからな」マーリンは言って、ニムエにちらと目をやった。エクスカリバーを鞘から引き抜いて、むき出しの刀身をその細い身体にしっかり押し当てている。なぜか、マーリンはこれを見て動転し、鞘をニムエの手からむしりとり、さらに剣を取り戻そうとした。だがニムエは放そうとしない。

しばらく争っていたが、やがてマーリンはあきらめた。またこちらに向き直って、「リオファの命を助けたそうだな。愚かなことをしたものだ。危険きわまるけだものだぞ、あやつは」

「命を助けてやったのをなぜご存じなんです」

マーリンは叱るような目で私を見た。「ふくろうに化けてエレの館の垂木に止まっておったのよ。それとも、ネズミになって床のイグサに紛れ込んでおったのかもな」そこでニムエに飛びかかり、こんどは剣を奪い取るのに成功した。「魔力を奪うでない」ぶつぶつ言いながら、剣を不器用に鞘にすべり込ませる。「アーサーは剣を返すのを渋らなんだか」

「どうして渋るのですか」

「アーサーは疑っておるからな。あそこまで疑るとは剣呑なことよ」マーリンは身をかがめ、エクスカリバーを神殿の低い扉口に押し込もうとする。「神々なしでもやってゆけると思い込んでおる」

「残念ですね」私は皮肉らずにいられなかった。「暗闇で輝く銀のオルウェンを、アーサーが見られなかったのは」

ニムエは私に向かって猫のようにうなった。マーリンはふと手を止め、ゆっくりとふり向き、まっすぐに身を起こしてこちらに冷たい眼を向けた。「ほう、なぜ残念なのだ」陰にこもった声で尋ねる。

「あれを見ていたら、さすがのアーサーも神々を信じたでしょうからね。もちろん、あの貝を見つけなければですが」

「なるほど。あちこち嗅ぎまわったと見えるな。そのでかいサクソンの鼻を、突っ込んではならぬところに突っ込んで、ニオガイを見つけたわけだ」

「ニオガイ？」

「馬鹿め、あの貝のことよ。そう呼ばれておるのだ。少なくとも平民どもにはな」

「あれは光るんですね」

「汁に光を発する性質があるのだ」マーリンは平然と認めた。見破られてむっとしているのはわかったが、精いっぱいいらだちをおもてに表すまいとしている。「プリニウスがこの現象について書いておるのだが、なんでもかんでも書き残すやつだから、どれを信じてよいやら見きわめがむずかしくてな。もちろん、ほとんどは途方もないたわごとなのだが。新月の六日めにドルイドが宿り木を切るなどと、よくもでたらめが書けたものだ。私はそんなことはしたためしがないぞ。五日めならあるさ。七日めということもなくはない。だが六日めとは！　また、女の胸帯を頭に巻くと頭痛に効くなどと書いておるが、こんな治療法は効きはせん。あたりまえのことだ。魔法は胸にあるので、帯にあるのではない。痛む頭をじかに乳房に埋めるほうが、はるかに効果があるのはわかりきったことだ。私はいつもこれで治しておる。ダーヴェル、プリニウスを読んだことがあるか」

「ありません」

「おおそうか、おまえにはラテン語は教えなんだな。これは私が怠慢だった。それはともかく、プリニウスはニオガイの話を取り上げて、この貝を食ったあとは手や口が光ると書き残しておるのだ。正直言って興味をそそられた。当然ではないか。もっとも、くわしく調べてみるのは気が進まなんだ。もっと信憑性のありそうな話にかまけて、かなり時間をむだ費《づか》いしてしもうたからな。だが、この話は正しかったのだ。カズグを憶えておるか？アニス・トレベスから私たちを救い出してくれた舟人よ。あれがいま、ニオガイ採りをしておるのだ。岩場の穴に住んでおるのでなかなか厄介なのだが、たんまり褒美をやっておるから、カズグはせっせとほじくり出しておる。本職のニオガイ採りそこのけにな。がっかりしたようだな、ダーヴェル」

「おれはてっきり……」そう言いかけて口ごもった。どうせからかわれるだけなのはわかっている。

「そうか！　てっきり、あの娘は天から降りてきたと思うたか！」私の代わりに先を続けて、マーリンは大声で嘲笑《わら》った。「聞いたか、ニムエ。大戦士ダーヴェル・カダーンは、可愛いオルウェンをまぼろしと信じておったそうな」マーリンは、もったいぶって「まぼろし」という語をわざとゆっくり発音した。

「信じるように仕向けたんですから」ニムエがあっさりと言う。

「そう言えば、私がそう仕向けたのであった」マーリンも認めた。「うまい手品だったろう、ダーヴェル」

「でもただの手品です」失望を隠すことはできなかった。

マーリンはため息をついた。「ダーヴェル、おまえはどうしようもない愚か者だな。種や仕掛けがあったからというて、魔法が存在せんということにはならん。だが、神々はいつでも魔法を使わせてくれるとはかぎらんのだ。なにもわかっておらんのか」最後は腹立たしげに問いかけてきた。

「わかってますよ。おれはだまされたんです」

「だまされた！　だまされただと！　情けないことを言うでない。ガウェインより始末に負えんな。訓練を始めて二日めのドルイドでも、おまえをだますなどわけはないわ。私の仕事は、おまえの子供っぽい好奇心を満たすことではない。神々のわざを果たすことなのだ。そして神々ははるか遠くにおる。はるか、はるか遠くにな。神々は姿を消し、闇に溶け込み、アンヌンの深淵に降りていってしもうた。呼び出さねばならん。呼び出すには働き手が必要だ。働き手を集めるには、いささか希望を与えてやらねばならん。ニムエと私だけで、あの薪を積むことができたと思うか。人手が必要だったのだ！　何百という人手がな。だからニオガイの汁を娘に塗って人を集めたのではないか。それなのにおまえと来た日には、だまされたと泣き言をこぼすことしかできんとは。おまえがどう思おうと知ったことか。ひとつニオガイでも食ってきたらどうだ。少しはものの道理に明るくなるかもしれんぞ」そう言うと、エクスカリバーの柄を蹴った。神殿の扉口から突き出したままだったのだ。「ガウェインの阿呆からすっかり見せられたのだろうな」

「炎の環を見せてもらいました」

「それで、あれがなんの役に立つのか訊きたいのだろう」

「はい」

「まともな頭の持ち主なら、自分で考えつきそうなものだ」マーリンは尊大に言った。「神々ははるかかなたにおる。それはわかりきったことだ。そうでなければ人間を無視するはずがない。だがはるかな昔、人間には神々を呼び出す手段が与えられた。それが宝物よ。だが、神々はいまアンヌヌンの深淵に遠く去っておるから、宝物だけでは効果がないのだ。まず神々の目をこちらに向けさせねばならん。それにはどうするか？　単純なことだ！　深淵に合図を送るのだ。そして合図といえば大きな炎の模様になるのは当然だ。その模様のなかに宝物を置き、ひとつかふたつ儀式をすれば、といってもじつは儀式はたいして重要ではないのだがな、そのあとは安らかに死ねるというものだ。なんでもかんでもすぐに信じる脳たりんどもに、こんなあたりまえのことを説明せんでもすむようになる。だめだ」質問はおろか、口を開くすきも与えずにマーリンは言った。「サムハインの前夜にここに来ることはまかりならん。信用できる者だけで儀式は行うのだ。この次ここに顔を見せたら、衛兵どもがおまえの腹で槍の稽古をするぞ」

「どうして丘の周囲に結界をめぐらさないんですか」私は尋ねた。結界とは、髑髏を並べてドルイドが魔法をかけた柵のようなものだ。結界をあえて踏み越えようという者はいない。

マーリンは、気はたしかかと言わんばかりに私をまじまじと見つめた。「結界だと！　サムハインの前夜にか！　たわけめ、年にたった一度、結界の効かぬ夜がある。それがサムハインの前夜ではないか。なにからなにまで説明してやらねばならんのか。結界が効くのは、そこに縛られた死者の魂を生者が恐れるからではないか。サムハインの前夜には、死者の魂は解き放たれて自由にさまよう。縛っておくことはできんのだ。サムハインの前夜の結界は、おまえの頭のようなものだ。なんの役にも立たん」

私はこの叱責に黙って耐えた。「雲が出ないといいですね」なんとかマーリンの機嫌をとろうと言ってみた。

「雲だと？」逆効果だった。「雲がどうした。そうか、あのぼんくらガウェインから聞いたのだな。あやつはなにもかもごっちゃにしておる。たとえ曇ろうとも、神々にはこの合図は見えるのだ。人間とちがって、神々の眼は雲に遮られることはないからな。だが、あまり雲が厚くなると雨が降ることがある」と、わかりきったことを幼い子供に説明するような口調になって、「そして大雨が降れば、どんな盛大な火も消えてしまう。どうだ、自分では考えつけぬほどむずかしい話だったろうが」いまいましげに私をにらみつけると、顔をそむけて薪の環を眺めた。黒い杖に体重を預けて、マイ・ディンの頂でなしとげた、この大事業のことをつくづくと考えている。長いこと黙りこくっていたが、ふいに肩をすくめた。「考えたことがあるか？　キリスト教徒どもが首尾よくランスロットを玉座に据えておったらどうなったと思う」怒りは消え、今度は憂鬱にとり憑かれていた。

「わかりません」

「五〇〇年という年には、釘付けにされた阿呆な神が栄光に包まれて再臨するのを、キリスト教徒どもは待っておったろう」マーリンはずっと薪の環を見つめたまま話していたが、ここでふり向いて私の顔を見た。「それなのに再臨が起きなかったら？」当惑したように尋ねてくる。「すっかり用意をすませ、みなして晴れ着を着て、身体を洗い、顔をこすって祈りつづけておるのに、なにも起きなかったら?」

「五〇一年が来たときは、キリスト教徒はひとりもいなくなっていたでしょうね」

マーリンは首をふった。「どうかな。説明のつかぬことを説明するのが司祭の仕事だ。サンスムのようなやからが理由をでっちあげ、民はその話を信じただろう。なにがなんでも信じたいからさ。期待を裏切られたからというて、人は希望を捨てるものではない。かえって希望を倍にするだけなのだ。人間とはなんと愚かなものであろうか」

だしぬけにマーリンへの憐れみに胸を衝かれて、私は言った。「お館さまは恐ろしいんですね。サムハインになにも起きないんじゃないかと」

「あたりまえではないか、この間抜け。ニムエは恐れておらんがな」とちらとニムエに目をやった。不機嫌な眼差しをこちらに向けている。「おまえは自信たっぷりだな、ええ?」マーリンはニムエを冷やかした。「だがな、ダーヴェル、私としてはこんなことが不要であればよかったと思う。あの薪に火を投じたらなにが起きるはずなのか、それさえわかっておらんのだ。神々は現れるかもしれん。だが、時節を待とうとするかもしれん」私に射るような視線を向けて、「たとえなにも起こらずとも、なにも起きなんだという意味にはならんのだ。わかるか」

「わかるような気がします」

「ふん、どうかな。なんでわざわざ、おまえのようなやつにこんな説明をする気になったものやら。高度な修辞法の問題を雄牛に講釈したほうがまだましよ。おまえはじつに愚かなやつだ。もう行け。エクスカリバーは受け取ったぞ」

「アーサーは返してほしいと言ってます」あやうく、アーサーに伝言を頼まれていたのを忘れるところだった。

「そうだろうとも。ガウェインの用が済んだら返せるかもしれんし、返せんかもしれん。それがどうしたというのだ。ダーヴェル、つまらぬことで煩わせてくれるな。もう帰れ」マーリンはまた腹を立てて、大股に歩き去ろうとした。だが、数歩行って立ち止まり、ふり向いてニムエを呼んだ。「来い、ニムエ！」

「ダーヴェルがちゃんと帰るのを見届けます」ニムエは言って、私のひじをつかむと内側の塁壁のほうへ導いてゆく。

「ニムエ！」マーリンが怒鳴る。

聴こえたそぶりも見せず、私を引きずるようにして草むした斜面を登り、塁壁の上の道に出る。私は入り組んだ薪の環をながめて、「大したことをやってのけたもんだ」ぎこちなく言った。

「儀式をちゃんとやらなかったら、なにもかも無駄になるのよ」ニムエの声には棘があった。マーリンは私に立腹していたが、その怒りはたいてい見せかけで、稲妻のように来ては去ってゆく。しかし、ニムエの憤りは深く激しく、くさび形をした白い顔がそのために硬くこわばっている。美しかったことはないし、片眼を失ってからはいささか不気味な顔になっていたが、残忍さと知性を湛えたその顔は、いちど見たら忘れられなかった。そしていま、西風の吹きつけるこの高い塁壁のうえで、彼女はいつにも増して近寄りがたく見えた。

「儀式がちゃんとできないって心配があるのか」

「マーリンはあんたと同じ」私の質問を無視して、吐き捨てるように言った。「情にもろい馬鹿よ」

「なに言ってんだ」

「あんたになにがわかるの」たちまち噛みついてきた。「怒鳴りつけられたことある？　言い合いをしたことある？　励ましてやったことは？　この世が始まって以来の大失策をしでかそうとしてるのよ、あの人は」すさまじい剣幕でまくしたてる。「これだけの労苦が台なしになるのよ」薪の山のほうへ薄い手を振ってみせ、苦々しげに付け加えた。「あんたは馬鹿だわ。マーリンが屁をひっても、ありがたい教えだと思うんだから。マーリンはもう年寄りなのよ。もう長いことはないの。力を失いかけているのよ。力はね、内側から来るものなのよ」と、小さな乳房のあいだを手で叩いた。塁壁の頂上で立ち止まり、ふり向いて私の顔をまともに見すえる。こっちは大柄な戦士で、向こうは痩せこけた小柄な女なのに、たじろいだのは私のほうだった。いつもそうなのだ。ニムエの内には猛々しい情熱が激しく燃え盛っている。たいていの障害などねじ伏せられてしまう。

「マーリンが情にもろいと、どうして儀式がうまくいかないんだ」

「どうしてもよ」ニムエは言って、またこちらに背を向けて歩きだした。

「教えろよ」

「いやよ!」ぴしゃりと言う。「あんたは馬鹿だもの」

私は彼女のあとをついて歩いた。「銀のオルウェンってだれなんだ」

「デメティアで買った若い奴隷女よ。ポウイスからさらわれてきたの。黄金六枚もしたのよ、きれいな娘だから」

「たしかにきれいだった」リンディニスの静まりかえった夜を歩く、優雅な足どりを思い出す。

「マーリンもそう思ってるわ」ニムエがあざけるように言った。「見るたびに震えが走るくらい。でももう年寄りだし、ガウェインの前では処女で通さなくちゃならないからね。本気で信じてるんだもの。でも、あの馬鹿はなんでも信じるのよ。あれこそ本物の低能だわ」

「これが終わったら、オルウェンと結婚するって言ってたけど」

ニムエは声をあげて笑った。「あの馬鹿にそう約束したのよ。もっとも、あれが奴隷の生まれで、精霊なんかじゃないってわかったら気が変わるかもね。そのときは売ればいいわ。あんた買ってくれない？」といたずらっぽい眼で私を見る。

「やめとく」

「あいかわらずカイヌインに操を立ててるの」冷やかすように言った。「元気？」

「元気だよ」

「カイヌインはドゥルノヴァリアに〝お招き〟を見に来る？」

「いや」

ニムエはふり向いて、探るような眼を向けてきた。「あんたは？」

「おれは来るよ」

「グウィドレは？　あの子を連れてくる？」

「来たいと言ってるからな。だけど、まず父親の許しをもらわんと」

「アーサーにぜひ来させるように言って。ブリタニアの子供はみんな、神々が来るところをその眼で見なくちゃ。一生忘れられない眺めになるわよ、ダーヴェル」

「じゃあ、ほんとに起きるんだな？　マーリンがしくじっても」

「起きるわよ」ニムエは怒りを込めて言う。「マーリンがなんと言おうと、きっとあたしが起こしてみせる。あの耄碌《もうろく》じじいに望みのものを与えてやるんだ。気に入ろうと入るまいと」足を止めてふり向き、私の左手をつかむと、その手のひらに残る傷痕をひとつ眼でじっと見つめた。私はその傷の誓いによって縛られている。ニムエの命令に従わねばならないのだ。なにかを要求しようとしているのがわかった。だが、まぎわに一種の直観的な警戒心に引き止められたらしい。ひとつ息をつき、私の顔を見て、傷痕の残る手を放した。「帰り道はわかるわね」苦いものを噛みしめるように言うと、そのまま歩き去った。

私は丘をくだった。あいかわらず、多くの人々が重い薪をかついでマイ・ディンの頂に登ってゆく。火は九時間燃やしつづけねばならない、とガウェインは言っていた。空を炎で満たし、神々を地上に呼び寄せるための九時間。だが、儀式が正しく行われなければ、その炎はむだになるかもしれないのだ。

あと三晩。あと三晩で決着がつく。

カイヌインはドゥルノヴァリアに行きたくなかったわけではない。神々の呼び出しをその眼で見られるかもしれないのだから。だが、サムハインの前夜は死者が地上をさまよう夜であり、どうしてもディアンにまちがいなく贈り物を渡さなければならない。そのためには、ディアンが死んだ場所に贈り物を置くことが肝心だとカイヌインは考えた。それで、生きているふたりの娘を連れてエルミドの館の焼け跡へ行き、薄めた蜂蜜酒《ミード》の水差しと、バターつきパンと、ディアンの大好物だった蜜をかぶせたくるみをひとつかみ、館の灰のなかに供えたのである。ディアンの姉たちもくるみと固茹で卵を並べた。その晩、三人は私の槍兵に守られて、近くの森林官の小屋に泊まった。ディアンの姿は見えなかったそうだが、サムハインの前夜には死者の姿は見えないものなのだ。だが、その存在を無視すると災いに見舞われるのである。あとでカイヌインから聞いたところでは、翌朝には供えた食物はみななくなり、水差しも空になっていたという。

ドゥルノヴァリアの私のもとへ、グウィドレを連れてイッサが合流してきた。神々の呼び出しを見物するのをアーサーに許可されて、グウィドレは興奮しきっていた。当時は十一歳、活気と生命力と好奇心の塊だった。父に似て細身だが、美貌はグィネヴィア譲りで、母親似の高い鼻と強い眼差しをしている。腕白だが悪気のない少年だった。父親の予言が当たって、グウィドレが私たちの娘モルウェンナと結婚することになれば、カイヌインも私もそのときはさぞうれしいと思う。それを決めるのは二、三年あとのことだろうし、それまではグウィドレは私たちと暮らすのだ。彼はマイ・ディンの頂に行きたがり、儀式を行う者以外は立ち入りを許されないのだと説明するとがっかりしていた。あの大がかりな薪の山を用意してきた人々さえ、昼のうちに帰されていた。ブリタニアじゅうから集まって来た何百という好奇心いっぱいの野次馬と同じく、古い要砦のふもとの野から、神々の呼び出しを見守るだけなのだ。

アーサーはサムハイン前日の午前中に到着した。グウィドレを迎えるときはうれしそうだった。あの暗い時代、彼にとって唯一の幸福の源泉がこの少年だったのだ。アーサーのいとこのキルフッフは、ドゥヌムから六人の槍兵を引き連れてやって来た。「アーサーには来るなと言われたんだが、見逃すわけにゃいかんだろう」にやりとして言う。ギャラハッドの姿を見つけると、キルフッフは足をひきずりながら挨拶しに行った。ここ数カ月、ギャラハッドはサグラモールと行動を共にしていた。エレとの国境を警備しているサグラモールは、アーサーの命令に従ってみずからは持ち場を離れなかったものの、今宵の出来事を国境の軍勢に語って聞かせてくれるようにと、ギャラハッドをドゥルノヴァリアに送り出したのである。期待があまり大きいので、アーサーは不安がっていた。これでなにも起きなかったら、家来たちがひどい失望を味わうのではないかと恐れたのだ。

期待は高まるいっぽうだった。午後になって、ポウイスのキネグラス王が馬にまたがって到着したからである。随行する十二人の兵士のなかには、王子のパーゼルも交じっていた。見てくれを気にする年頃になって、生えはじめた口ひげを伸ばそうとしている。キネグラスは私を抱擁した。彼はカイヌインの兄であり、だれよりも良識ある正直な人間だ。南に来る途中でグウェントのマイリグのもとへ立ち寄ってきており、この君主がサクソン人と戦うのに乗り気でないという風聞を裏書きしてくれた。「神が守ってくれると信じているんだ」キネグラスは厳しい口調で言った。

「それはおれたちも同じですよ」私は言って、ドゥルノヴァリアの宮殿の窓の外を身ぶりで示した。マイ・ディンのふもとは人で埋まっている。この歴史的な夜になにが起きるとしても、できるだけその現場近くにいようというのである。丘のてっぺんまで登ろうとする者も少なくなかったが、マーリンの命《めい》を受けた黒楯の槍兵が寄せつけなかった。要砦の少し北の野に勇敢なキリスト教徒の一団が集まり、雨を送って邪教の儀式を打ち負かしたまえと声高に祈っていたが、怒った群衆に追い払われた。キリスト教徒の女がひとり殴られて気絶するにおよんで、アーサーは兵を送って騒ぎを鎮めた。

「それで、今夜なにが起きるのかな」キネグラスが私に尋ねた。

「なにも起きないかもしれませんよ」

「遠路はるばる来たってのに」キルフッフがぼやいた。ずんぐりして喧嘩っぱやい、口の悪い男だが、私にとっては最も親しい友のひとりだった。エレ率いるサクソン軍とロンドン郊外で戦ったとき、脚に剣を深々と突き立てられ、それ以来足を引きずるようになっていたが、深い痕を残したその傷にもめげず、いまだに槍兵としての腕は少しも落ちていないと豪語している。「ところで、おまえはここで何をしてるんだ」とギャラハッドにからむ。

「キリスト教徒じゃなかったのか」

「キリスト教徒だよ」

「それじゃ、雨が降るように祈ってやがるんだな」キルフッフが難癖をつける。そう話している最中にも雨は降りつづけていた。もっとも、西風に乗って霧雨の粒が飛んできているだけだ。霧雨のあとには天気が回復するという者もいたが、悲観論者はかならずいるもので、大雨になると予測する者もいた。

ギャラハッドがちくちくと逆襲に出た。「今夜大雨になったら、私の神のほうがえらいと認めてくれるのか」

「てめえの喉を掻き切ってやらあ」キルフッフはうなった。もちろん口先だけだ。私と同じく、ギャラハッドとは旧《ふる》いつきあいなのである。

キネグラスはアーサーと話をしに行き、キルフッフも姿を消した。ドゥルノヴァリアの北門近くの居酒屋で、いまも赤毛の娘が商売に精を出しているか調べに行ったのだ。いっぽう、ギャラハッドと私はグウィドレを連れて町を歩いた。町じゅうお祭騒ぎだった。ドゥルノヴァリアの通りという通りを秋の大市が埋め尽くし、周囲の草地にまであふれ出したようだった。商人は露店を出し、居酒屋は客でにぎわい、曲芸師は見物人を驚かせ、二十人もの吟唱詩人《バード》が歌を歌っている。エムリス司教の館のあるドゥルノヴァリアの丘を、芸をする熊がのそのそと引きまわされていた。見物人が鉢に蜂蜜酒《ミード》を注いでやるものだから、熊はしだいに凶暴になってゆく。ふと見ると、館の窓を細くあけてサンスム司教がその大きなけものを盗み見ていた。だが、私に気がつくとさっと奥に引っ込んで、木の鎧戸を閉めてしまった。「いつまで幽閉されているんだ？」ギャラハッドが私に尋ねた。

「アーサーが赦すまでさ。いつかは釈放されるだろう。アーサーは何度でも敵を赦す人だから」

「キリスト教徒の見本になれる」

「馬鹿の見本だよ」私は言ったが、グウィドレに聞かれないように注意していた。少年は熊を見に行っている。

「だけど、おまえの腹違いの兄を赦すとは思えない。しばらく前に会ったけどな」

「ランスロットに？」ギャラハッドは驚いたように尋ねた。「どこで？」

「サーディックといっしょだった」

ギャラハッドは十字を切った。そのしぐさが周囲の顰蹙《ひんしゅく》を買ったのは気づかなかったようだ。ドゥムノニアの町はどこもそうだが、ドゥルノヴァリアでも住民の大多数はキリスト教徒だ。だがきょうは、田舎からやってきた異教徒が通りに群がっている。憎いキリスト教徒に喧嘩をふっかけようという者も少なくなかった。「ランスロットはサーディックのために戦うと思うか？」ギャラハッドが尋ねてくる。

「あいつが一度でも戦うかな」私は辛辣に答えた。

「戦えないことはない」

「戦うことがあるとすれば、サーディックのためだろうさ」

「では、この手で殺す機会が与えられるように祈ろう」ギャラハッドは言って、また十字を切った。

「マーリンの計画どおりにゆけば、戦《いくさ》は起きないさ。神々が殺戮を指揮してくれる」

ギャラハッドは微笑んだ。「私にはほんとうのことを言ってくれよ、ダーヴェル。計画どおりにゆくのか？」

「それを見届けにここに来てるんじゃないか」私ははぐらかしたが、そのときはたと気がついた。この町にはいま、サクソン人のスパイが二十人ももぐり込んで、同じことを見届けようとしているにちがいない。ランスロットの家来ならブリトン人だから、刻々と膨れ上がる期待に満ちた群衆にやすやすと紛れ込める。マーリンが失敗すればサクソン人は意を強くして、翌春の攻撃はいっそう激しくなるにちがいない。

雨はこやみなく降りはじめていた。私はグウィドレを呼び寄せ、三人で走って宮殿に戻った。グウィドレは父にせがんで、マイ・ディンの塁壁近くの野から〝お招き〟を見る許しを得ようとしたが、アーサーは首をふった。

「こんな雨降りでは、どっちみちなにも起きやしない。風邪をひいてしまうだけだ。そしたら――」と言いかけて急に黙り込んだ。そしたらお母さんに父さんが怒られる、そう言おうとしたのだ。

「そしたら、モルウェンナやセレンに風邪が感染《うつ》ってしまう」代わりに私が口をはさんだ。「おじさんにも感染り、お父さんにも感染って、サクソン人が攻めてきたときは全軍がくしゃみをしているぞ」

グウィドレはしばらく考えていたが、そんな馬鹿なはずはないと結論したらしく、父の手を引っ張った。

「ねえ、いいでしょう?」

「みんなといっしょに上の広間から見ればいいじゃないか」アーサーは頑固だった。

「それじゃ、また熊を見物しに行ってもいい? 酔っぱらわせて、犬をけしかけるんだよ。雨に濡れないように、ポーチの下に立って見てるから。ねえお父さん、いいでしょう」

アーサーは折れ、私はグウィドレの護衛にイッサをつけてやり、ギャラハッドとふたりして宮殿の上階の広間にのぼった。一年前、グィネヴィアがまだときどきは訪ねてきていたころ、この宮殿は塵ひとつなく清められて優雅だったが、気をつけてやる者もいまはなく、埃だらけで荒れていた。もともとローマ人が建てたもので、かつての壮麗な姿を回復させようとグィネヴィアは骨折っていたのだが、例の謀叛の際にランスロットの軍に略奪されたきり、修理をしようとする者もないままに放置されているのだ。キネグラスの家来たちが広間の床で火を熾し、床の小さなタイルが熱で歪んでいる。キネグラス自身は広い窓辺に立っていた。ドゥルノヴァリアの藁葺き屋根や瓦屋根の向こう、マイ・ディンの斜面を暗い表情で眺めている。降りしきる雨でその斜面はほとんど見えない。「やむだろう?」私たちが入ってゆくと、同意を求めるように言った。

「激しくなるかもしれませんよ」ギャラハッドがそう言ったとたん、待っていたかのように北のほうで雷鳴がとどろき、雨足が目に見えて強くなった。屋根を叩く雨粒が四、五インチもはね上がるほどだ。マイ・ディンの頂きの薪も濡れているだろう。だが、外側だけに雨がかかっているうちは、薪の山の内側の層は乾いたままのはずだ。この大雨でも、一時間ほどなら内側の薪は湿らない。中心の薪が乾いていれば、そこが燃えているあいだに外側の薪の湿気はすぐに飛んでしまう。だが、この雨が夜になってもやまないようなら、とてもまともな炎はあがるまい。「少なくとも、この雨で酔っぱらいどもは正気づくでしょう」ギャラハッドが感想を述べる。

広間の扉口にエムリス司教が現れた。司祭らしい黒い長衣《ローブ》のすそは濡れて泥だらけだ。キネグラスに従う恐ろしげな異教徒の槍兵たちに不安げな眼差しを向けたが、私たちの立つ窓辺にせかせかと近づいてきた。「アーサー卿はこちらに?」と私に尋ねる。

「宮殿のどこかにいるはずだが」そう答えてから、エムリスをキネグラス王に紹介し、司教は良識あるキリスト教徒だと付け加えた。

「キリスト教徒はみな良識があると信じております」エムリスは言って、王にお辞儀をした。

「私の考えでは、良識あるキリスト教徒とは、アーサーに謀叛を起こさなかった者たちのことだ」私は言った。

「あれが謀叛でしょうか」とエムリス。「あれは狂気ですよ、ダーヴェル卿。敬虔な希望が生んだ狂気です。マーリン卿がこれからしようとしているのは、あれとまったく同じではありますまいか。昨年のわが哀れな同胞たちと同じく、やはり落胆なさるのではないかと私は案じておるのです。だが、今宵の落胆のあとにはいったいなにが起きるかな? 私がここに参ったのはそのためなのですよ」

「なにが起きるっていうんだ」キネグラスが尋ねる。

エムリスは肩をすくめた。「マーリン卿の神々が現れなければ、責められるのはだれでしょうか。キリスト教徒ですよ。暴徒に殺されるのはだれでしょうか。それもやはりキリスト教徒です」エムリスは十字を切った。「ですから、私どもを守るとアーサー卿に約束していただきたいのです」

「喜んで約束なさいますよ」とギャラハッド。

「司教、あなたの頼みなら聞いてくれるさ」と私も付け加えた。エムリスは、つねにアーサーに忠誠を尽くしてきた立派な人物だった。もっとも、その助言が慎重な上にも慎重なことは、その老体がどっしりしているのといい勝負だったが。私と同じく、司教は王の顧問会議の一員である。表向き、顧問会議はモードレッドに助言することになっているが、王はいまリンディニスに幽閉の身なので、会議が開かれることはめったになかった。アーサーは顧問官に個別に会って決断を下している。しかし、真に決めなければならないのは、サクソン人のドゥムノニア侵入に対していかに備えるかということだけであり、みなその重荷を喜んでアーサーに任せきっていた。

稲光が鉛色の雲のあいだをすべり、一瞬おいて雷鳴がとどろく。その大音響にだれもがとっさに首をすくめた。すでに降りしきっていた雨は急に激しさを増し、屋根を容赦なく叩き、ドゥルノヴァリアの通りや路地を泥水の小川が泡立ちながら流れはじめた。広間の床の水たまりも広がってゆく。

キネグラス王がむっつりと言った。「神々は呼び出されるのを望んでいないのかもしれんな」

「マーリンが言うには、はるか遠くにいるんだそうです」私は言った。「とすれば、この雨は神々の仕業ではありませんよ」

「つまり、より偉大な神がこの雨を送られたという証拠です」エムリスが意見を述べた。

「あなたがたの祈りに応えてか？」キネグラスが刺々しく尋ねる。

「私は雨を願ったりしておりません」とエムリス。「お望みならば、雨が上がるよう祈りましょう」そう言うと、眼を閉じて両手を大きく広げ、顔をあげて祈りの姿勢をとった。せっかくの厳粛な瞬間だったが、屋根瓦を通して雨のしずくがまっすぐに司教の剃髪したひたいに落ちてきたのは興ざめだった。しかし、彼は最後まで祈りを唱えて十字を切った。

すると驚くまいことか、エムリスのずんぐりした手が汚れたローブに十字を書くのと同時に、雨の勢いが弱まりはじめたではないか。西風に乗って、激しい通り雨が何度か襲ってはきたが、屋根を叩く雨音はぴたりとやみ、宮殿の高窓からマイ・ディンの頂上が見えるようになってきた。丘はいまも鉛色の雲の下で暗く陰り、古い要砦のうえには見るべきものとてない。ただ塁壁を守るひと握りの槍兵と、できるだけ頂上に近づこうとあえてその下の斜面に宿っている数名の巡礼がいるばかりだ。祈りが効いたことを喜ぶべきか悲しむべきかエムリスはとまどっていたが、私たちはみな舌を巻いていた。西の雲に現れた裂け目から薄い陽光の柱が差し込み、マイ・ディンの斜面を緑に変えたからなおさらである。

奴隷たちが熱いミードと冷たい鹿肉を運んできたが、私は食欲がなかった。午後が夕暮れに移ろいゆき、雲が切れてゆくのを眺めていた。空はしだいに晴れ上がり、西の空は巨大な炉と化して、はるかなリオネスのうえで真っ赤に炎をあげている。サムハインの前夜に太陽が沈んでゆく。ブリタニアじゅうで、そしてキリスト教化されたアイルランドでも、人々はいま飲食物を供えているのだ——アンヌンの深淵に架かった剣の橋を渡ってくる死者のために。今夜は、死者の影が不気味な行列をつくって、かつて生き、愛し、死んだ土地を訪れる夜だ。マイ・ディンでは多くの者が死んだのだから、今夜あの丘は死霊でいっぱいになるだろう。エルミドの館の焼け跡をさまよう、ディアンの小さな影を思わずにはいられなかった。

アーサーが広間に入ってきた。斜め十字模様の鞘に収めたエクスカリバーを吊っていないと、まるで別人のようだ。雨がやんだのを見て唸り声をあげ、次いでエムリス司教の嘆願に耳を傾けた。「通りに槍兵を配置しておこう。キリスト教徒が異教徒をあざけったりしないかぎりだいじょうぶだ」奴隷からミードの角杯を受け取ると、また司教に顔を向けた。「どちらにしても、あなたに会いたいと思っていたのだ」と言って、気にかけていたグウェントのマイリグ王のことを切り出した。「グウェントが戦わなければ、サクソン軍に数で圧倒されてしまう」アーサーはそう脅した。

エムリスは青くなった。「グウェントがドゥムノニアを見殺しにするものですか！」

「司教、グウェントは賄賂を受け取っているぞ」私は言い、エレがマイリグの伝道師を領地に迎え入れていると説明した。「改宗させる見込みがあると考えているかぎり、マイリグはサイスに剣を向けるまい」

「サクソン人に福音が伝わると思えば、喜ばないわけにはゆきませんな」エムリスが神妙に言う。

「とんでもない。用済みになれば、エレはあの司祭たちの喉を掻き切るだけだ」

「そのあとは私たちの喉だな」キネグラスがむっつりと付け加えた。彼はアーサーとともにグウェント王を訪問すると決めており、アーサーはいまエムリスに同行を求めているのだ。「司教、マイリグはあなたの言うことなら聞くだろう。ドゥムノニアのキリスト教徒にとっては、私よりもサクソン人のほうが脅威だと納得させることができれば、気が変わるかもしれない」

「喜んで参ります」エムリスは言った。「是非にも」

キネグラスがまたむっつりとことばをはさんだ。「少なくとも、わが国の軍の通行を許可するようマイリグを説得しなければならない」

アーサーはぎょっとしたように、「断られる可能性があると？」

「私の間者はそう言っている」キネグラスは肩をすくめた。「だがサクソン人が攻めてきたら、マイリグが許可しようがすまいが突っ切ってくるさ」

「するとグウェントとポウイスで戦になりますな」アーサーは厳しい顔で言った。「サイスを利するだけだ」

身震いして、「どうしてテウドリック王は玉座を降りてしまったのか」テウドリックはマイリグの父である。キリスト教徒ではあったが、つねにアーサーと並んでサクソン人に兵を向けていたものだ。

西の空に残った最後の赤い光が薄れてゆく。しばし、世界は光と闇のはざまに浮遊《ふゆう》したかと思うと、やがて深淵に呑み込まれた。私たちは窓辺に立ち、冷たく湿った風に凍えながら、雲の切れ間から洩れる星々の鋭い光を見つめていた。満ちゆく月が南の海に低くかかり、その光が雲のふちににじんで、蛇座の頭を形作る星々を隠している。日暮れてサムハインの前夜、死者がいよいよ訪れようとしていた。

ドゥルノヴァリアの家々からちらほらと火が洩れているが、町が果てるとその先は完全に黒一色で、ただ遠い丘の肩で木々が月光の柱に銀に染まっているばかりだった。マイ・ディンは闇にそびえる影でしかない。死者の夜の黒い中心に凝《ここ》る黒い塊。闇は深まり、さらに星々が現れて、切れ切れの雲のあいまを月が凄まじい勢いで飛んでゆく。いま死者は剣の橋を続々と渡り、すでに私たちのまわりに来ているのだ。目には見えず声もしないが、この宮殿にも、通りにも、ブリタニアの谷という谷、町という町、家という家に来ているのだ。いっぽう戦場では、あまりに多くの魂が現世の肉体から引き離された場所だけに、死者はムクドリのように群がっている。ディアンはエルミドの館の木々の下にいる。そしていまも死者の影は剣の橋を続々と渡り、ブリテン島をいっぱいにしてゆくのだ。いつか、私もまたこの夜に地上を訪れて、子供たちや子供たちの子供たち、またその子供たちに会いにくるのだろう。未来永劫、サムハインの前夜が来るごとに私の魂は地上をさまようにちがいない。

風が収まってきた。月はまた、アーモリカ上空に垂れ込める厚い雲の陰に隠れてしまったが、私たちの頭上では雲が切れてきていた。神々の住まう星々がうつろな空に燃えている。今夜のてんまつを見過ごすまいと窓辺に集まっていると、キルフッフが宮殿に戻ってきて仲間に加わった。グウィドレも町から戻ってきたが、雨を含んだ闇を見つめているのにもやがて飽きて、親しい宮殿の槍兵に会いに行ってしまった。

「儀式はいつ始まるんだ」アーサーが尋ねる。

「まだかなり先ですよ」私は釘を刺した。「火を六時間燃やしつづけてから儀式を始めるそうですから」

「マーリンはどうやって時間を計るんだ」とキネグラス。

「計らなくてもわかるんですよ」私は答えた。

死者は音もなく私たちのあいだを漂ってゆく。やがて風はぱたりとやみ、静けさに怯えて町の犬が吠えはじめた。ふちを銀に染めた雲に囲まれて、星々は異様に明るく見える。

そしてそのとき、なんの前触れもなく、夜の無慈悲な闇の奥底から、マイ・ディンの壁に囲まれた広い頂から、ついに最初の炎が燃え上がった。神々の召喚が始まったのだ。

しばし、マイ・ディンの塁壁のうえにはただひとつの炎がくっきりと明るく躍っているだけだったが、やがて火は燃え広がり、要砦の草むした塁壁に囲まれた広いくぼみは、煙にかすむぼんやりした光に満たされていった。いまごろあそこでは、高く分厚い薪の山に男たちがたいまつを深く突っ込んでいるのだろう。そして炎をもって走りまわっては、中央の渦巻きに、あるいは外側の環に火を点じてゆくのだ。最初のうち、火はなかなか伸びてゆかなかった。しゅうしゅうと音をたてる湿った上層の薪がじゃましているのだ。しかし、やがて熱のために湿気が飛ぶと、炎の輝きはいよいよ明るさを増し、ついにあの巨大な模様全体に火がまわり、高々と噴き上がる炎が勝ち誇ったように夜の闇を侵してゆく。丘の頂は火の峰と化し、沸騰し渦をまく炎の海となり、空にもうもうと立ち昇る煙を赤く染めていた。火は明るく燃え盛り、ドゥルノヴァリアにちらつく影を落としている。通りは人であふれ、屋根にのぼって遠くの火焔を眺める者さえいた。

「六時間だって」キルフッフがあきれ顔で私に尋ねた。

「マーリンはそう言ってた」

キルフッフが唾を吐く。「六時間！　そんなら赤毛のところへ戻れるじゃないか」だが動こうとはしない。だれひとり動く者はいなかった。丘の上の炎の舞いに見とれていた。あれはブリタニアの葬送の火だ。歴史の終焉、神々の召喚。見つめる私たちは緊張に声も出ず、噴き上がる煙が神々の降臨に引き裂かれるのを待ち構えているかのようだった。

緊張を破ったのはアーサーだった。「なにか食べよう」ぶっきらぼうに言う。「六時間も待つのなら、食事ぐらいしてもよかろう」

食事中はほとんど会話もなく、わずかに話題にのぼるのは、グウェントのマイリグ王のこと、そして来たる戦争に彼が槍兵を出さなかったらという恐ろしい見通しのことばかりだった。もし戦があるとすればだが、と私はずっと考えていた。窓の外、乱舞する炎と噴き上がる煙をちらちらと眺めずにはいられない。時間の経過を計ろうとしたが、一時間過ぎたか二時間過ぎたかわからないまま食事は終わり、私たちはまた開いた大きな窓のそばに立って、マイ・ディンを見つめはじめた。あそこに、いまはじめてブリタニアの宝物がすべて集まっているのだ。まずガランヒルの籠。ヤナギの枝を編んだ鉢形の籠で、パンと魚を盛るためのものだが、いまでは編み目はぼろぼろになっている。まともな女ならとっくに火に放り込んでいるだろう。ブラン・ガラドの角笛は雄牛の角製で、長の年月に黒ずみ、錫で縁取りしたへりは欠けていた。モドロンの戦車は長年のうちに壊れているし、たとえまた組み立てられたとしても、あまり小さいので子供でなければ乗れないだろう。アイジンの端綱は、すり切れた縄に錆びた鉄の輪のついた雄牛の端綱だが、極貧の小作人でさえ使うのをためらうようなしろものだ。ライヴロデズの包丁はなまくらの広刃の包丁で、木の握りは壊れている。ティドゥアルの砥石はひどくすり減っていて、どんな職人も恥ずかしがって使わないだろう。パダーンの上着はすり切れて継ぎだらけのみすぼらしい服だが、まだ継ぎが当たっているだけへレガズのマントよりましだ。このマントを着ると姿が見えなくなると言うが、いまではクモの巣も同然の姿だった。ハラゲニズの皿は平らな木の大皿だが、ひびだらけでとても使えたものではない。またグウェンゾライの的盤《スローボード》は古くて歪んだ木の盤で、ゲーム用のしるしはかすれてほとんど残っていない。エリネドの指環はただの戦士の環にしか見えない。戦士の環とは、倒した敵の武器から槍兵が好んでつくるただの金属の環っかだが、エリネドの指環よりもっとましな環でも、ひとつやふたつはだれもが捨てたことがあるはずだ。それじたいに価値がある宝物はふたつしかない。ひとつはハラザーフの剣、すなわちエクスカリバーだ。これはゴヴァンノン神がみずから異世《ことよ》で鍛えた剣である。そしてもうひとつがクラズノ・アイジンの大釜。いまそのすべてが、粗末なものも貴重なものも同様に、火の環に囲まれてはるかな神々に合図を送っているのだ。

空はいよいよ晴れてゆく。ただ、南の水平線上にはいまも雲が山をなしており、死者の夜が更けてゆくにつれて稲光が閃きはじめた。あの稲妻は神々の最初のしるしだ。恐ろしさに、私はハウェルバネの柄の鉄に触れた。だが、その巨大な閃光ははるかに遠かった。かなたの海のうえか、さらに遠くアーモリカで閃いているのかもしれない。一時間以上も稲妻は南の空を引き裂いていたが、雷鳴はまったく聴こえてこなかった。いちど雲全体が内側から輝いたように見え、全員がいっせいに息を呑み、エムリス司教は十字を切った。

かなたの稲妻が収まると、あとに残るのはマイ・ディンの塁壁内で猛り狂う大かがり火だけだ。アンヌンの深淵を渡る火の合図、世界と世界のはざまの闇に届く炎。死者はなにを考えているだろう。影の群れはマイ・ディンの周囲に集まって、神々の召喚を見守っているのだろうか。剣の橋の鋼の刃に、炎がちらちらと反射するさまを想像する。その光は異世にさえ届いているかもしれない。それを思うと正直言って恐ろしかった。稲妻は消えていた。いまでは巨大なかがり火が猛り狂っているだけのように思えた。しかし、変化を目前にして世界が震えているのをだれしも感じていたと思う。

時間が過ぎるのを待っているあいだに、やがて次のしるしが現れた。最初に気がついたのはギャラハッドだった。十字を切り、目を疑うかのように凝然と窓の外を見つめていたが、星々にベールをかけている巨大の煙の柱の上空を指さした。「見えるか?」という彼の問いに、だれもが窓際に押しかけて空を仰いだ。

夜空に光が現れていた。

ひんぱんに現れるわけではないが、だれもが一度は見たことのある光だ。しかし、ほかならぬこの夜に現れるからには意味があるにちがいない。最初のうちは闇にちらちらする青い霞でしかなかったが、霞は徐々に濃くなり、しだいに明るくなってゆく。火のように赤いカーテンが青い霞に重なり、星々のあいだでさざ波をたてるように揺らめいている。こういう光は極北の地ではめずらしくないとマーリンから聞いたことがあるが、この光は南の空にかかっている。するとだしぬけに、見上げる空いっぱいに、青と銀と真紅の滝が輝かしく伸び広がったのだ。だれもがもっとよく見ようと中庭に降り、輝く空を畏怖に打たれて見上げていた。中庭からはマイ・ディンの炎は見えないが、その光は南の空を満たしている。そして私たちの頭上では、さらに不可思議な光が輝かしいアーチを描いていた。

「これで信じるかい、司教」とキルフッフが尋ねる。

エムリスは口がきけないようだったが、やがて身震いすると、首にかけた木の十字架に触れた。そして静かに言った。「私たちは、ほかの力の存在を否定したことはいちどもありません。ただ、キリストの神こそが唯一の真の神だと信じているだけです」

「では、ほかの神々は何なのだ」キネグラスが尋ねた。

エムリスは眉をひそめた。最初は答えるのをしぶっていたが、正直者だけに言わずにいられなかったようだ。

「闇の力でございます」

「とんでもない、光の力だ」アーサーがうやうやしい声で言う。アーサーでさえ感嘆していた。神々の干渉など望みもしないアーサーだが、空に現れた神々の力を見て、驚異の念に圧倒されていたのである。「これから何が起きるんだ？」彼は尋ねた。

その問いは私に向けられていたのだが、答えたのはエムリス司教だった。「死でございます」

「死？」アーサーは聞き違いかと疑うように訊きかえした。

エムリスはアーケードの下に移動していた。明るく瞬きながら星々のあいだを流れてゆく魔法の力を恐れたのだろうか。「死を用いない宗教はございません」したり顔に言う。「私どもでさえ犠牲の力を信じております。ただキリスト教の場合、神の子が殺されたおかげで、二度とふたたび祭壇のうえで生き物が切り裂かれることはなくなりました。ですが、その秘儀のひとつとして死を用いない宗教は考えられません。オシリスは殺され」そこでふと、自分がイシス崇拝のことを話しているのに気づき、それがアーサーの破滅のもとだったことを思い出してあわてて先を続けた。「ミトラも死にました。ミトラの礼拝には雄牛の死が必要です。神々はすべて死ぬのです。キリスト教を除くすべての宗教が、礼拝の一環として神々の死を再現しているのです」

「私たちキリスト教徒は、死を超越して生にいたっていますからね」ギャラハッドが口をはさんだ。

「キリストの神は誉《ほ》むべきかな」とエムリスは同意し、十字を切った。「しかし、マーリン卿はその神を信じてはおられぬ」空の光はさらに明るさを増していた。色鮮やかな巨大なカーテンを貫いて、白い光が瞬きつつ条《すじ》を描いて流れ落ちてゆく。つづれ織りのなかの白い糸のようだ。「死はもっとも強力な魔法なのです」司教は非難がましい口調で言った。「慈悲深い神ならそんなことは許しますまい。われらが神は、ご自身の子の死をもってそれを終わらせたのです」

「マーリンが生贄なんぞ使うものか」キルフッフがかっとして言い放った。

「使うさ」私は低声で言った。「大釜を取りに行く前に、人間を犠牲に捧げたそうだ。自分でそう言っていた」

「だれを？」アーサーが鋭く尋ねてくる。

「それは知りません」

「嘘に決まってる」キルフッフが空を仰ぎながら言う。「マーリンは人をたぶらかすのが好きだからな」

「真実を言っておられたのかもしれませんぞ」とエムリス。「古い宗教は貪欲に血を求めたものです。それもたいていは人間の血を。もちろんくわしいことはほとんど伝わっておりませんが、ドルイドは好んで人間を殺していたと、老バリセから聞いたのを憶えております。たいていは囚人だったそうです。生きながら焼かれた者もおり、死の穴に放り込まれた者もおると」

「そして生き延びた者もいる」私は低い声で付け加えた。かく言う私自身が、幼いころドルイドの死の穴に投げ込まれたことがあるのだ。肉体を裂かれて死にゆく者のうごめく、あの慄然たる死の穴を逃れたことがきっかけで、マーリンに引き取られたのである。

エムリスは私のことばを無視して先を続けた。「言うまでもございませんが、もっとも貴重な犠牲が求められることもありました。〝暗黒の年〟に捧げられた犠牲のことは、いまでもエルメトやコルノヴィアでは語り種《ぐさ》になっておりますよ」

「どんな犠牲だったのだ？」アーサーが尋ねる。

「ただの伝説かもしれません。なにしろあまり昔のことで、記憶も薄れておりますから」エムリス司教のいう〝暗黒の年〟とは、ドルイドの信仰の中心地だったモン島を、ローマ軍が占領した年のことだ。四百年以上も前の悲しむべき事件である。「ですが、ケヴィズ王の犠牲の話がいまもあのあたりでは語り継がれておるのです。私がこの話を聞いたのはずいぶん昔のことですが、バリセはずっと信じておりました。ご存じのとおり、ケヴィズ王はローマ軍を前にしてとてもかなわぬと思い、そこでなにより大切なものを犠牲に捧げたというのです」

「その大切なものとは？」アーサーが問い詰める。空の光のことは忘れて、司教をひたと見つめていた。

「もちろんわが子です。これは古来変わりません。われらが神も息子のイエス・キリストを犠牲になさり、アブラハムにイサクを殺せとお命じになったことさえございます。もちろん翻意なさいましたが。しかし、ドルイドたちはケヴィズ王を説得して息子を殺させたのです。当然のことながら効果はありませんでした。歴史が教えるように、ケヴィズもケヴィズの軍勢もすべてローマ軍に虐殺され、モン島のドルイドの森は破壊されました」その破壊を神に感謝しそうになったのが感じられたが、エムリスはサンスムとは違って礼儀をわきまえている。感謝のことばは口にしなかった。

アーサーはアーケードに歩み寄った。「司教、あの丘の上でなにが起きているのだ？」と押し殺した声で尋ねた。

「どうして私にわかりましょう」エムリスが心外げに答える。

「だが、殺しが行われていると思うのだな」

「あり得ることだと思います」エムリスはそわそわと言った。「あっても不思議はないと」

「だれを殺すのだ」アーサーはさらに問い詰めた。中庭ではだれもが空の輝きを見上げていたが、その厳しい口調にいっせいにふり返ってアーサーを見つめた。

「古い犠牲であれば、そして最高の犠牲が必要ならば――それならば、統治者の息子でございましょう」

「ビュディク王の子ガウェインだ」私はささやくように言った。「それとマルドックだ」

「マルドック？」アーサーはふり向き、こちらに眼を向けた。

「モードレッドの子です」私は答え、だしぬけに悟った。なぜマーリンがキウイログのことを尋ねたのか。なぜあの子をマイ・ディンに連れてきたのか、なぜあの少年に優しくしていたのか。どうしてもっと早く気がつかなかったのだろう。いまならあまりに自明のことに思えるのに。

「グウィドレはどこだ？」ふいにアーサーが尋ねた。

鼓動を数度かぞえるあいだ、答える者はなかった。だが、やがてギャラハッドが門番小屋のほうを身ぶりで示した。「私たちが食事をしているときは、槍兵たちのところにいましたよ」

だが、グウィドレはもうそこにはいなかった。ドゥルノヴァリアに滞在するときアーサーが使っている寝室にもいなかった。どこにも見当たらなかった。日が落ちたあと、その姿を見たという者もいなかった。アーサーは魔法の光のことなど完全に忘れ果てて、宮殿をくまなく探しまわり、地下室から果樹園まで調べたが、息子の姿はなかった。私はといえば、マイ・ディンで会ったときのニムエのことばを思い出していた。グウィドレをドゥルノヴァリアへ連れて来いと言っていた。そしてまたリンディニスで、ドゥムノニアの真の支配者はだれかと言ってマーリンと口論していたことも思い出した。信じたくはなかったが、湧き上がる疑念を無視することもできなかった。アーサーの袖をつかんで、「丘に連れて行かれたのだと思います。マーリンではなく、ニムエの手で」

「しかし、あの子は王の子ではない」エムリスはうろたえていた。

「グウィドレは統治者の子だ！」アーサーは叫び、「そうでないと言う者がここにいるか？」そんな者がいるはずはない。口がきける者さえいなくなっていた。アーサーは宮殿のほうをふり向いた。「ハグウィズ！　剣と楯を持て！　ラムライをひけ！　急げ！」

「アーサー！」キルフッフがなだめようとする。

「やかましい！」アーサーは怒鳴った。すでに激昂しており、怒りのはけ口にされたのは私だった。ドゥルノヴァリアにグウィドレを来させよと勧めたからである。「こうなると知っていたのか？」

「とんでもない。いまだってわかっているわけじゃありません。おれがグウィドレをそんな目に遭わせると思うんですか」

アーサーは険しい眼でにらみつけてきたが、やがて背を向けた。「だれも来なくていい」肩ごしに言った。「私はマイ・ディンに行って息子を連れ戻してくる」大股に中庭を突っ切る先には、従僕のハグウィズがラムライをひいて来ていた。馬番が鞍を置こうとしているところだ。ギャラハッドが黙ってついてゆく。

白状するが、私はしばらく立ち尽くしていた。動きたくなかった。神々の訪れを見たい。大いなる翼のはばたきによって、地上を歩むベリ・マウルの奇跡によって、すべての災いが終わる日をこの眼で見たい。マーリンのブリタニアが実現するのを見たかったのだ。

だが、そのときディアンのことを思い出した。いま、私の末娘は宮殿の中庭に来ているのだろうか。魂は地上を訪れているはずだ、今夜はサムハインの前夜なのだから。わが子を失ったときの苦悩がよみがえってきて、いきなり涙がこみ上げて来た。グウィドレが死に、マルドックが苦しんでいるとしたら、ドゥルノヴァリアの宮殿の中庭にぼんやり突っ立っていることはできない。マイ・ディンに行きたくはなかったが、幼子が死のうとしているときに何もしなかったら、カイヌインに顔向けできないのはわかっている。私はアーサーとギャラハッドのあとを追った。

キルフッフに引き止められた。「グウィドレは淫売の子だぞ」アーサーに聞こえないように押し殺した声でうなる。

アーサーの子の血筋のことで言い争いたくはなかった。「ひとりで行けばアーサーは命がない。あの丘には黒楯族が四十人もいるんだ」

「行けばマーリンの敵に仲間入りだぞ」

「行かなければアーサーの敵になる」

キネグラスが近づいてきて、私の肩に手を置いた。「どうする」

「アーサーについて行きます」できれば行きたくはないが、ほかにどうしようもない。「イッサ！　馬ひけ！」

私は叫んだ。

キルフッフがぼやく。「おまえが行くならついて行かなきゃなるまい。怪我せんように気をつけてやらにゃあ」

それが合図だったように、全員が馬と武器と楯を求めて大声をあげはじめていた。

なぜ行ったのか。あの晩のことはくりかえし考えた。天空を震わせてちらちら瞬く光がいまも目に浮かぶ。マイ・ディンの頂から漂ってくる煙のにおい。ブリタニアにずっしりとのしかかる魔法の重圧さえ感じられる。だが、それでも私たちは馬を走らせたのだ。炎に引き裂かれたあの夜、私は混乱していた。それはわかっている。幼子の死にたいする感傷、ディアンの思い出、グウィドレをドゥルノヴァリアへ連れて来たことへの罪悪感に駆り立てられていた。しかしなにより、そこにあったのはアーサーへの愛情だった。だが、それならマーリンやニムエへの愛情はどうなったのか。思うに、このふたりには必要とされていないと私はずっと思っていたのだ。だが、アーサーには私が必要なのだと。そしてあの夜、ブリタニアが炎と光のはざまに囚われていた夜、私は馬を駆ったのだ――アーサーの息子を探すために。

総勢十二騎。うちドゥムノニア人はアーサー、ギャラハッド、キルフッフ、ダーヴェル、イッサの五人で、残りはキネグラスとその家来たちだった。今日、この物語がいまも語られているところでは、ブリタニアの破壊者はアーサーとギャラハッドと私の三人だと子供たちは聞かされている。だが、あの死者の夜には、ほんとうは十二人の騎馬兵がいたのだ。甲冑は着けず、防具は楯しかなかったが、槍と剣は全員がたずさえていた。

人々があわてて左右へよけるなか、火明かりに照らされた通りをドゥルノヴァリアの南門へ馬を走らせた。門は開いていた。死者が町へ入れるように、サムハインの前夜にはいつも開け放してあるのだ。首をすくめて門をくぐると、南西に馬を駆けさせる。周囲の野は人で埋まっていた。炎と煙は混ざり合い、激しく渦巻きながら丘の頂上から流れてくる。そのさまをわれを忘れて見とれているのだ。

先頭をゆくアーサーは凄まじい勢いで駆けてゆく。振り落とされるのではないかと、私は鞍の前橋にしがみついていた。マントは風になびき、鞘に収めた剣が激しく揺れる。いっぽう、頭上の空は煙と光に満ちていた。早くも燃える薪のにおいがし、炎のはじける音さえ聴こえる。丘の斜面はまだまだ先だというのに。

止めだてする者はない。私たちは馬を叱咤して斜面を登った。複雑に入り組んで迷路をなす入口の通路にたどり着くまで、槍兵に行く手を阻まれることはなかった。アーサーはこの要砦にはくわしい。グィネヴィアとともにドゥルノヴァリアに暮らしていたころ、夏にはよくこの頂へ遊びに来ていたのだ。私たちの先頭に立って、この曲がりくねった通路を迷いもせずに通り抜けてみせたものだった。そのなじみの通路に、槍を水平に構えた三人の黒楯族が立ちはだかっていた。アーサーはためらわなかった。かかとで馬腹を蹴り、長槍を構えてラムライを駆けさせる。黒楯族は体《たい》を開いて脇によけ、地響きとともに駆け去ってゆく巨大な馬に向かってむなしく叫んでいた。

ここにはもう夜はなく、あるのは轟音と光ばかりだ。ごうごうと燃え盛る炎の雄叫び、飢えた炎の中心で丸ごと一本の木がはじけ飛ぶ音。夜空の光を煙がおおい隠す。塁壁から大声で呼ばわる槍兵はいたが、対決しようとする者はない。マイ・ディンの頂上めがけて私たちは内壁を駆け抜けた。

そこで行く手を阻まれた。黒楯の戦士のせいではなく、吹き荒れる凄まじい熱風のためである。ラムライがあとじさり、炎をよけようと身をよじるのが見えた。アーサーはたてがみにしがみつき、ラムライの目が炎を映して赤く光る。熱は一千もの鍛冶屋のかまどのようで、吼え猛る焦熱の風にだれもがたじろぎ、よろよろと後退した。炎の奥にはなにも見えない。マーリンの意匠の中心部はさかまく業火の壁に隠されている。アーサーがラムライを蹴って後退させ、私のそばに寄ってきた。「どっちだ？」とわめく。

私は肩をすくめたにちがいない。

「マーリンはどうやって中に入ったんだ」アーサーが尋ねる。

私は考えた。「反対側からです」火の迷路の東側には神殿がある。外側の渦巻きを抜ける通路がきっと残してあるはずだ。

アーサーは手綱を引くと、ラムライを叱咤して内側の塁壁の斜面を登らせ、てっぺんに沿って延びる道に出た。黒楯の戦士たちは、立ち向かおうともせず逃げ散ってゆく。私たちはアーサーのあとを追って塁壁を登った。馬たちは右手の巨大な火に怯えていたが、それでも渦巻く火の粉と煙を衝いてラムライのあとに続いた。ちょうどそばを通りすぎたときに、薪の山が大きく崩れて火が噴き出し、私の馬はそれをよけようとして塁壁の外側に足を踏み外した。一瞬、足場を失って堀に転げ落ちるかと思った。私は鞍から振り落とされ、死に物狂いで左手を伸ばしてたてがみにしがみついたが、馬はどうやら足を踏ん張り、ふたたび道に戻って駆けはじめた。

巨大な火の環の最北端を過ぎたとき、アーサーはまた頂の平地へ降りていった。炎をあげる熾《おき》が白いマントに落ち、毛織の布地が焦げはじめる。私は彼の隣に馬を進めて、その小さな火を叩き消した。「どこだ？」アーサーが私に向かって叫んだ。

「あっちです」と、神殿にいちばん近い火の渦巻きを指さす。隙間は見えなかったが、近づいてみてすぐにわかった。たしかに隙間があったのだが、薪であとから塞いであるのだ。そこだけはほかと違って薪がぎっしり詰め込まれていない。ほかの場所では火は八フィートから十フィートもの高さに噴き上がっているのに、そこでは人の腰ほどの高さしかない。その狭い凹みの向こうを透かして見ると、内側の渦巻きと外側の渦巻きにはさまれた空所が見える。そしてその空所には、さらに黒楯族が待ち構えていた。

アーサーはラムライをその凹みに進めた。身を乗り出して馬に話しかけている。自分の希望を馬に説明しているかのようだった。馬は怯えている。耳は後ろに倒したままで、そわそわと小刻みに歩を進めている。丘の頂で燃え盛る火の中心に至る唯一の道、その両側では炎が激しく噴き上がっているが、ラムライは逃げようとはしなかった。アーサーは凹みの数歩手前で馬を止めてなだめている。だが馬は頭をそらせたままで、白目が見えるほど眼を大きく見開いている。アーサーは馬に凹みを見せ、首を叩いてやり、また話しかけると、ぐるりと向きを変えさせた。

速歩で大きく円を描かせ、馬腹を蹴って駆け足にすると、ふたたび蹴りを入れて凹みに向かって走らせる。馬は頭をそらし、今度こそ止まってしまうかと思ったが、そこで覚悟を決めたように炎に向かって走り出した。キネグラスとギャラハッドがそれに続く。無茶をしやがるとキルフッフが悪態をついたが、結局全員が馬に蹴りを入れてあとに続いた。

大地を揺るがしつつラムライは炎に突っ込んでゆく。アーサーは牝馬の首に屈み込み、もう駆り立てようとはせずに馬に歩調を選ばせていた。見るとまた速度が落ちた。怯えて逃げ去るのかと思ったが、炎のあいだを飛び越すために勢いをためているのだった。恐怖を覆い隠そうと私は叫んでいた。ラムライが跳んだ瞬間、私はその姿を見失った。火焰と煙のマントが風に吹かれて凹みを覆い隠したからだ。そこへギャラハッドが飛び込んでゆく。しかし、キネグラスの馬は怯えてわきへそれてしまった。私はキルフッフのあとを猛然と駆けていた。熱と火の叫びが騒然たる空を満たしている。馬が怖じけて跳ぶのをやめればいいと、私はなかば期待していたと思う。しかし馬は駆けつづけ、炎と煙にすっぽり包まれて私は思わず眼をつぶった。身体が宙に浮くのを感じ、いななきを耳にしたかと思うと、馬は炎の外輪の内側に降り立っていた。どっと押し寄せる安堵感に、大声で快哉を叫びたくなった。

とそのとき、肩のすぐ後ろで、マントに槍が突き刺さってきた。炎に気をとられて、炎の環の内側で待っているもののことをすっかり忘れていた。黒楯の戦士が槍で突いてきたのだが、狙いが外れたのである。敵は槍を捨てて、私を鞍から引きずり下ろそうと駆け寄ってくる。穂先で突くには近づきすぎている。槍の柄で頭を殴りつけ、馬腹を蹴って進もうとしたが、こんどは槍をつかまれた。槍を手放し、ハウェルバネを抜いて一度だけ後ろを払った。ちらと目をやると、アーサーはラムライをぐるぐる回らせながら、剣を右に左に振るっている。いつしか私も同じことをしていた。ギャラハッドはこちらの兵士の顔を蹴飛ばし、あちらの兵士を槍で突き、馬を飛ばして駆け去った。キルフッフは、黒楯の兜の前立《まえたて》をつかんで火のほうへ引きずってゆくところだ。黒楯は死に物狂いであご紐をほどこうとしていたが、キルフッフについに炎へ放り込まれて、悲鳴をあげてまろび出た。

イッサが凹みを乗り越えてくる。キネグラスと六人の家来もそれに続いた。残った黒楯族は火の迷路の中心を目指して逃げてゆく。私たちはそのあとを追い、燃え盛る炎の壁と壁のあいだを速歩で進んだ。アーサーのもつ借り物の剣が火を受けて赤く輝いている。かかとで蹴られてラムライが駆け足になる。追いつかれると悟って、黒楯の戦士たちは左右へ分かれ、戦意のない証拠に槍を捨ててみせた。

環を半周ほども走って、ようやく内側の渦巻きの入口にたどり着いた。内側と外側の火の壁のあいだはゆうに幅三十歩はあった。これだけあれば、生きながら焼かれる心配をせずに馬を走らせられる。だが、内側の渦巻きの入口を見ると、壁と壁の幅は十歩ほどもない。しかも、その壁は最も高く、火はこの上なく激しく燃え盛っている。だれもがその入口でひるんだ。ここまで来ても、環の中心で何が行われているのかまったく見えない。私たちが来ているのをマーリンは知っているのだろうか。そして神々は？　空を見上げた。天から怒りの槍が降ってくるかと半分本気で思っていたが、見えるのはのたくる煙の天蓋ばかりだ。火に焦がされ、光の滝が流れる空さえ見えなかった。

かくして、私たちは最後の渦巻きの中へ馬を進めた。決死の覚悟で猛然と馬を駆る。ごうごうと噴き上がる炎に囲まれて、しだいにきつくなる円弧に沿って走りつづけた。鼻は煙にふさがれ、顔は火の粉に焼かれ、だが一周するごとに魔法の中心がいよいよ近づいてくる。

炎の叫びに馬蹄の音はかき消されていた。マーリンもニムエも、儀式に邪魔が入ろうとは夢にも思っていなかったと思う。ふたりともこちらに目を向けてさえいなかった。最初に気がついたのは、環の中心にいた衛兵たちだった。警告の叫びをあげ、行く手を阻もうと駆け寄ってきたが、アーサーは煙のマントをまとった悪鬼のように炎のなかから飛び出していった。事実、衣服からは煙の筋があがっていたのだ。鬨の声をあげ、ラムライを猛然と駆り立てて、急ごしらえの不完全な黒楯の壁にまっしぐらに突っ込んでゆく。圧倒的な速度と重量で壁を打ち破り、私たちは剣を振るいながらそれに続いた。ひと握りの忠実な黒楯の戦士たちも蹴散らされた。

グウィドレの姿があった。生きている。

ふたりの黒楯族が少年を捕まえていたが、アーサーを見ると解放した。ニムエが金切り声をあげ、中央で燃える五つの火の環の向こうから、私たちに向かって呪いのことばを浴びせかけてきた。グウィドレが泣きながら父に駆け寄ってくる。アーサーは身をかがめ、たくましい腕で息子を鞍の上に抱き上げた。ふり向いてマーリンに顔を向ける。

顔を汗に濡らして、マーリンは平然とこちらを見つめていた。梯子をなかばまでのぼっている。その梯子は絞首台に立てかけられているのだった。二本の丸太を地面に真っ直ぐに突き立て、上に三本めの丸太を渡したもので、五つの火に囲まれた中央の環の真ん中に立てられている。ドルイドの白いローブの袖は、肘のあたりまで血で真っ赤に染まっていた。手には長いナイフが握られている。だが誓ってもいい、その顔にちらとよぎったのは紛れもない安堵の色だった。

あのマルドックという子供もまだ生きていたが、もう長いことはなさそうだった。すでに裸にされていて、身につけているものといえば、悲鳴を抑えるために口に巻かれた布一枚だ。両足首を縛った縄で絞首台に逆さ吊りにされている。そしてその隣には、同じように足首から吊るされている者がいる。火明かりに細い裸身が白々と浮き上がって見えた。だが、その喉は頸椎に達するほど深く切り裂かれている。血はあらかた大釜に流れ落ちていたが、いまもなおぽたぽたと滴っている——くせのない長い髪、赤く染まったガウェインの金髪の先から。髪はあくまでも長く、血にまみれた房の先端は黄金の縁を越え、クラズノ・アイジンの銀の大釜の中にまで垂れ下がっていた。その長い髪がなければガウェインとはわからなかっただろう。整った顔だちは血に汚れ、血に染まり、血の塊と化していた。

ガウェインを殺した長いナイフを手にしたまま、マーリンは私たちの到来にあっけにとられているようだった。安堵の色は消え、いまその顔にはなんの表情も浮かんでいない。ニムエは金切り声で罵っていた。左の手のひらをあげて、私の左手にあるのと同じ傷を見せながら叫んだ。「ダーヴェル、アーサーを殺して！　誓いを忘れたの！　殺してったら！　ここでやめるわけにはいかないのよ！」

ふいに、私のひげのそばで剣の刃がきらめいた。ギャラハッドだ。優しい笑みを浮かべて、「動くんじゃない」と言った。彼は誓いの威力を知っている。そしてまた、私にはアーサーを殺せないということも。ギャラハッドはニムエの復讐から私を守ろうとしているのだ。「ダーヴェルが動いたら、喉を掻き切る」ギャラハッドはニムエに向かって叫んだ。

「切るがいい！」ニムエはわめいた。「今夜は王の子が死ぬ夜なんだよ！」

「私の子は死なせん」アーサーが言う。

「おまえは王ではない、アーサー・アプ・ユーサー」マーリンがようやく口を開いた。「私がグウィドレを殺すとでも思ったか」

「それならどうしてここにいるんだ」アーサーが尋ねる。片腕をグウィドレの身体にまわし、もう片方の手には血に染まった剣を構えている。「どうしてここに連れてきた」アーサーはさらに声を荒らげた。

このときばかりはマーリンもことばを失い、答えたのはニムエのほうだった。「アーサー・アプ・ユーサー、その子がここにいるのはね」とせせら笑って、「あのチビが死ぬだけでは足りないかもしれないからさ」と、絞首台に吊るされてなすすべもなく身をよじっているマルドックを指さした。「あれは王の子だけど、正統の世継ぎじゃないからね」

「では、グウィドレは死ぬことになっていたのか」アーサーは尋ねた。

「生き返るのよ！」ニムエは喧嘩腰で言った。大声を張り上げなければ、凄まじい炎の轟音に呑まれて聞こえない。「大釜の力を知らないの？　クラズノ・アイジンの大釜に死者を横たえれば、死者はまた歩き、息をし、よみがえるんだよ」アーサーにそろそろと近づいてくる。そのひとつ眼には狂気が宿っていた。「その子を渡すのよ、アーサー」

「断る」アーサーが手綱を引くと、ラムライが飛び上がってニムエから逃れた。彼女はマーリンに顔を向けて、「殺してよ！」とマルドックを指さした。「少なくともそいつだけでも試してみなくちゃ。殺して！」

「だめだ！」私は叫んだ。

「殺せ！」ニムエが絶叫する。だがマーリンが動こうとしないのを見てとると、絞首台に向かって駆けだした。マーリンは動けずにいるようだ。そのとき、アーサーがふたたびラムライの首をめぐらし、先回りして馬体で行く手に立ちふさがった。よけそこねて、ニムエは芝にひっくり返った。

「その子を殺さないでくれ」アーサーがマーリンに言う。飛びかかって引っかこうとするニムエを、アーサーは押し退けた。それでもあきらめず、なおも歯を剝き、指を鉤爪の形にして向かってくると、剣を顔のすぐそばで振ってみせた。さすがのニムエも、これにはひるんで引き下がった。

マーリンは輝く刃をマルドックの喉にぴたりと当てた。血を吸った袖、手にした長いナイフにもかかわらず、ドルイドはほとんど優しげに見えた。「アーサー・アプ・ユーサー、神々の助けがなくてサクソン人を打ち負かせると思うのか」

アーサーはこの問いを黙殺した。「その子をおろせ」

ニムエが食ってかかった。「呪われたいの、アーサー」

「私はもう呪われている」苦い口調。

「この子供を殺したからどうしたというのだ！」マーリンが梯子から怒鳴った。「おまえにはなんの関係もない。これは王の私生児だ。淫売に孕ませた庶子ではないか」

アーサーが怒鳴り返す。「だったら私はなんだ？　王の私生児、淫売に孕ませた庶子だ」

「死なねばならんのだ」マーリンは辛抱強く言う。「この子供の死が神々をブリタニアに呼び戻すのだ。神々が現れたら、死体を大釜に入れればよい。そうすれば息を吹き返す」

アーサーは、自分の甥にあたるガウェインの、血を抜かれた凄惨な死体を指し示した。「ひとり死ねばじゅうぶんではないのか」

「ひとり死んだぐらいじゃ足りないわ」とニムエ。いつの間にか、アーサーの馬をまわり込んで絞首台に近づいていた。そしてマルドックの頭を支えて、マーリンに喉を掻き切らせようとする。

アーサーはラムライを絞首台のそばへ進めた。「マーリン、ふたり死んでもまだ神々が現れなかったら、ほかに何人殺すつもりだ」

「必要なだけよ」とニムエ。

アーサーは、全員に聞こえるほど声を高めた。「そしてブリタニアに危機が訪れるたびに、敵が現れるたびに、疫病が流行るたびに、男女が怯えるたびごとに、子供を絞首台に吊るすのか」

「神々が現れれば、もう疫病も恐怖も戦もないのだ」マーリンが言う。

「ほんとうに現れるのか」アーサーが尋ねた。

「もうすぐ現れるわ！」ニムエがわめいた。「ほら！」と、あいた手で空を指さした。全員が空を見上げる。だが、空の光は薄れはじめていた。明るい青はかすんで紫がかった黒に変わり、赤は濁ってぼやけ、消えゆくカーテンの陰から星々がまた明るく瞬きはじめている。「だめ！」ニムエが悲鳴をあげた。「だめよ！」最後の叫びは長く尾を引き、その悲嘆の声は永遠に続くかと思われた。

アーサーはラムライを絞首台の足下まで進めた。「あなたは、私をブリタニアのアムヘラウドルと呼んでいたな」とマーリンに話しかけた。「支配するのをやめた皇帝は皇帝ではなくなる。大人の命を救うために子供が殺されるような、そんなブリタニアを支配する気は私にはない」

「たわけたことを！」マーリンが反論する。「女々しい感傷だ！」

「私は後世に正しい人と呼ばれたい。私の手はもう多くの血で染まっているのだ」

ニムエが吐き捨てるように言った。「裏切り者と呼ばれるだけよ。裏切り者、破壊者、臆病者と」

「いや、少なくともこの子の子孫はそうは呼ぶまい」アーサーは穏やかに言って、剣をあげてマルドックの足首を吊るしている縄を切り放した。少年が落ちるとニムエは悲鳴をあげ、指を鉤爪の形にしてアーサーに飛びかかっていった。だが、剣の刃の平で顔にしたたかに逆手打ちを食わされて、ニムエは吹っ飛んでしまった。その一撃にこもる力は凄まじく、ニムエを打つ音が炎の雄叫びをやすやすと圧して聴こえるほどだった。ニムエはよろめき、口をぽかんとあけた。そのひとつ目が焦点を失ったかと思うと、そのままばったり倒れた。

「グィネヴィアにもああしてやりゃあよかったんだ」キルフッフが私の耳元でうなった。

ギャラハッドは私のそばを離れ、馬を降りるとマルドックの縛《いまし》めを解きにかかった。子供はたちまち母親を呼んで泣きわめきはじめる。

「やかましい子供は我慢ならん」マーリンは穏やかに言うと、ガウェインを台から吊るしている縄のそばに、梯子を立てかけ直した。ゆっくりと段を登ってゆく。大儀そうに登りながら、「神々が戻ってきたのかどうか、私にはわからん。おまえたちはみな大層なことを期待しておるが、神々はもうここに来ておるのかもしれんぞ。ひょっとするとな。だが、モードレッドの子の血はなしですまそう」そう言って、ガウェインの足首を吊るしている縄をぎこちない手つきで引き切りはじめた。死体が揺れ、血に濡れた髪が大釜の縁を叩く。やがて縄が切れると、死体は血の海に重く落ち込み、大釜の縁に血しぶきが飛び散った。マーリンはゆっくりと梯子を降り、成り行きを見守っていた黒楯族に命じて、数ヤード先に置いてあった塩入りのヤナギ細工の籠を運んで来させた。兵士たちは塩をすくって大釜に放り込み、丸まったガウェインの裸身の周囲に詰め込んでゆく。

「これからどうするんだ？」アーサーが剣を鞘に収めながら尋ねた。

「どうもこうもない。これで終わりだ」とマーリン。

「エクスカリバーは？」

「一番南の渦のなかにある」マーリンはそちらを指さした。「しかし、火が消えるまで待たねば取り出すことはできまいぞ」

「とんでもない！」ニムエだった。反対できるほどに回復していたようだ。アーサーに殴られたとき口のなかを切ったらしく、血をぺっと吐き出した。「宝物はみんなあたしたちのものよ！」

マーリンが疲れた声で、「宝物は集められ、使われたのだ。もうなんの意味もない。剣はアーサーに使わせればよい。必要になるだろうから」ふり向いて、長いナイフを手近の炎に放り込む。二人の黒楯族のほうに顔を向け、大釜に塩を詰め込み終えるまで眺めていた。無惨に傷つけられたガウェインの死体を覆って、塩はピンク色に染まっている。「春になればサクソンが攻めてくる。そのときになれば、今夜ここで魔法が効いたかどうかわかるだろう」マーリンは言った。

ニムエは私たちに向かって喚《わめ》きつづけている。泣いては怒り、唾を吐いては罵り、空気と火と大地と海にかけて死をもたらしてやると呪った。マーリンは無視していたが、ニムエは中途半端で満足する性質《たち》ではない。あの夜からアーサーの敵になり、あの夜から呪いをかけはじめたのだ。マイ・ディンに神々が降臨するのを邪魔立てした男どもに復讐するために。彼女は私たちをブリタニアの破壊者と罵り、いまに思い知らせてやると呪いのことばを吐いた。

私たちは丘のうえで夜を明かした。神々は現れず、火は狂ったように燃え盛り、アーサーがエクスカリバーを取り出せたのは翌日の午後になってからだった。マルドックは母のもとに戻された。だが、のちに聞くところでは、その冬のうちに熱病で命を落としたという。

マーリンとニムエは残りの宝物を持ち去った。大釜は、そのおぞましい中身ごと牛車で運ばれていった。ニムエが先に立って歩き、マーリンはおとなしい老人のようにそのあとをついて歩く。去勢も人慣れもしていないアンバールというガウェインの黒馬を連れ、ふたりはブリタニアの巨大な旗印をもって去ってゆく。行き先を知る者はなかったが、西の荒野だろうと想像していた。ニムエはそこで、冬の嵐の激しさに呪いを研ぎ澄ましてゆくのだろう。

サクソン人が来る前に。

いま考えると不思議だが、アーサーはあのころ恐ろしく憎まれていた。夏にはキリスト教徒の希望を打ち砕き、そして晩秋のいまは異教徒の夢を踏みにじったのだ。例によって、彼は自分の不人気がどうしても理解できないようだった。「いったいどうしろというんだ」と私にこぼした。「息子を死なせろとでもいうのか」

「ケヴィズは死なせましたから」と私は役にも立たないことを言った。

「だが、ケヴィズは戦に負けたじゃないか！」アーサーがぴしゃりと言う。北に馬を進めているときのことだった。私はディン・カリクのわが家へ、アーサーはキネグラスとエムリス司教とともにグウェントのマイリグ王に会いに行こうとしているのだ。いまのアーサーにとって大事なのは、このマイリグ王との会見だけだった。神々がサイスの魔手からブリタニアを救ってくれるとは夢にも信じておらず、訓練の行き届いたグウェントの槍兵が八百か九百もあれば、戦況は有利になると考えていたのだ。あの冬、彼の頭には数字が渦巻いていた。ドゥムノニアは六百の槍兵を出せる。うち四百はすでに戦闘経験がある兵士たちだ。キネグラスはさらに四百を率いて来られるし、黒楯のアイルランド人がさらに百五十、これに主君を持たない流れ者が百人ほどは加わるだろう。アーモリカや北の諸国から戦利品を求めて集まってくるのだ。「たぶん千二百ほどだな」とアーサーは当たりをつける。そしてそのときの気分で数字は増えたり減ったりするのだ。楽観的な気分のときは、大胆にもグウェントから八百と踏んで、合計二千になると言うこともあった。だが、サクソン人はおそらくさらに大軍を投入してくるだろうから、それでも足りないかもしれん、と言うのだった。エレは少なくとも七百の槍兵を集められる。しかもサクソン人の両王国のうち、エレの王国は弱いほうなのだ。サーディックの槍兵はおよそ千と思われるが、フランク人の王クローヴィスから槍兵を買っているという噂も伝わっていた。こういう雇われ兵士は黄金で報酬を支払われており、勝利によってドゥムノニアの財宝を手にしたあかつきには、さらに黄金を与えると約束されているという。間諜の報告によれば、エイオストレ祭と呼ばれる春祭までは、サクソン人は攻めてこないということだった。海を渡って新たな舟が到着するのを待つということらしい。「敵はおそらく二千五百だ」アーサーは計算した。マイリグが兵を出さなければ、わがほうはわずか千二百である。もちろん徴募兵を集めることはできるが、徴募兵は正式な訓練を受けた戦士にはとてもかなわないし、年寄りと子供ばかりの徴募軍が立ち向かう相手は、サクソンの人民軍《フュルド》なのである。

「つまり、グウェントの槍兵がなければおしまいということですね」私は気が滅入ってきた。

グィネヴィアの裏切り以来、アーサーはめったに笑顔を見せなくなっていたが、このときは笑ってみせた。「おしまいだって？　だれがそんなことを言った？」

「いま殿が言われたんですよ。その数字が」

「数にまさる敵と戦って勝ったことがないのか」

「あります」

「では、なぜ今度は勝てないと思うんだ」

「自分より強い敵と好んで戦うのは愚か者だけですよ」

「戦をしたがるのは愚か者だけだ」アーサーは力強く言った。「春に戦いたいと思っているのは私ではない、サクソン人のほうだ。これについてはこっちには選択の余地はないんだ。いいかダーヴェル、私は数にまさる敵と戦いたいとは思わないし、マイリグを戦闘に引っ張り出せるものならどんなことでもする。だが、グウェントが兵を出さなかったら、自力でサクソン人を撃退しなければならんし、かならず撃退できる！　信じろ、ダーヴェル！」

「おれは宝物の力を信じてます」

彼はあざけるように大笑いした。「私が信じている宝はこれだ」と、エクスカリバーの柄を叩く。「勝利を信じろ、ダーヴェル！　最初から負犬づらをしていたら、サクソン人に骨を狼の餌にされるぞ。勝利者として行軍すれば、逆に吠え面をかかせてやれる」

虚勢も結構だが、勝利を信じるのはむずかしい。ドゥムノニアじゅうに絶望が重くのしかかっていた。ドゥムノニアは神々を失ったのだ。アーサーが神々を追い返したのだと人々はささやいている。彼はキリスト教の神の敵だというだけでなく、いまではあらゆる神々の敵になっていた。サクソン人はアーサーへの天罰だと言われていた。天候さえ災いを予告するかのようだった。アーサーと別れた翌朝には雨が降りだし、その雨は永遠にやむことはないかと思われた。来る日も来る日も空には低く鉛色の雲が垂れ込め、身も凍る冷たい風が吹き、吹き降りの雨は執拗に降りつづく。なにもかもが湿っていた。衣服も、寝床も、薪も、床のイグサも、家々の壁さえも湿ってべとべとしていた。架台の上で槍は錆びつき、倉の麦は芽を出したりかびたりし、それでもなお雨は容赦なく西から襲ってくる。カイヌインと私は、ディン・カリクの館になんとか湿気を入れまいとした。ポウイス土産にカイヌインの兄からもらった狼の毛皮で木造の壁を内張りしたが、屋根の下の空気そのものが濡れているように思えた。火はぶすぶすとしか燃えず、暖をとらせるのをいやがっているようだ。そのくせ煙ばかり多くて、だれもが眼を赤くしていた。その冬の初め、娘たちはふたりともふてくされていた。長女のモルウェンナは、ふだんはこれ以上はないほど温和で落ち着いた子供なのに、やたらに怒りっぽくなり、あまり勝手なことばかり言うので、とうとうカイヌインに笞をもらった。「グウィドレがいなくて寂しいのよ」と、カイヌインはあとで私に言った。アーサーが息子をそばに置いて離さないと宣言したため、少年はいま父についてマイリグ王に会いに行っているのだ。「来年になったらふたりは結婚するんだから、そしたらもとに戻るわよ」

「アーサーが許せばの話だ」私は陰気に答えた。「近ごろじゃ、おれたちのことがあまりお気に召さないようだからな」グウェントに同行したかったのに、きっぱりだめだと言われたのだ。かつてはアーサーの一番の友は私だと思っていたものだが、最近では私を見ると、歓迎するどころか怒鳴りつけてくる。「グウィドレが殺されそうになったのはおれのせいだと思ってるんだ」

「ちがうわ。グィネヴィアのことがわかった晩から、よそよそしくなったのよ」

「それが何の関係があるんだ」

「あのときいっしょだったでしょう」カイヌインは落ち着いて説明した。「だから、あなたがいるとなにもかも昔どおりだっていうふりができないのよ。あなたはその眼で見てるんだもの。あなたを見るたびにグィネヴィアのことを思い出すの。それに、嫉妬してるんだわ」

「嫉妬？」

カイヌインは微笑んだ。「あなたのことを幸せ者だと思ってるのね。わたしと結婚していたら、自分も幸せになれたのにと思うようになってるの」

「たぶんそうだったただろうな」

「ほんとにそうしないかって言い出したくらいよ」平然と言った。

「なんだって？」私は色をなした。

なだめるように、「本気じゃなかったのよ、ダーヴェル。かわいそうに、励ましてもらいたいのね。いっぺん拒絶されたものだから、どんな女にも拒絶されるんじゃないかと思ってるの。だからわたしを誘ったのよ」

私はハウェルバネの柄に触れた。「どうして黙ってたんだ」

「言ってもしかたがないじゃない。話すことなんかなんにもなかったのよ。アーサーがそれは言いにくそうに持ちかけてくるから、わたしはダーヴェルのそばを離れないと神々に誓ってるからって答えたの。精いっぱい優しく答えたけど、あとからアーサーはとても恥ずかしがってたわ。それに、あなたには黙ってるって約束したし。でも、こうして約束を破ったわけだから、神々に罰を受けるわね」そう言って肩をすくめた。罰を受けても仕方がないし、黙って受けるつもりだというように。「奥さまが必要なのよ」とわけ知り顔に言う。

「女がいればいいんだ」

「それじゃだめよ、そんな気楽な人じゃないもの。ひと晩いっしょに過ごして翌朝さよならなんて、そんなことのできる人じゃないわ。情欲と愛情をごっちゃにしてるから。アーサーは魂を捧げるときはなにもかも捧げてしまうの。自分を小出しに与えることができないのね」

私はまだ腹の虫が治まらなかった。「おまえがアーサーと結婚したら、おれはどうすると思ってたんだろうな」

「モードレッドの保護者として、ドゥムノニアを治めてもらおうと思ってたみたいよ。それで自分はわたしとふたりでブロセリアンドに行って、太陽の下で子供みたいに暮らすんだって、突拍子もないことを言ってたわ。あなたはここにとどまって、サクソン人をやっつけるんですって」カイヌインは笑った。

「いつの話だ」

「あなたにエレに会いに行けって命令した日よ。あなたが留守のあいだに駆け落ちしようと思ったんじゃないかしら」

「おれがエレに殺されればいいと思ってたんだ」憤懣やるかたなかった。使者を送ってくれば殺す、とサクソン人は言っていたのだ。

「あとからはとっても恥ずかしがってたわ」カイヌインは真剣な口調で言った。「だから、わたしが話したって言っちゃだめよ」と約束させ、私はその約束を守った。彼女は、最後にこう付け加えた。「ほんとは本気じゃなかったのよ。もしわたしがうんと言ったら、きっと腰を抜かしたと思うわ。あんなことを言いだしたのはね、ダーヴェル、苦しくてたまらないからなの。男の人って、苦しいとやけくそなことをしてしまうのよ。ほんとはグィネヴィアとふたりで逃げたいのに、それはできないのね。だって誇りが許さないし、サクソン人を追い払うためにみんなから頼りにされてるのはよくわかってるんだもの」

頼りにされているのはアーサーだけではなく、マイリグの槍兵も必要だ。だが、グウェントとアーサーの交渉についてはなんの知らせも伝わってこない。何週間も過ぎたが、北からはあいかわらず確たる知らせは届かなかった。グウェントからやって来た旅の司祭が言うには、アーサー、マイリグ、キネグラス、エムリスは、グウェントの都ブリウムで一週間話し合っていたそうだが、なにが決まったのか司祭はまったく知らなかった。小柄でやぶにらみの陰気な男で、まばらなあごひげを蜜蠟で固めて十字架の形にまとめていた。ディン・カリクにやって来たのは、ここの小さな村には教会がないので、自分の手で建てたいと思ったからだという。旅の司祭の例にもれず女たちを引き連れていたが、ぱっとしない三人の女たちは、司祭を守るかのように取り囲んでいた。その訪れを私が知ったのは、川のほとりに建つ鍛冶屋のそばで、司祭が説教を始めたときだった。私はイッサと槍兵ふたりを遣わして、たわごとを中断させ、館に連れて来させたのだ。芽の出た大麦のかゆを与えるとがつがつと食いはじめ、熱いかゆをスプーンで口に運んで、舌を火傷してあわてて咳き込んだ。妙な形にまとめたあごひげに、かゆがひっかかっている。女たちは、司祭が食べ終えるまで食物に手を出そうとしなかった。

矢継ぎ早に質問する私たちに、彼は答えた。「私が知っておるのは、アーサーどのはいま西に向かっているということだけです」

「西のどこだ」

「デメティアでございます。エンガス・マク・アイレムに会いに」

「なぜだ」

肩をすくめて「存じません」

「マイリグ王は戦に備えておられるか」私は尋ねた。

「備えておられます、領土《くに》を守るために」

「そしてドゥムノニアを守るためにな」

「それは、ドゥムノニアが唯一の真の神を認めればでございます」司祭は木のスプーンを持ったまま十字を切り、汚れ放題のガウンに大麦のかゆを飛び散らせた。「わが王は十字架に仕えるのに熱心ですから、槍を異教徒のために使うことはなさいません」天井の梁に釘付けされた雄牛の首を見上げて、また十字を切った。

「サクソンがドゥムノニアを占領すれば、グウェントもうかうかしてはおられまい」

「キリストがお守りくださいます」と、あくまで言い張る。司祭が椀を女のひとりに渡すと、女は汚れた指でわずかな残りをすくいとりはじめた。さらにことばを継いで、「キリストは、御前《みまえ》にひれ伏す者をお守りくださいます。殿が古い神々を捨てて受洗なされば、翌年には勝利を手になさいましょう」

「では、なぜこの夏、ランスロットは勝てなかったのですか」カイヌインが尋ねた。

司祭はよいほうの眼でカイヌインを見た。もういっぽうの眼は、あらぬ暗がりのほうを向いている。「ランスロット王は〝選ばれたる者〟ではなかったのです。マイリグ王こそそのかたです。聖典によれば、選ばれる者はひとりだけなのです。それはランスロット王ではなかったようで」

「選ばれて何をするのです」とカイヌイン。

司祭は彼女をじっと見つめた。ポウイスの星と称えられた美貌はまだまだ衰えておらず、いまも穏やかに黄金色の光輝を放っている。「生ける神のもと、ブリタニアのあらゆる民をひとつにするのです。サクソン人もブリトン人も、グウェント人もドゥムノニア人も、アイルランド人もピクト人も、すべてがただひとりの真の神をあがめ、平和と愛のうちに生きるのです」

「マイリグ王に従わないと決めたらどうなります？」

「われらが神に滅ぼされます」

「それを言うために、おまえはここに説教しに来たのか」私は尋ねた。

「いたしかたなかったのです、そう命じられましたので」

「マイリグ王に？」

「神にです」

「だが、あの川の両岸ではこの私が主人だ。南はカダーン城まで、北はアクアエ・スリスまで、この土地はすべて私のものだ。ここでは私の許可なく説教してはならん」

「神の命令を撤回できる者はおりません」

「これならどうだ」と、私はハウェルバネを抜いた。

女たちが猫のように唸《うな》る。司祭は剣を見つめていたが、やがて火に唾を吐いた。「神の怒りを受けたいのですか」

「きさまこそ、私の怒りを受けたいか。明日の日没になってもまだ私の治める土地をうろうろしていたら、奴隷の奴隷にしてくれるからそう思え。今夜は家畜小屋で眠るがいい。だが、明日になったら出ていくんだ」

翌日、司祭はしぶしぶ出ていった。その出立と同時に、私を罰するかのように初雪が降りはじめた。厳しい冬を約束する、例年より早い雪。最初はみぞれ混じりだったが、日が暮れるころには激しく降りしきるようになり、夜が明けてみればあたり一面雪の原だった。翌週には、寒さは厳しさを増すいっぽうだった。軒先には氷柱《つらら》が下がり、暖を求めて長い冬の闘いが始まっていた。村人は家畜小屋で眠り、いっぽう館では冷気を追い払おうと盛大に火を焚いて、藁葺き屋根に下がる氷柱から水をしたたらせていた。冬を越す牛を家畜小屋に入れ、残りはつぶして肉を塩漬けにする――血を抜かれたガウェインの死体を、マーリンが塩漬けにしていたように。二日にわたり、斧の下に引きずってゆかれる雄牛の怯えた叫びが村にこだました。雪には真っ赤なしぶきが飛び散り、空気には血と塩と糞便のにおいが満ちる。館のうちでは火が燃え盛っていたが、大して暖まるようにも思えなかった。寒さで眼が覚め、毛皮をかぶって震えながら、私たちはむなしく雪解けを待った。川は凍りつき、水を汲むにも毎日分厚い氷に穴をあけねばならなかった。

それでも、若い槍兵の訓練は続けていた。雪のなかを行進させ、サクソン人と戦うために筋肉を鍛えさせた。雪が激しく降りしきる日もあれば、吹きすさぶ風に雪が乱舞する日もある。村の小さな家々の切妻壁には白く雪がこびりつき、舞い上がった雪片は、その切妻壁のまわりにこんもりした山を作る。そんな日々には、槍兵たちはヤナギの板で楯を作り、表面を革で覆うのに忙しかった。こうして軍勢を作り上げながらも、かれらを監督する私は胸の痛む思いをしていた。このうち何人が、生きて夏の太陽を目にすることができるだろう。

アーサーから使いが来たのは、冬至の直前のことだった。ディン・カリクでは大祭の準備で忙しかった。太陽の死ぬ冬至の一週間は、ずっと祭が続くからである。そんなとき、エムリス司教がやって来たのだ。蹄を革で包んだ馬にまたがり、アーサーの槍兵六名に護衛されていた。司教はグウェントに残ってマイリグの説得を続けていたのだが、アーサーはそのあいだにデメティアに向かったという。わが家の飼い犬二匹を押し退けて火のそばに陣取ると、司教は震えながら語りだした。「マイリグ王は、絶対に協力せぬと申しておられるわけではないのです」そう言いながら、腫れてあかぎれのした両手を火にかざした。「ですが、協力の見返りとして出してきた条件は、残念ながら呑めるものではありません」くしゃみをする。カイヌインが熱い蜂蜜酒《ミード》の角杯を差し出すと、「これは奥方さま、ご親切に」と礼を言った。

「その条件とは？」私は尋ねた。

エムリスは悲しげに首をふった。「ドゥムノニアの玉座が欲しいと」

「なんだと！」私は爆発した。

私の怒りを鎮めようと、エムリスは腫れてあかぎれのした手をあげた。「モードレッドは統治に向かず、アーサーは統治を望んでおらぬ、それにドゥムノニアにはキリスト教徒の王が必要だと申されましてな。それで自分がと」

「くそ餓鬼が」私は毒づいた。「性根の腐った腰抜けのくそ餓鬼めが」

「アーサー卿にそんな条件を呑めるはずがありません。ユーサー王への誓いがありますからな」エムリスは蜂蜜酒をひと口飲んで、ほっとため息をついた。「ありがたい、これで暖まります」

「では、この国を差し出さなかったら、マイリグは手を貸さんと言うのか」私は怒りが収まらなかった。

「さようで。神がグウェントをお守りくださると頑固でしてな。王に迎えぬというのなら、自力でドゥムノニアを守るがよいというのです」

私は館の扉口へ歩いてゆき、革の垂れ幕を引きあけて外を眺めた。深く積もった雪に、とがり杭の柵が先端まで埋もれかけている。「マイリグの父御《ててご》に会われたか」私はエムリスに尋ねた。

「お会いしました。案内してくれたアグリコラどのが、殿によろしくと申しておられました」

アグリコラは将軍としてテウドリック王に仕えていた人物だ。ローマふうの甲冑をまとい、情け容赦なく敵を倒してきたすぐれた武将である。だが、アグリコラもいまでは老いているし、その主君テウドリックは玉座を捨て、剃髪して司祭になっている。そしていま、その息子が権力を握っているというわけだ。「アグリコラどのはお元気か？」

「歳はとってもかくしゃくとしておられます。もちろん、私どもの言い分に賛成してくださいましたが……」エムリスは肩をすくめた。「テウドリックどのは、退位したとき権力をお捨てになったのです。息子の気を変えさせる力はないと申しておられる」

「力はあってもその気がないのだろう」私は火のそばに戻りながら、唸《うな》るように言った。

「そうかもしれません」エムリスはため息をついた。「よいかただと思うのですが、いまのところ、テウドリックどのはほかのことで頭がいっぱいなのですよ」

「ほかのことだと？」どうしても食ってかかるような訊きかたになる。

エムリスは自信なげに答えた。「その、天国に行っても、人は生きていたときと同じように食物を摂るのか、それとも地上の食物はもう必要ないのかと、そういうことを考えておられるのです。ご存じかもしれませんが、天使はなにも食べぬと言われておりまして、俗世のあさましい食欲などはまったく持たぬのだと。老王は、そのような生きかたをまねようとしておられる。ろくに食事もなさらず、まる三週間も糞を垂れずにすんだこともあって、そのあとは以前よりはるかにすがすがしい心持ちであったと自慢しておられました」カイヌインは微笑んだが、なにも言わなかった。いっぽう私は、不信の色もあらわに司教をただ見つめていた。エムリスは蜂蜜酒を飲み干して、心もとなげに付け加えた。「テウドリックどのは、食を絶つことで神の聖寵を得られるとお考えなのです。正直言って私には信じられませんが、この上なく高潔なご様子だったのはたしかです。みながあのように潔らかであればよいのですが」

「アグリコラどのは何と言っておられる」

「自分はしょっちゅう糞を垂れていると豪語しておられました。失礼を、奥方さま」

「では、おふたり再会なさってさぞかしお喜びでしたでしょう」カイヌインが皮肉った。

「たしかに、霊験あらたかとはゆきませんでした。テウドリックどのにお願いして、ご子息を説得してもらえぬかと思っておったのですが」と肩をすくめて、「残念ながら、いまできるのは祈ることだけです」

「槍を研いでおくぐらいはできるさ」私は力なく言った。

「たしかに」司教は言った。またくしゃみをして、凶運を祓うために十字を切った。

「ポウイスの槍兵を通すことについては、マイリグは許すと言っていたか?」

「たとえ許さないと言っても通ると、キネグラス王がそう通告しておられました」

　私は唸った。ブリタニアの王国どうしが戦いあうのだけはなんとしても避けたい。ブリタニアは長年そんな内紛のために弱体化し、サクソン人にひとつまたひとつと谷間や町を占領されていったのもそのせいだった。もっとも、最近では戦いあうのはサクソン人のほうで、こちらはその対立につけこんで勝利をかすめとってきた。だが、アーサーがブリトン人にたたき込んだ教訓を、サーディックとエレも学んでしまったのだ——勝利は団結から生まれると。立場変わって今度はサクソン人が団結し、ブリトン人が分裂しているわけである。

エムリスは言った。「マイリグ王は、キネグラス王が通るのを黙認するだろうと思います。だれとも戦はしたくないようですから。平和を望んでおるだけなのです」

「平和を望んでいるのはみな同じだ。だが、ドゥムノニアが陥ちれば、次にサクソンの剣を浴びるのはグウェントなんだぞ」

「マイリグ王はそんなことはないと言い張っているのです。また、ドゥムノニアのキリスト教徒が戦を避けて逃げてくるなら受け入れるとも言っておられます」

迷惑な話だ。エレとサーディックに立ち向かう度胸のない者が、キリスト教を信じると称してマイリグの王国に逃げ込んでしまうではないか。「神が守ってくれると、あいつは本気で信じてるのか」私はエムリスに尋ねた。

「そうでしょう。そうでなかったら神がなんの役に立ちます？　ただ、これは言うまでもないことですが、神には神のお考えがあるかもしれません。神の御心を読むのは途方もなくむずかしいものです」司教はだいぶ暖まったらしく、肩にかけていた熊皮の大きなマントを潔く脱いだ。その下に着込んだ羊皮の胴着《ジャーキン》に手を突っ込む。しらみを掻くのかと思ったが、畳んだ羊皮紙を取り出したのだった。リボンをかけ、融かした蠟で封印してある。「アーサーどのがデメティアから届けて寄越されたものです」と言って、こちらに差し出した。「殿からグィネヴィアさまに届けてもらうようにと」

「わかった」私は羊皮紙を受け取った。白状すれば、封印を破ってなかを読みたいと思わないではなかったが、誘惑には屈しなかった。「なにが書いてあるのかな」とエムリスに尋ねてみる。

「残念ながら、存じません」老司教は言ったが、目線を合わせようとしない。ほんとうは封印を破ってなかを読んだのだが、そのささやかな罪を認めたくないのではないだろうか。「たぶん重大なことではなかろうと思います。

ですが、ぜひとも冬至の前に渡してほしいと。つまり、アーサーどのが戻ってこられる前に」

「なぜデメティアに行かれたんですの」カイヌインが尋ねた。

「翌春には、黒楯族もまちがいなく戦ってくれると確かめるためでしょう」という司教の声には、どこかはぐらかすような響きがあった。この手紙には、アーサーがエンガス・マク・アイレムを訪ねたほんとうの理由が書いてあるのではないだろうか。だが、エムリスにはそれを打ち明けることができないのだろう。封印を破ったことを認めることになるからだ。

翌日、私はウィドリン島《アニス・ウィドリン》に馬を走らせた。さして長くもない道のりに、ほとんど午前中いっぱいかかってしまった。何度か雪の吹き溜まりに出くわして、馬とラバを率いてゆかねばならなかったからだ。ラバが背負っているのは、キネグラスが持ってきてくれた狼の毛皮十二枚。この贈り物はたいへん感謝された。グィネヴィアが幽閉されている部屋の木の壁は隙間だらけで、冷たい風が吹き込んでくるからである。その部屋の真ん中で、彼女は燃える火のそばにうずくまっていた。私の来訪が告げられると背をしゃんと伸ばして立ち上がり、ふたりの侍女を厨房に退がらせた。「料理女になろうかと思うときがあるわ。少なくとも厨房は暖かいもの。でも、お説教垂れのキリスト教徒だらけなのが玉にきずね。あのみじめったらしい神を称えないことには卵ひとつ割れないのよ」グィネヴィアは身震いして、細い肩にマントをしっかり巻きつけた。「ローマ人は部屋を暖かくしておく方法を知っていたのに、その技術はどこにいってしまったのかしら」

「カイヌインからこれをことづかりました」私は狼の毛皮を床におろした。

「わたしがお礼を言っていたと伝えてね」寒いのも気にせず、グィネヴィアは窓辺に寄って鎧戸をあけ、日の光を部屋に入れた。冷たい風が吹き込んで炎があおられ、火の粉が天井の黒ずんだ梁にまで舞い上がる。彼女は分厚い褐色の毛織のマントをまとっていた。青白かったが、輝く緑色の瞳をした近寄りがたいその顔は、気力も誇り高さも昔のままだった。「もっと早く来てくれると思っていたわ」やんわりと非難する。

「気候が悪くなりましたので」と長い無沙汰の言い訳をした。

「ダーヴェル、マイ・ディンで何があったのか話して聞かせて」

「喜んで。ですが、まずこれをお渡しするように命じられております」剣帯に提げた小袋から、アーサーの羊皮紙を取り出した。グィネヴィアはリボンを切り、蠟の封印を爪ではがして広げた。窓から射し込むまぶしい雪の反射光で手紙を読む。その顔がこわばるのがわかったが、ほかにはなんの表情も浮かばない。どうやら二度読んでから、折り畳んで木の衣装箱のうえに放り出した。「さあ、マイ・ディンのことを話して」

「なにも聞いておられないのですか？」

「聞いてはいるけど、モーガンからだもの。あの魔女ときたら、みじめったらしい神の真理につごうのいいことしか話さないのよ」声を落とそうともしていなかったから、その気になれば盗み聞きなどたやすいことだっただろう。

「モーガンさまの神が、あの夜のできごとに失望したとは思えませんが」そこで、あのサムハインの前夜のことをすっかり語って聞かせた。話が終わっても、グィネヴィアは口を開こうとしなかった。黙って窓の外を眺めている。雪に覆われた庭では、聖なるイバラの前に十人ほどの巡礼が寒さにもめげずひざまずいていた。私は、壁際に山と積まれた薪をとって火にくべた。

「ニムエがグウィドレを頂に連れていったのね」グィネヴィアがようやく口を開いた。

「黒楯の兵士を遣《や》って連れて来させたのです。ありていに言えばさらって来させたわけです。むずかしくはなかったでしょう。町はよそ者だらけで、雑多な槍兵が宮殿を出たり入ったりしていたんですから」そこでいったんことばを切ってから、また続けた。「そうは言っても、ほんとうは危険はなかっただろうと思います」

「ないものですか！」ぴしゃりと言った。

その剣幕に、私はたじろいだ。「殺されそうになっていたのは、もうひとりの子供のほうだったんですよ。モードレッドの息子です。裸にされて、ナイフを突きつけられていた。しかし、グウィドレは違いました」

「でも、その子供が死んでもなにも起きなかったら？　マーリンはグウィドレを逆さ吊りにしたんじゃないの」

「殿の子にマーリンがそんなことをするわけがありません」そうは言ったものの、私の声には自信のかけらもなかった。

「でもニムエならやるわ。神々を呼び戻すためなら、ニムエはブリタニアの子供をひとり残らず殺したって気にしないでしょう。マーリンだってそうだったはずよ。あともう少しというときになったら」と、人さし指と親指で硬貨の厚みほどの隙間をつくってみせ、「グウィドレの命を捧げさえすれば、神々が戻ってくるとなったら。まちがいなくそうしたくなったはずよ」火のそばに歩み寄り、マントを広げて火の熱をひだのあいだに入れた。マントの下には黒いガウンを着ており、見たところ装身具のたぐいはいっさいつけていなかった。指環のひとつも嵌めていない。低い声で続けた。「マーリンは、グウィドレを殺せば罪悪感の痛みを感じたかもしれない。でもニムエは違う。この世も異世《ことよ》も違いはないと思っている人だもの、子供ひとり生きようが死のうがなんでもないでしょう。大事なのは、その子供が支配者の息子だということよ。なにより得がたいものを手に入れるには、なにより貴重なものを手放さなくては。そしてドゥムノニアでなにより貴重なのは、モードレッドの庶子などではないわ。この国を治めているのはアーサーで、モードレッドではないもの。ニムエはグウィドレを殺すつもりだったし、それはマーリンにもわかってたはず。でも、そこまで貴重な子供でなくても用が足りるのではないかと期待していたんでしょう。でも、ニムエはそんなこと気にしない。ダーヴェル、いつかニムエはまた宝物を集めるわ。そしてその日が来たら、大釜にはグウィドレの血が満たされることになるのよ」

「そんなことにはなりません。殿が生きておられるかぎり」

「そしてわたしが生きているかぎりはね！」噛みつくように言い放ったが、ふと自分の無力さに気づいたように肩をすくめた。また窓のほうをふり返り、褐色のマントをおろした。「わたしはよい母親ではなかった」その思いがけないことばに、私はなんと答えてよいかわからずに黙っていた。グィネヴィアと親しかったことはない。ほんとうのところ、私にたいする彼女の態度には好意と蔑視が入り混じっていた。頭は悪いが忠実な犬を扱っているようなものだった。だが、ほかに打ち明ける相手がいないからだろう、いまは私に胸のうちを語っているのだ。「母親らしいことはなにひとつしてやらなかったわ。ほら、あの女たちを見てよ」と、モーガンに仕える白いローブの女たちを指さした。この雪のなか、聖域内の建物から建物へと小走りに行き交っている。「あの女たちは母性をあがめているのよ。もみがらみたいに乾ききっているくせに。聖母マリアのために涙を流して、母だけがほんとうの哀しみを知っているんだって言うの。でも、だれがそんなこと知りたがるっていうのよ」と噛みつくように問いかけてくる。「なんてくだらない人生！」すでに激昂していた。「雌牛はよい母親になるし、乳ぐらい羊だって出せるわ。母になることにどんな取柄があるというの。どんな馬鹿でも女なら母にはなれるわ。たいていの女はそれがせいぜいなのよ！　母になるのなんて大したことじゃないわ、だれにでもできることよ！」見れば、憤っているのに頬には涙が伝っている。「でも、アーサーはわたしにそういうものになってほしかったのよ！　子供に乳を与える雌牛に！」

「それは違います」

きっとなってこちらに向き直った。眼が涙に濡れて輝いている。「ダーヴェル、アーサーがなにを望んでたか、わたしよりよく知っているとでもいうの」

「奥方さまは殿の自慢でした」口ごもりながら答えた。「奥方さまの美しさに夢中になっておられた」

「それなら、わたしの彫像でもつくればよかったのよ。乳を出す管を埋め込んでおいて、赤ん坊をしがみつかせればよかったんだわ」

「愛しておられました」私はアーサーをかばった。

グィネヴィアは私をじっとにらみつけている。猛々しく怒りを爆発させるのかと思ったが、ふとかすかな笑みを浮かべた。疲れた口調で、「アーサーはね、わたしを崇拝していたのよ。でも、それは愛されるのとは違う」木製の衣装箱のそばのベンチに、くずおれるように腰をおろした。「崇拝されるのぐらいうんざりすることはないわ。でも、新しい女神を見つけたみたいね」

「どういう意味です？」

「知らなかったの？」驚いたような顔をして、先ほどの手紙を取り上げた。「ほら、読んでごらんなさい」受け取ってみると、日付も入っていなかった。モリドゥヌムにてと書かれているだけだ。エンガス・マク・アイレムの都で書いたわけである。アーサーの太い文字で書かれたその手紙は、窓枠に厚く積もった雪よりも冷たかった。「お知らせしておく。私はあなたを離縁し、エンガス・マク・アイレムの息女アルガンテを娶《めと》ることにした。ただし、グウィドレを手放すつもりはない」それだけだった。署名すらしていない。

「ほんとに知らなかったの？」

「知りませんでした」私のほうが、グィネヴィアよりはるかに仰天していた。再婚するのではと人が言うのを聞いたことはあったが、アーサーは私にはなにも言わなかった。これほど信用されていないとは思わなかった。私は傷ついていた。傷つき、落胆していた。「まったくの初耳です」

「じゃあ、この手紙を開けたのはだれかしら」グィネヴィアは嫌味を言って楽しんでいる。「下のほうに汚れがついてるでしょう。アーサーはそんなことしないわ」背もたれによりかかると、輝く赤毛が壁を打った。「どうして結婚するんだと思う？」

私は肩をすくめた。「結婚するのは男の務めです」

「馬鹿なこと言わないで。結婚していないからって、ギャラハッドを軽んじる人なんかいないじゃないの」

「男には必要ですから、その……」私は言いよどんだ。

「男になにが必要か、言われなくてもわかっているわ」グィネヴィアはおかしそうに言った。「でも、なぜいまになって結婚するの？　この娘を愛しているのかしら。どう思う？」

「そうだと思います」

微笑んで、「ダーヴェル、アーサーが結婚するのはね、わたしを愛していないと見せつけるためなのよ」

そのとおりだろうと思ったが、賛成する気にはなれなかった。「このかたを愛しておられるのだと思います」

するとグィネヴィアは笑いだした。「このアルガンテって子、いくつ？」

「十五でしょうか。ひょっとしたらまだ十四かも」

なにかを思い出そうとするように眉をひそめて、「モードレッドと結婚することになっていたんじゃなかった？」

「そう言えばそうでした」王の花嫁にとエンガスが申し出ていたのを私も思い出した。

科学者の目がアートの秘密を明らかにする！

科学でアートを見てみたら

ロイク・マンジャン／木村高子訳

ゴッホの描く太陽は日の出と日の入り、どちら？ 十字架にかけられたキリストはどんな痛みを感じたのか。ブリューゲルの《バベルの塔》はどのように建築されたのか。科学的知識を用いると、アートの新たな側面が見えてくる。

B5判・2400円（税別）ISBN978-4-562-05641-5

世界中の現場を取材——貴重なルポルタージュ

世界の核被災地で起きたこと

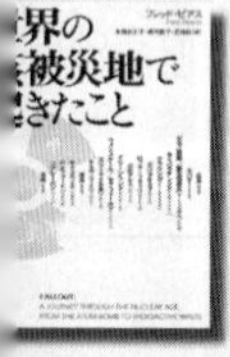

フレッド・ピアス／多賀谷正子・黒河星子・芝瑞紀共訳

人類は核の被害をいかに被ってきたか。ベテランジャーナリストが、福島はもちろん世界各地の事故・被曝現場、放射性廃棄物を抱える地域を取材。原爆以降の人類の核被災の歴史を一望し、いま世界が直面する問題をリアルに説く。

四六判・2500円（税別）ISBN978-4-562-05639-2

全米ユダヤ図書賞受賞！ 世界6カ国で出版の話題作

ナチスから図書館を守った人たち

囚われの司書、詩人、学者の闘い

デイヴィッド・E・フィッシュマン／羽田詩津子訳

見つかれば命はない。それでも服の下に隠して守ったのは、食料でも宝石でもなく、本だった。最も激しいホロコーストの地で図書館を運営し、ナチスから本を守ったユダヤ人たちの激闘を描くノンフィクション。

四六判・2500円（税別）ISBN978-4-562-05635-4

多様性、微生物がつくる芳醇な世界

酵食の歴史

マリー＝クレール・フレデリック／吉田春美訳

先史時代から現代まで、歴史、考古学、科学の側面から世界各地の発酵食品を考察する。最新の考古学上の発見や、世界の伝説や伝承話を交えながら、発酵の世界の奥深さと豊かさを多角的に論じる。 A５判・3500 円（税別） ISBN978-4-562-05633-0

とともに最新の学術研究にもとづき多角的に解説した初めての書。

の博物図鑑

アーダーム・ミクローシ／小林朋則訳

種としての起源、身体構造、行動分析、人の文化とのかかわり、おもな犬種など、人類の身近なパートナーであるイヌを、最新の学術研究にもとづき多角的に解説した斬新な博物図鑑。全ページにカラー図版、イメージをふくらませるとともに本文とコラムの内容理解を助けている。

A４変型判・3200 円（税別） ISBN978-4-562-05612-5

な地図・表・グラフを豊富に用いて世界の「今」を解説

で見る アフリカハンドブック

マグラン／アラン・デュブレッソン／オリヴィエ・ニノ／鳥取絹子訳

バル化途上にある現代のアフリカの姿を、人口、気候、環、紛争、対外関係、犯罪など、さまざまな視点からとらえた章のテーマの下に各項目を見開き２ページで簡潔に記しルで、34 項目がとりあげられている。図版も豊富でわか。

A５判・2800 円（税別） ISBN978-4-562-05568-5

見る フランスハンドブック 現代編

・レヴィ／土居佳代子訳

リヒト条約批准の国民投票から今回の大統領選挙までついて、コロス研究所作成の地図によってフランス空い力の線が姿を見せ、深く継続的な変化が明らかになっ年から今日まで、70 を超える地図で描くフランスの政！

A５判・2800 円（税別） ISBN978-4-562-05566-1

地図で見る **アメリカハンドブック**
A５判・2800円（税別） ISBN978-4-562-05564-7

地図で見る **日本ハンドブック**
A５判・2800円（税別） ISBN978-4-562-05577-7

地図で見る **東南アジアハンドブック**
A５判・2800円（税別） ISBN978-4-562-05565-4

地図で見る **インドハンドブック**
A５判・2800円（税別） ISBN978-4-562-05567-8

新しい彼女たちの生活と文化の変遷

ヴィクトリア朝の女性たち

ファッションとレジャーの歴史

山村明子

ヴィクトリア朝の女性たちの生活文化を、これまであり触れられてこなかったファッションやスポーツへの心・参加という視点から描いた異色の文化史。次第に能的になる装いと社会参加の関連を多くの図版ととも紹介。 A５判・2800 円（税別） ISBN978-4-562-0563

帝国絶頂期の社会と文化の諸相を 180 点以上の図版とコラムとともに解

［図説］ヴィクトリア朝時代

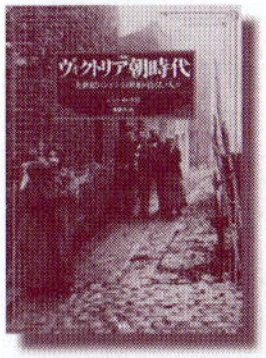

一九世紀のロンドン・世相・暮らし・人々

ジョン・D・ライト／角敦子訳

ヴィクトリア朝ロンドンの社会と世相を中心に、関連る 19 世紀欧米の社会現象まで多岐にわたり細部まで求する。貧困、犯罪、戦争、事件、疫病、飢饉、搾見世物小屋、アヘン窟、売春、児童労働ほか帝国絶頂の闇に迫る。 A５判・2800 円（税別） ISBN978-4-562-0561

光の魔術師の秘密に迫る！ オリヴァー・サックスが絶賛！

フェルメールと天才科学者

17 世紀オランダの「光と視覚」の革命

ローラ・J・スナイダー／黒木章人訳

フェルメールの『地理学者』『天文学者』のモデルとれる科学者レーウェンフック。長年謎だった二人の命的な関係を新たに解明し、光学の発展と科学革命17 世紀オランダにもたらした「見る」概念の大転換を解説。 四六判・3800 円（税別） ISBN978-4-562-0563

ホロスコープが読める、描ける　続々重版!!

鏡リュウジの占星術の教科書

Ⅰ 自分を知る編　Ⅱ 相性と未来を知る編

鏡リュウジ

鏡リュウジ流の西洋占星術のメソッドを基礎から徹底解説。１巻ホロスコープが読める、描けるようになろう。第２巻は、相性見方と未来予想の方法。ホロスコープに表れる人間関係と運命の秘を読み解く。シナストリー、トランジットが初歩からわかる！

A５判・各 2200 円（税別）（Ⅰ）ISBN978-4-562-0561
（Ⅱ）ISBN978-4-562-0561

古の神々の姿を現代の言葉で描き出す

物語 北欧神話 上・下

ニール・ゲイマン／金原瑞人・野沢佳織共訳

霧と炎が支配する世界に巨人と神々が生まれた。やがて彼らは定められた滅びへと突き進んでゆく——断片的な詩や散文からなる複雑な北欧神話を現代ファンタジーの巨匠が再話。後の創作物に多大な影響を与えた神々の物語がよみがえる。 **重版出来!!**

四六判・各 1600 円（税別）（上）ISBN978-4-562-05626-2
（下）ISBN978-4-562-05627-9

トールキン唯一の「アーサー王伝説物語」

トールキンのアーサー王最後の物語 〈注釈版〉

J・R・R・トールキン／小林朋則訳

『アーサー王の死』は、J・R・R・トールキンがブリテン王アーサーの伝説に取り組んだ唯一の試みであり、古英語の頭韻を詩に使った最高にして最もみごとな作品。アーサー王伝説の結末と『シルマリルの物語』との関係や、書かれることのなかったラーンスロットとグウィネヴィアの恋の苦い結末が浮かび上がる。 四六判・2400 円（税別）ISBN978-4-562-05593-7

英国冒険小説界の巨匠バーナード・コーンウェルの
アーサー王三部作

小説 アーサー王物語 エクスカリバーの宝剣 上・下

バーナード・コーンウェル／木原悦子訳

5 世紀、ブリタニアは闇のふちに立たされていた。いがみあう諸王国、近づく大王ユーサーの死期、跡継ぎの幼子……。王座を守り、敵に対抗するため、聖なる剣を手に真の戦士・アーサーがついにたちあがった。

四六判・各 1900 円（税別）（上）ISBN978-4-562-05620-0（下）ISBN978-4-562-05621-7

小説 アーサー王物語 神の敵アーサー 上・下

バーナード・コーンウェル／木原悦子訳

アーサーは、ラグ谷の血みどろの泥地で勝利をおさめた。諸王国の結束はついに固まった。しかし、再び不吉なことを予感させるかのように、トリスタンとイゾルデに悲劇が起きる。

四六判・各 1900 円（税別）（上）ISBN978-4-562-05622-4（下）ISBN978-4-562-05623-1

小説 アーサー王物語 エクスカリバー最後の閃光 上・下

バーナード・コーンウェル／木原悦子訳

殺戮の日々はついに終わり、ブリタニアを守るというアーサーの夢は実現したが、ドゥムノニアの周囲に小競り合いは絶えなかった。アーサーは、ドゥムノニアの支配をダーヴェルニに任せ、シルリアのイスカへ退くが…。

四六判・各 1900 円（税別）（上）ISBN978-4-562-05624-8（下）ISBN978-4-562-05625-5

農家だから書ける！「ぶっちゃけ」ニッポン農業

誰も農業を知らない

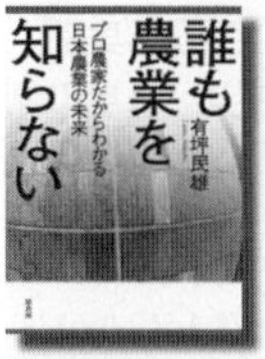

プロ農家だからわかる日本農業

有坪民雄

大規模農業、ハイテク農業、６次産業革案は甘すぎる！ 農家減少の現実、農業の盲点、農薬反対論の愚、移民問リアルすぎる視点から見た、現実に即し状と突破口。四六判・1800 円（税別）ISBN9

なぜ「合理的でないこと」をやってしまうのか

人が自分をだます理由

自己欺瞞の進化心理学

ロビン・ハンソン、ケヴィン・シムラー／

人間は競争に勝つために、他人をあざむくた分をもあざむく。しかも本人が意図しなくて手に理由づけをし、人を動かすのである。場理論の気鋭研究者が不可思議な動機の正に解明。 四六判・2700 円（税別）ISBN97

外来生物から生まれる新たな進化の時代　朝日新聞（1/26 付）

なぜわれわれは外来生物を受け入れる必要

クリス・D・トマス／上原ゆうこ訳

現代は人間による生物絶滅時代だ方で人間社会から利益を得て、お新しい種が生まれ、適応していもそのひとつだ。進化生物学の大て見えた、生物多様性の「真実

四六判・2400 円（税別

「脱走は将校たるもの義務である」

脱走王と呼ばれた

第二次世界大戦中 21 回

デイヴィッド・M・ガス／

開戦直前にイタリア軍捕虜となで脱走を繰り返した英軍将校ア前に脱走に成功し英雄として迎にして不屈の「脱走半生」をである。 四六判・2800

「でも、モードレッドみたいな足萎えの脳なしに娘を嫁がせる父親はいないわね。アーサーの床《とこ》に押し込めるのなら。たった十五ですって？」

「せいぜいそれぐらいだと」

「きれいな子？」

「私は会ったことはありませんが、エンガスはきれいだと申しておりました」

「イ・リアホーンの娘はきれいですものね。姉のほうはどう、美人だった？」

「イゾルデのことですか？　はい、ある意味では」

「この子はどうしても美人でなくては困るわね」グィネヴィアは愉快そうに言った。「そうでなかったら、アーサーは眼もくれないでしょう。ひとに羨ましがられなければ気がすまないんだもの。あの人が妻に求めるのはそれだけなのよ。美人で、そしてわたしよりずっとお行儀がよくなくては」笑いながら私を横目で見た。「でも、たとえ美人でお行儀がよくても、それだけじゃだめね」

「だめですか」

「それはもちろん、この子は赤ん坊を次から次に産むでしょう。それがアーサーの望みならね。でも、頭がよくなかったらすぐに飽きられてしまうわ」また炎をじっと見つめる。「どうしてわたしに知らせて寄越したんだと思う？」

「知っておかれるべきだと思われたのでしょう」

グィネヴィアは笑った。「知っておくべきですって？　殿がアイルランドの小娘を寝床に引っ張り込もうがどうしようが、わたしになんの関係があるの。知らせてきたのはわたしのためじゃないわ、自分自身のためよ。知らせずにはいられないのよ」またこちらに目を向けた。「わたしがどんな反応を見せたか知りたがるでしょうね」

「殿がですか？」私は面食らって訊きかえした。

「もちろんよ。大笑いしてたって言っといてちょうだい」挑みかかるような眼でにらみつけてきたが、ふいに肩をすくめた。「いいえ、おめでとうと言っていたと伝えて。あなたがいいと思うことを言ってくれていいわ。その代わり、殿にひとつお願いがあるの」そこで口ごもった。ほんとうは頼みごとをするのがいやでたまらないのだ。「しらみのたかったサクソン人の群れに強姦されて死ぬなんて、わたしはごめんだわ。次の春にサーディックが攻めてきたら、幽閉場所をもっと安全なところに移してくれるようにアーサーに頼んでほしいの」

「ここは安全だと思いますが」

「どうしてそう思うの」語気鋭く追及してくる。

私は少し黙って考えをまとめた。「サクソン人が攻めてくるときは、テムズ川の谷に沿って進軍してくるでしょう。サクソン人の目的はセヴァーン海に達することです。それにはいちばんの近道ですから」

グィネヴィアは首をふった。「エレの軍はテムズ川に沿って進んでくるでしょうね。でも、サーディックはまずテムズの南を攻撃してから、北へ折れてエレと合流しようとするわ。そうなったらここは通り道よ」

「殿はそうは思っておられません」私は譲らなかった。「あのふたりは互いを信用していませんから、裏切りを防ぐためにともに行動しようとする、というのが殿のお考えです」

グィネヴィアはまたぶっきらぼうに首をふって、私の意見を斥けた。「ダーヴェル、エレもサーディックも馬鹿ではないわ。勝利を収めるまでは互いを信用するしかないとわかってるはずよ。勝利のあとなら仲違いもするでしょうけど、それまではそんなことはしない。向こうの軍勢の数はどれぐらいなの」

「二千か、あるいは二千五百ほどだと思います」

うなずいて、「最初の攻撃はテムズ川沿いでしょうね。主戦力だと思わせるために大軍を投入してくるわ。その軍に備えてこちらが軍勢を集結させたところで、サーディックが南に攻め込む。そして好き放題に荒らしまわるんだわ。それに対抗して兵を送ると、待ってましたとエレが残りの軍勢を叩くのよ」

「サーディックを放っておけば話は別でしょう」グィネヴィアの予想など、私はひとことたりとも信じられなかった。

「それはそうね」彼女も認めた。「でも、そうするとウィドリン島はサクソン軍の手に陥ちるわ。そのときここにいたくないの。わたしを解放してくれないのなら、グレヴムに移すように頼んでみてちょうだい」

私はためらった。彼女の頼みをアーサーに伝えていけない理由はなかったが、どこまで本気なのか確かめたかった。そこで思いきって言ってみた。「サーディックがこちらに来たとすれば、その軍のなかには奥方さまのご友人が交じっていると思いますよ」

射るような目つきでにらみつけてきた。長いことそのまま黙っていたが、やがて口を開いた。「ロイギルに友人はいないわ」氷のように冷たい声。

ためらったが、もう少し押してみることにした。「ふた月足らず前に、サーディックに会いました。ランスロットがいっしょでした」

これまで、彼女の前でランスロットの名を口にしたことはなかった。その名を耳にするなり、ひっぱたかれたようにグィネヴィアは顔をそむけた。「なにが言いたいの」押し殺した声で尋ねた。

「春になったら、ランスロットがここに来るのです。サーディックは、彼をこの国の王にするつもりだろうと思います」

　グィネヴィアは眼を閉じた。小刻みに震えているのは笑っているのか、それとも泣いているのだろうか。だが、すぐにわかってきた――やはり笑っていたのだ。またこちらに顔を向けて、「あなたってほんとに馬鹿ね。それで力になろうとしているつもりなんだから！　わたしがランスロットを愛しているとでも思っているの」

「王位に即《つ》けようとしておられたじゃありませんか」

「それが愛となんの関係があるの」はぐらかすように尋ねかえしてきた。「あの人を王にしたかったのは、弱い男だからよ。この世では、ああいう弱い男を介さなければ、女が力をもつことはできないのよ。アーサーは弱い人ではないわ」深く息を吸った。「でもランスロットは弱い男。サクソン人が勝てば、たぶんあの人がここを治めることになるでしょう。でもだれがランスロットを動かすにしても、それはわたしではないわ。どんな女でもないわ、サーディックよ。聞くところでは、サーディックは弱い男にはほど遠いそうね」立ち上がった。歩み寄ってきて、私の手から手紙をむしりとる。開いてもういちど読み返すと、火のなかに放り込んだ。手紙は黒ずみ、縮れ、ぼっと炎をあげた。その炎を見つめながら、グィネヴィアは言った。「アーサーに伝えて。手紙を読んでわたしが泣いたって。あの人はそれが聞きたいのよ。だからそう伝えて。わたしは泣いていたって」

　私は立ち去った。続く数日で雪は融けたが、ふたたび雨が降りだした。裸の黒い木々から際限なく雨水がしたたり、それを受ける大地は重いもやに包まれて腐ってゆくようだった。冬至が近づいていたが、太陽は顔を見せない。じめじめと陰鬱な絶望のうちに世界は死にかけている。アーサーの帰還を待っていたが、私には呼び出しは来なかった。新しい花嫁をドゥルノヴァリアへ連れてゆき、彼はそこで冬至を祝ったのだ。この結婚をグィネヴィアがどう受け止めたか気にしていたとしても、私に尋ねようとはしなかった。

ディン・カリクの館でも冬至の祭を祝ったが、これが最後になるのではと思わぬ者はいなかった。冬の折り返し点にある太陽に供物を捧げながら、だれもが気づいていた。太陽がふたたび力を盛り返すとき、この国にもたらされるのは生命ではなく死だ。サクソンの槍とサクソンの斧とサクソンの剣なのだ。私たちは祈り、祭を祝い、終末の予感におののいていた。雨はやむことを知らない。

第二部

バゾン山《マニズ・バゾン》（1）

「だれのこと？」イグレインさまはさっそくお尋ねになった。書き上げたばかりの羊皮紙の束から最初の一枚を読むなりである。ここ数カ月でいくらかサクソン語が読めるようになり、それをたいへん自慢にしておられる。ほんとうは粗野な言語で、ブリトン語のほうがはるかに洗練されているのだが。

「だれのこととは？」私はおうむ返しに尋ねた。

「ブリタニアを衰微させた女って？　ニムエのこと？」

「続きを書く時間を与えてくだされば、そのうちわかりますよ」

「そう言うだろうと思った。訊いたわたしが馬鹿だったわ」私の部屋の広い窓枠に腰をおろし、膨らんだ腹部に片手を当てて、なにかに耳を澄ますように小首を傾げておられる。ややあって、いたずらっぽい喜びに顔を輝かせた。「蹴ってるわ。さわってみない？」

私は身震いした。「とんでもない」

「どうして」

「赤子には興味はございません」

しかめ面をしてみせて、「わたしの子よ。あなただってきっと好きになるわ」

「そうでしょうか」

「とっても可愛い坊やだもの！」

「どうして男のお子だとおわかりなのです」

「女の子はこんなに強く蹴らないもの。ほら、見て！」と、女王は青いドレスを腹部に貼りつけるようにした。そのなめらかな膨らみが揺れると、声を立ててお笑いになる。ドレスをもとどおりに垂らし、「アルガンテのことを話して」

「小柄で、黒髪で、痩せてきれいな娘でした」

イグレインさまはまた顔をしかめた。この説明ではご不満と見える。「頭はよかったの」

私は少し考えた。「抜け目のないかたでした。そうですね、その意味では頭がよかったのでしょう。けれども、教育によって伸ばされてはおりませんでしたから」

これを聞くと、女王は馬鹿にしたように肩をすくめた。「教育がそんなに大事かしら」

「大事だと思いますよ。ラテン語を学ばなかったのを、私は常づね残念に思っておりました」

「どうして」

「人類の経験の多くが、あの言語で書かれているからです。教育はさまざまなことを与えてくれますが、ほかの人々がなにを知り、恐れ、夢見、達成したかを知る手段もそのひとつです。困ったことが起きたとき、以前に同じような問題に出くわした人がいるとわかれば助けになります。いろいろなことがわかりますから」

「たとえば？」

私は肩をすくめた。「昔、グィネヴィアからあることばを聞いたことがあります。ラテン語でしたので私には意味がわからなかったのですが、グィネヴィアが翻訳してくれました。まるでアーサーのことを言っているようなことばでした。あれは忘れられません」

「どんなことば？」

使いつけないことばなので、どうしてもたどたどしくなる。「オーディ・エト・アモー、エクスクルキオル」

「なんて意味？」

「われは憎みかつ愛す。しかして苦しむ。ある詩の一節です。作者の名は忘れましたが。グィネヴィアはその詩を以前に読んでいて、アーサーのことを話しているときにこの一節を引用したのです。アーサーのことを正しく理解していたわけですね」

「アルガンテは？　アーサーのことを理解していた？」

「とんでもない」

「字は読めたの」

「どうでしょう。憶えておりませんが、たぶん読めなかったのでは」

「姿形はどんなだった？」

「抜けるように色の白いかたでした。けっして日に当たろうとしなかったからです。昼よりも夜のほうが好きだったので。髪は真っ黒で、鴉《からす》の濡れ羽のように輝いておりました」

「小柄で痩せてたって言ったわね」

「それは細いかたで、背もかなり低かったのですが、なにより憶えておりますのは、めったに笑顔を見せなかったことです。あらゆることに眼を光らせていて、なにひとつ見逃しませんでした。顔にはいつでも計算高い表情が浮かんでいました。人はそれを知性の表れと誤解したものですが、あれは知性などではありません。アルガンテは七人か八人いる娘の末っ子で、要するにただそれだけの娘だったのです。自分のことを人が忘れているのではないかと、いつも気に病んでいました。自分の取り分をいつも見張っていて、それでいていつでもだれかにかすめ取られていると思い込んでいたのです」

イグレインさまは眉をひそめた。「すごくいやな人みたいな言いかたね」

「アルガンテは欲深で、恨みがましくて、そしてとても幼かった。とはいえ美しいかたでしたよ。はっとするほどの優美さが身に備わっていました」私はいったんことばを切って、ため息をついた。「気の毒に、アーサーは女性選びには失敗してばかりでした。もちろんアランは別ですが、彼女はアーサーが選んだわけではありませんからね。奴隷として与えられたのですから」

「アランはどうなったの」

「サクソン戦争のさなかに亡くなりました」

「殺されて？」イグレインさまは身を震わせた。

「いいえ、疫病のためです。ごくふつうの病死でした」

キリスト。

ここにこんな名を書くのは唐突だが、このままにしておこう。イグレインさまとアランの話をしていたとき、サンスム司教が入って来たのである。聖人は字がお読みになれない。アーサーの物語を書いていると知れたら真っ向から反対されるのはわかっているので、イグレインさまと私は示し合わせて、サクソン語で福音書を書いていると称しているのだ。そうは言っても、サンスム司教にもいくつかわかることばがあって、キリストはそのひとつである。だからここに書いたのだ。サンスムもそこに目をとめ、うさんくさげに唸《うな》った。このごろではだいぶ老けてこられた。髪はほとんど残っていない。もっとも、耳の横にはいまも白髪の房が突き出していて、ネズミの王さまルティゲルンそっくりなのはあいかわらずだ。排尿のときの痛みに苦しんでおられるが、絶対に女治療師に診てもらおうとはなさらない。そういう女はみんな異教徒だからというのである。神が治してくださると言っておられるが、神よ赦したまえ、私はときおり聖人の死を祈ることがある。そうすれば、この小さな修道院に新しい司教を迎えられるのだが。この羊皮紙にちらと目をやってから、「奥方さまにはお健やかであらせられますかな」と司教はイグレインさまに尋ねた。

「おかげさまで」

けちをつけられるところはないかと、司教は部屋じゅうかぎまわっている。とはいえ、なにが見つかると思っていたのかわからない。なにしろ簡素な部屋なのだ。粗末な寝台、書き物机、スツールに炉があるだけ。火を燃やしていればここぞとばかり小言が飛んできただろうが、きょうは冬にしてはとても穏やかな日で、薪を節約していたおかげで助かった。なにしろ、私に割り当てられた薪はほんのわずかなのだ。聖人は小さなゴミを見つけて指ではじいたものの、それについては黙っていることにしたらしく、イグレインさまをじろじろ眺めた。「奥方さま、もうまもなくではございませんかな」

「あとふた月もないそうですわ、司教さま」イグレインさまはそう答えて、青いドレスの前で十字を切った。

「もちろんおわかりでございましょうが、奥方さまの御ために、われらの祈りは天国じゅうに鳴り響くことでございましょう」と心にもないことを言う。

「それから、サクソン人が近づかないようにお祈りくださいましな」

「近づいておるのですか」サンスムがぎょっとして尋ねる。

「ラタエを攻める準備を進めているそうです。国王さまがおっしゃっていましたわ」

「ラタエははるかかなたです」司教は切って捨てるように言った。

「一日半の道のりでしたかしら。ラタエが陥ちたら、どの要砦がここをサクソン人から守ってくれるでしょう」

「神がお守りくださいます」司教は言った。ついえて久しい希望のことばを無意識にくりかえしている。信心深いグウェントのマイリグ王も同じことを言っていたものだ。「ちょうど、奥方さまの苦難のときにお守りくださるのと同じように」そう言ってからもしばらくぐずぐずしていたが、ほんとうは用があるわけではないのだ。聖人はこのごろ退屈しておられる。喧嘩をふっかける相手がいないからである。この修道院一の力持ちで、力仕事の大半を引き受けていたブラザー・マイルグウィンが数週間前に亡くなった。そのせいで、悪口雑言を浴びせるかっこうの標的をひとり失ってしまったのである。司教にすれば、私ではなぶってもあまりおもしろくないのだ。侮辱を甘んじて受けているうえに、イグレインさまとそのご夫君に保護されているからである。

ようやくサンスムが出てゆくと、イグレインさまはその後ろ姿にしかめつらをして見せた。声が聞こえないほど遠ざかるのを待って、「ねえダーヴェル、お産のときにはどうしたらいいの」

「どうしてまあ、私にお尋ねになるのです」私は仰天した。「お産のことなどなにひとつ存じません。ありがたい神の思し召しで、子供が生まれるのを見たことさえないのですよ。見たいとも思いませんし」

「でも、古いしきたりをよく知ってるじゃないの」熱心にせがむ。「わたしが知りたいのはそういうことよ」

「城《カイル》の女たちのほうがずっとよく知っていると思いますが。それはともかく、カイヌインがお産をするときは、かならず寝床に鉄を置き、扉口に女の尿を撒いたものでした。火にはもちろんヨモギをくべて、処女をひとりはべらせておきます。生まれたての赤子を寝床の藁から取り上げるのは処女でなくてはいけないのです。なにより肝心なのは」と私はおごそかに続けた。「部屋に男を入れないことです。お産の場に男がいるぐらい不吉なことはないのですから」そう言いながら、悪運を祓うために書き物机から突き出ている釘に触れた。口にするだに忌まわしいことだからだ。もちろん私たちキリスト教徒は、吉凶いずれにしても鉄に触れて運が変わるなどとは信じないが、私がしょっちゅう触れるせいでこの机の釘はいまもぴかぴかである。「サクソン人の話はほんとうですか」私は尋ねた。

イグレインさまはうなずいた。「どんどん近づいてきてるのよ」

私はまた釘の頭をさすった。「では、槍を研いでおくよう国王さまにおっしゃってください」

「わたしが言うまでもないわ」陰気に答える。

いったい戦争は終わるときがくるのだろうか。私が生まれてこのかた、ブリトン人はずっとサクソン人と戦ってきた。いちどは大勝利を収めたものの、そのあとの長い歳月にさらに土地が奪われ、それとともに谷間や山頂にまつわる物語もまた奪われた。歴史はたんに人間の営みの物語ではなく、土地に結びついているものだ。山はそこで亡くなった英雄の名で呼ばれ、川はその岸辺を逃げた王女にちなんで名づけられる。古い名前が消えてしまえば、それとともに物語は消え去り、新しい名前には過去を呼び起こす力はない。サイスは土地だけでなく歴史をも奪っているのだ。かれらは疫病のように広がっているのに、私たちを守ってくれるアーサーはもういない。アーサー、サイスの災い、ブリタニアの君主、剣よりも槍よりも愛によって深く傷ついた男。その不在を私はどれほど惜しんだことだろう。

冬至は祈りのときだ。この大地を恐ろしい闇のなかに置き去りにしたもうなと神々に祈るのである。冬の最も厳しい時期にあって、この祈りはしばしば絶望的な嘆きのように思える。あの年はとくにそうだった。サクソン人の攻撃を間近に控えているうえに、氷と固まった雪の殻に覆われて、世界は死につつあったのだから。熱心なミトラ信徒の私たちにとって、冬至には二重の意味がある。ミトラ神の誕生のときでもあるからだ。ディン・カリクで冬至の大祭を祝ったあと、ミトラの最も厳粛な儀式が行われる西の洞窟に、私はイッサを連れていった。信仰に導くためである。彼はその試練にみごとに耐え、秘儀を奉ずる選ばれた戦士のひとりに迎えられた。その後は祝宴である。その年は私が雄牛を屠った。まず膝腱を切って動きを封じてから、洞穴の低い天井の下、斧をふるって首を切断する。いまでも憶えているが、その雄牛の肝はしなびていた。これは凶兆と解かれたが、あの寒さ厳しい冬にはどこを見ても吉兆などなかった。

厳しい寒さにもかかわらず、儀式には四十人が参列した。アーサーはずっと昔に入信しているのだが、顔を見せなかった。しかし、サグラモールとキルフッフは、国境の駐屯地からわざわざ駆けつけてくれた。祝宴も終わりに近づき、ほとんどの戦士が蜂蜜酒《ミード》に酔って眠りこけるころ、私たち三人はさらに天井の低い奥の洞窟にもぐった。ここならあまり煙が充満しておらず、だれにも邪魔されずに話ができる。

サグラモールもキルフッフも、サクソン人はテムズ川の谷に沿って直接攻撃をしかけてくると考えていた。「聞くところでは、糧食や物資をロンドンとポンテスに集めているそうだ」サグラモールはそこでことばを切って、骨についた肉を歯でかじりとった。会うのは数カ月ぶりだが、こうしていっしょにいると心強い。このヌミディア人指揮官は、アーサーに仕える武将のうちで最もたくましく恐れを知らない男だ。斧で削りとったように鋭角的な細面からも、その武勇のほどが見てとれる。忠臣の鑑、頼りになる友、すばらしい物語の語り手だが、彼はなによりもまず生まれながらの戦士である。どんな敵をも出し抜き、叩き伏せてきたのだ。サクソン人はサグラモールを恐れ、異世《ことよ》から呼び出された黒鬼だと信じている。気力も萎えるそんな恐怖にサクソン人が囚われているのは、私たちにとっては幸運だ。たとえ数では圧倒されていても、サグラモールの剣に率いられた歴戦の槍兵がついていると思えば勇気百倍である。

「サーディックが南に攻め込むことはないだろうか」私は尋ねた。

キルフッフは首をふった。「そんなそぶりは見えないな。ヴェンタは静かなもんだ」

「あのふたりは互いに信用していない」とサグラモール。「あのふたり」とはサーディックとエレのことだ。「自分の眼の届かないところへ行かせようとはせんだろう。サーディックはエレが買収されるのを恐れているし、エレはサーディックが戦利品をごまかしはせんかと恐れている。だから兄弟どうしよりもぴったりくっついて離れんのだ」

「それじゃ、アーサーはどうするつもりなんだろうか」私は尋ねた。

「そいつはおまえが教えてくれると思ってたんだがな」とキルフッフ。

「近ごろでは、おれにはなにも言ってくれないんだ」私は落胆を隠そうともせずに答えた。

「おれにもだ」キルフッフが唸った。

「同じく」とサグラモール。「会いに来る、質問する、襲撃に出かける、そして帰ってゆく。なにも言わん」

「きっと考えがあるんだろう」私は言った。

「新しい花嫁のことで頭がいっぱいなんじゃないのか」キルフッフの口調は辛辣だ。

「会ったのか」私は尋ねた。

「アイルランドの小猫さ」吐き捨てるように言う。「きっちり爪がある」このミトラの集会に出るために北に来る途中で、キルフッフはアーサーとその新しい花嫁を訪ねたのだという。「たしかに別嬪だ」しぶしぶ認める。「奴隷にとったら、しばらくは自分とこの厨房に置いときたくなるだろうな。少なくともおれならそうする。おまえは別だがな、ダーヴェル」カイヌインに操を立てていることで、キルフッフはしょっちゅう私をからかうが、私のような男がとくべつ珍しいわけではない。サグラモールは捕虜にしたサクソン女を娶っているが、同じく女房ひと筋なのはよく知られていた。「一頭の雌牛にしか種をつけないんじゃ、雄牛がなんの役に立つ」キルフッフは言ったが、私たちはどちらも相手にしなかった。

「アーサーは怖がっているんだ」サグラモールが代わりにそう言った。そこで口をつぐんで、考えをまとめている。なまりはひどいが、彼はブリトン語を流暢に操っていた。とはいえ、やはり母語ではないので、思っていることを正確に言い表そうとすると、どうしても考え考え話すことになる。「神々に逆らっているからな。マイ・ディンのことだけじゃなく、モードレッドの王権を横取りしてもいる。キリスト教徒には憎まれているし、いまでは異教徒からも敵と言われている。どれだけ孤独かわかるか？」

「アーサーが神々を信じてないからいかんのだ」キルフッフがそっけなく言う。

サグラモールは続けた。「アーサーは自分の力を恃《たの》んでいる。だからグィネヴィアに裏切られたとき、骨の髄までこたえたんだ。恥だと思っているんだ。誇り高い男なのに、その誇りをひどく傷つけられた。だから、みんなが自分を嗤《わら》っていると思い込んで、殻に閉じこもっているんだ」

「おれは嗤ってなんかいない」私は反論した。

「おれは嗤ってるぞ」キルフッフは言って、顔をしかめて傷ついた脚を伸ばした。「アーサーは大馬鹿野郎だ。グィネヴィアなんか、背中に剣帯を二、三回くらわしてやりゃあよかったんだよ。そうすりゃちっとは思い知っただろうに」

キルフッフのいつものセリフだ。それをあっさり無視して、サグラモールはことばを継いだ。「アーサーはいま敗北を恐れている。戦士でなかったら何者でもないからな。自分はすぐれた人間だと、生まれついての支配者だから支配していると思いたがっている。だが、権力の座に登れたのはほんとうは剣のおかげだ。心の奥ではそのことを知っている。今度の戦《いくさ》に負けたら、アーサーはなにより大事にしているものを失う。つまり名声だ。王位を簒奪しながら、簒奪したものを保つ力もなかった男と呼ばれることになってしまう。こんど失敗すれば二度めだ。そうなったら自分の名声はどうなるかと恐れているんだ」

「最初の失敗はアルガンテが埋め合わせてくれるさ」私は言った。

「どうかな」とサグラモール。「アーサーはほんとうは結婚したくなかったんだとギャラハッドは言っている」

「じゃあ、なんで結婚したんだ」私は憂鬱になった。

サグラモールは肩をすくめた。「グィネヴィアへの意趣返しか。エンガスの機嫌とりか。グィネヴィアなんか必要でないとみんなに見せつけるためか」

「きれいな娘といっちょうやるためじゃないのか」キルフッフが言った。

「やっていればな」

キルフッフは眼を剝いてヌミディア人を見つめた。「やってないわけないだろ」

サグラモールは首をふった。「やってないそうだ。もちろんただの噂だ。男と女のことについては噂ほどあてにならんものはない。だが、このお姫さまは若すぎて、アーサーの好みには合わんのだと思う」

「女は若けりゃ若いほどいいんだ」キルフッフは唸った。サグラモールは肩をすくめただけだ。キルフッフよりはるかに感性の鋭い男だから、アーサーのこともずっとよく見抜いている。アーサーは好んで単純率直な男を演じているが、じつはその内面は複雑そのものなのだ。エクスカリバーの刀身を飾る、ねじれた曲線やとぐろをまくドラゴンの意匠のように。

　翌朝、私たちは別れた。剣も槍も、犠牲に捧げた雄牛の血にまだ赤く濡れている。イッサは興奮していた。数年前まで名もない農民の子だったのに、いまはミトラの信徒に迎えられたのだ。そのうえ、妻のスカラハが身ごもっていて、もうすぐ父親になるのだという。ミトラの信徒に加えられて自信を得たイッサは、グウェントの協力がなくてもサクソン人ぐらい撃退できると急に強気になっている。だが、私にはとてもそうは思えなかった。グィネヴィアを好きではないとしても、愚かだと思ったことはない。サーディックが南に攻め込むという彼女の読みが気になってしかたがなかった。もちろん、理に適《かな》っているのはもう一方の予測のほうだ。サーディックとエレはやむをえず同盟を結んでいるだけだから、互いに目を離すまいとするだろう。セヴァーン海に達してブリトンの諸王国をふたつに分断するには、圧倒的な戦力をもってテムズ川沿いに進軍するほうが早道だ。数にまさるというせっかくの利点を犠牲にしてまで、軍をふた手に分ける必要がどこにあろうか。各個撃破を許すだけではないか。しかし、アーサーが総攻撃以外は想定しておらず、それだけに備えていたとすれば、南に攻め込む利点は計り知れない。アーサーがテムズ川の谷間の軍にかかずらっているあいだに、第二軍がその右翼を迂回すれば、やすやすとセヴァーン海に達することができる。しかし、イッサはそんなことは気にしなかった。ただ楯の壁に立つ自分の姿、ミトラの信徒に加えられて箔のついた自分の姿を思い描いているだけだ。農夫が草を刈り取るようにサクソン人をなぎ倒すことしか考えていない。

　冬至の季節が過ぎても、寒さはいっこうに緩まなかった。来る日も来る日も、明け方は霜がおりて薄暗く、南の雲のあいだに低くかかった太陽は、赤みがかった円盤にしか見えない。腹をすかせた狼が森から遠く離れた農地にまで出没し、編み垣の囲いから羊をさらってゆこうとする。そんなある日、私たちは六頭の灰色のけものを仕留めるという輝かしい成果を収め、わが軍勢の兜を飾る新しい狼尾を六本確保した。私の家来が兜の頂部に狼尾を飾るようになったのは、アーモリカの森深くフランク人と戦っていたときだった。獲物を狙う野獣のように奇襲をしかけるというので、フランク人に狼と罵られたのだが、それを逆に称賛のことばととったのである。私たちは狼尾の戦士と呼ばれていた。もっとも、楯に描いてあるのは狼の面ではなく五芒星、カイヌインを称えるしるしである。

カイヌインは頑固だった。春が来てもポウイスに避難するつもりはないと言い張っている。モルウェンナとセレンは行かせてもいいが、自分は残るというのだ。私は業を煮やして問い詰めた。「娘たちが父と母を一度に亡くしてもいいのか」

「それが神々の思し召しならしかたがないわ」静かに言って肩をすくめた。「わがままかもしれないけど、そうしたいのよ」

「死にたいのか？　それがわがままだっていうのか」

「ダーヴェル、遠く離れていたくないの。夫が戦っているときに遠い国にいるのがどんなものかわかる？　気の休まるときなんかないのよ。使者が来るたびに命が縮む思いをして、四方八方から噂が耳に入ってきて。今度はここに残るわ」

「おれの心配ごとを増やす気か」

「思い上がるのもたいがいにしてよ」穏やかに言った。「自分の面倒くらい自分で見られるわ」

「そんなちっぽけな指環で、サクソン人から身を守れやしないぞ」と、彼女の指にはまった小さな瑪瑙を指さした。

「それなら自分で守るわよ。心配しないで、ダーヴェル。あなたの足手まといにはならないし、つかまって人質になるつもりもないから」

翌日、ディン・カリクの丘のすぐふもとの羊小屋で、今年最初の仔羊が生まれた。例年よりだいぶ早いが、これは神々が送ってきた吉兆だと私は考えた。カイヌインが禁じるまもなく、今年の仔羊の季節がよい季節になるようにと、最初の仔羊は犠牲に捧げられた。小さなけものの血まみれの皮は川岸のヤナギに釘付けにされ、翌日にはそのヤナギの根元にトリカブトの花が咲いた。その小さな黄色い花びらは、よみがえる季節を告げる最初の鮮やかな彩りだった。また同じ日、縁に氷の張った川のそばで、三羽のカワセミが華やかな羽をひらめかせるのを見た。生命がうごめきはじめている。夜明け、雄鶏の声に目覚めるたびに、ツグミやコマドリやヒバリやミソサザイやツバメの歌がまた聞こえるようにもなった。

最初の仔羊が生まれてから二週間後、アーサーから迎えが来た。雪はすでに融け、使者はぬかるんだ道に足をとられながら、リンディニスの王宮に参集を求める書状を届けに来たのだ。インボルク祭の祝宴に参列せよというのだった。これは冬至のあとの最初の祭、豊饒の女神を称える祭である。インボルク祭では、その年に生まれた仔羊に燃える輪をくぐらせるという儀式が行われる。その後、人けのないときを見計らって、若い娘たちがくすぶる輪をくぐり抜け、インボルクの火の灰を指にとり、腿の奥にそれをこすりつける。十一月に生まれた子供は、灰を母とし、火を父とするインボルクの子と呼ばれるのだ。カイヌインと私は、インボルクの前日の午後にリンディニスに着いた。冬の太陽が色淡い草地に長い影を落としている。宮殿は槍兵に取り巻かれていた。人々の無言の敵意からアーサーを守っているのだ。この宮殿の中庭で、マーリンが魔法によって輝く娘を呼び出したことを、人々はまだ忘れていないからである。

驚いたことに、中庭にはインボルク祭の用意がなされていた。アーサーはこの手のことにまったく関心がなく、宗教的な儀式はたいていグィネヴィアに任せきりだった。そしてグィネヴィアのほうは、インボルクのような泥くさい田舎の祭を祝おうとはしなかったのである。それがいまは、中庭の真ん中に藁を編んで作った大きな輪が立っていて、火をかけられるのを待っていた。そして生まれたばかりの数頭の仔羊が、小さな編み垣の囲いに母羊とともに入れられている。キルフッフが私たちを出迎えて、茶目っ気たっぷりにその輪にあごをしゃくって見せた。「これでまた子供が作れますよ」とカイヌインに言う。

「もちろん、そのために来たんですもの」彼女はそう答えてキルフッフにキスをした。「もう何人いらっしゃるの」

「二十一人ですよ」と胸を張る。

「それで母親は何人ですの?」

「十人」にやりとして、私の背中をぴしゃりと叩いた。「命令は明日くだるらしいぜ」

「だれとだれに?」

「おまえとおれと、サグラモール、ギャラハッド、ランヴァル、バリン、モーヴァンス」キルフッフは肩をすくめて、「要するに全員さ」

「アルガンテは来てるのか」

「あの輪っかをだれが立てたと思ってるんだよ。こいつはみんなアルガンテが言いだしたことなんだ。デメティアからドルイドを連れてきてるのさ。今夜は宴会の前にナントスウェルタに礼拝しなきゃならんぞ」

「だれのことですの」とカイヌイン。

「女神ですよ」キルフッフがどうでもいいことのように答えた。神々はあまり数が多くて、ドルイドでもなければとうていすべての名前を憶えきれるものではない。それにしても、ナントスウェルタという名はカイヌインも私も聞いたことさえなかった。

ようやくアーサーとアルガンテに会えたのは暗くなってからだった。アーサーの従僕のハグウィズが全員を中庭に呼び入れる。ピッチをしみ込ませたたいまつが、鉄の輪に差し込まれて炎をあげていた。ここでのマーリンの夜を思い出さずにはいられない。畏怖に打たれた人々が、四肢の不自由な者や病気の赤子を、銀のオルウェンに差し出していたものだった。だがいまは、君侯とその奥方たちが、編んだ輪の両側に集まってそわそわしている。アルガンテが父の王国から連れてきた魔法使いだろう。背の低いずんぐりした男で、もじゃもじゃの黒いあごひげには、キツネの毛の房と小さな骨の束が編み込んであった。「あれはフェルガルというんだ」ギャラハッドが教えてくれた。「キリスト教徒を毛嫌いしていて、午後じゅうずっと私に呪いをかけていた。そこへサグラモールがやって来たもんだから、恐怖のあまり気絶しそうになったよ。クロム・ドーそのひとが現れたと思ったんだ」ギャラハッドは笑った。

たしかに、サグラモールは闇の神と思われてもしかたがなかった。黒い革の服を着て、黒い鞘に収めた剣を腰に佩《は》いている。彼の妻マーラは、落ち着きはらった大柄のサクソン人だが、ふたりはみなから離れて中庭の反対側に立っていた。サグラモールはミトラを信仰しているものの、ブリトン人の神々にはろくに見向きもしない。マーラはマーラで、いまもウォーデン、エイオストレ、スノル、フィル、サクスネットに祈っていた。すべてサクソン人の神々である。

アーサーに仕える指揮官はみなそろっていたが、アーサーが出てくるのを待つあいだ、ここに欠けている顔ぶれのことを私は考えていた。グウィネズでアーサーとともに育ったカイは、ランスロットの謀叛の際にドゥムノニア領イスカで命を落とした。キリスト教徒に殺されたのだ。長年アーサーの騎馬隊の指揮官を務めたアグラヴェインは、この冬に熱病で亡くなった。そのあとを継いだバリンが、三人の妻をここリンディニスに連れてきている。ずんぐりした幼い子供たちが大勢ついてきて、モーヴァンスを恐ろしげに眺めていた。ブリタニア一の醜男と言われるモーヴァンスだが、ほかの者はもう見なれてしまって、その兎唇や、膨れた首、歪んだあごに眼を留める者はいない。まだ少年のグウィドレを除けば、集まった者のうちでいちばん若いのはたぶん私だろう。それに気づいて愕然とした。新しい武将が必要だ。私はその場で決心した。サクソンとの戦争が終わりしだい、イッサに軍勢を与えて指揮官にしよう。イッサが、そして私がそのときまで生きていたら。

いまはギャラハッドがグウィドレの世話係で、ふたりはカイヌインと私のそばに立っていた。ギャラハッドは昔から美男子だったが、中年にさしかかったいま、その美貌に威厳が増し加わっていた。明るい金髪は白くなり、いまでは短いあごひげをはやして先端を尖らせている。昔から彼と私は親しかったが、あの厳しい冬、おそらくほかのだれよりアーサーと親しくしていたのはギャラハッドだと思う。あのとき海の城にいなかったから、彼はアーサーの屈辱の現場を見ていない。思いやりのある落ち着いた人柄もあいまって、そのおかげでアーサーにとっては心の許せる相手になっていたのだ。グウィドレに聴こえないように声をひそめて、カイヌインがアーサーのようすを尋ねた。「私にもわかりません」ギャラハッドは答えた。

「お幸せなんでしょうね」カイヌインが意見を述べる。

「なぜです」

「だって新しい奥さまが」

ギャラハッドは微笑んだ。「旅の途中で馬を盗まれると、替えの馬をあわてて買ってしまうものですからね」

「それでその後は馬に乗ってないそうじゃないか」私は遠慮なく口をはさんだ。

「噂になってるのか」ギャラハッドは肯定も否定もしない。笑顔になって、「結婚は私にとっては永遠の謎だ」とあいまいに付け加えた。ギャラハッド自身は一度も結婚したことがない。それどころか、故郷のトレベス島《アニス・トレベス》がフランク人に陥とされてからは、ひとところに腰を落ち着けたこともなかった。ずっとドゥムノニアで暮らし、何世代もの子供たちが大人になるのを見ているのに、いまだにいずれどこかへ帰ってゆく人のように見える。ドゥルノヴァリアの宮殿に居室を与えられているものの、そこにはいまだにほとんど家具もなく、くつろげるような場所ではなかった。アーサーの使者としてブリタニアじゅうを旅してまわり、ほかの王国との問題を解決したり、サグラモールとともに馬を飛ばしてサクソンとの国境で襲撃をしかけたりしているのだ。そんなふうに忙しくしているときがいちばん幸福そうだった。ひょっとしてグィネヴィアに恋しているのではないかと思うこともあったが、カイヌインはいつでもそんな考えを笑い飛ばした。彼女が言うには、ギャラハッドは完璧な女性に恋をしていて、現実の女を愛するには理想が高すぎるのだという。抽象概念としての女性を愛しているので、病《やまい》と血と苦痛がつきものの現実の女には耐えられないのだ。戦場ではどんなに醜い現実を見せつけられてもびくともしないが、それは戦場で血まみれになるのは男、過ちを犯すのも男だからだとカイヌインは言う。女は理想化しても、男は理想化していないからだと。たぶん彼女の言うとおりだろう。ただ、ときには寂しいと思うこともあるにちがいないと思う。それで泣きごとをこぼすような友ではないけれども。「アーサーはアルガンテをとても自慢にしている」いま彼は穏やかに言っている。だが、なにか奥歯にもののはさまったような言いかただ。

「でも、グィネヴィアとは違うというわけか」

「たしかにグィネヴィアとは違う」ギャラハッドも認めた。私のほうからそれを口に出したのでほっとしたようだ。「だけど、ある意味では似ていなくもないんだ」

「どんなふうにですの」カイヌインが尋ねる。

「野心家なんですよ」と遠回しに言った。「シルリアを父王に割譲してほしいと言ってるんです」

「割譲もなにも、シルリアはアーサーのものじゃないぞ」

「そうなんだ。ところがアルガンテは、アーサーなら征服できると思っている」

私は唾を吐いた。シルリアを征服するとしたら、グウェントはもちろんポウイスとも戦わなければならない。二国が共同で治めているからだ。「狂ってる」私は言った。

「野心的なだけだよ。非現実的かもしれないが」ギャラハッドがたしなめる。

「アルガンテをどう思われます?」カイヌインがずばりと尋ねた。

この問いには答えずにすんだ。宮殿の扉が前触れもなくさっと開いて、ついにアーサーが姿を現したのである。いつものように白いマントで盛装しているが、この数カ月でげっそりとやつれ、急に老け込んで見えた。残酷な運命だ。彼の腕には、黄金色のローブをまとった新しい花嫁がすがっているのに。しかも花嫁はまだほんの子供だ。

アルガンテに会うのはこのときが初めてだった。イ・リアホーンの王女、イゾルデの妹。多くの点で、あの悲運のイゾルデによく似ている。その華奢な体つきは、少女でもなく女でもない。あのインボルクの前夜には、まだ子供と言ってよいように見えた。分厚い亜麻布の大きなマントに身を包んでいるせいだが、あれは間違いなくグィネヴィアが着ていたものだ。ローブはどう見ても大きすぎ、黄金色のひだに足を取られて歩きにくそうだった。アルガンテの姉がじゃらじゃらと装身具を着けているのを見て、母親の黄金で着飾った子供のようだと思ったのを思い出す。アルガンテも、舞台衣装で着飾っているように見える。大人のふりをしている子供のように、ことさら重々しくふるまって、内面的な威厳の不足をねじ伏せようとがんばっている。艶やかな長い黒髪を編んで頭に巻きつけ、父に仕える恐るべき戦士たちの楯と同じ色をした、黒玉《ジェット》の髪留めでまとめていた。幼さの残る顔に、その大人っぽい髪形はどうもすわりがよくない。分厚い黄金の首環《トーク》も細い喉首には重すぎるようだ。アーサーは彼女を壇に導き、お辞儀をして左手の椅子に掛けさせた。まるきり父と娘だ。客であれドルイドであれ衛兵であれ、そう思わない者がこの中庭にひとりでもいただろうか。アルガンテが席に着いてしまうと、ふいに間があいた。気まずい瞬間だった。儀式の手順を忘れてしまって、厳粛な式典がへたをすると喜劇になりそうな危うい瞬間。だが、そのとき扉口でざわめきが起こり、忍び笑いが聞こえて、モードレッドが姿を現した。

われらが王は、ねじれた足を引きずり、顔には歪んだ笑みを浮かべて歩いてきた。アルガンテと同じく役割を演じているのだが、違うのはいやいや演じているということだ。この中庭の全員がアーサーの支持者であり、全員が自分を嫌っているのをモードレッドは知っている。王として扱われてはいるが、じつはお情けで生かしてもらっているだけなのだ。彼は壇に登った。アーサーが頭を垂れ、みながいっせいにならう。例によって剛い髪はくしゃくしゃで、あごひげは丸顔を縁どる醜いふさ飾りのようだ。そっけなくうなずくと、中央の椅子に腰をおろした。その彼に向かって、アルガンテがびっくりするほど親しげな一瞥を投げる。アーサーが最後の椅子に陣取り、かくて皇帝と国王と幼い花嫁が顔を並べたわけである。

グィネヴィアならはるかにうまくやってのけたろうと思わずにはいられなかった。熱い蜂蜜酒が用意され、暖をとるためにもっと盛大に火が焚かれ、気まずい沈黙を埋める音楽が演奏されていただろう。だが今夜に関しては、これからなにがあるのかだれも知らないようだった。やがてアルガンテが父の配下のドルイドに小声でなにごとか命じると、フェルガルはそわそわと周囲を見まわし、小走りに中庭を突っ切って、鉄輪にはめたたいまつの一本をひっつかんだ。それで藁の輪に火を点じ、意味のわからない呪文をもぐもぐと唱えるうちに、炎が藁に燃え広がってゆく。

生まれて間もない五頭の仔羊が、奴隷の手で囲いから引き出された。奴隷の腕のなかでもがいている仔羊に向かって、母羊が哀れな鳴き声で呼んでいる。藁の輪が完全な炎の円環になるまで待って、フェルガルは燃える輪を仔羊にくぐらせよと命じた。たちまち大混乱になった。ドゥムノニアの豊饒が自分たちにかかっているとは露知らず、仔羊たちは四方八方に――ただし火の方向だけは別にして――逃げまどう。大声をあげて羊を追い立てるのにバリンの子供たちもうれしそうに加わったが、それは混乱にさらに輪をかけただけだ。それでも、しまいには一頭また一頭と仔羊たちは集められ、火の輪のほうへ追い立てられて、やがて五頭ともどうにか跳躍して火の輪をくぐり抜けた。だがそのころには、しかるべき厳粛な雰囲気など中庭からは吹っ飛んでいた。母国デメティアではこういう儀式はもっと手際よく行われているのだろう、アルガンテは眉をひそめていたが、ほかの者はみな笑ったりしゃべったりしている。厳粛な夜をよみがえらせたのはフェルガルだった。ふいに野獣のような絶叫をあげ、だれもがぎょっとして凍りついたのだ。ドルイドは頭をそらして立ち、雲を見上げていた。右手には広刃の燧石《フリント》のナイフを捧げ持ち、左手にはむなしくもがく仔羊をつかんでいる。

「まあ、ひどい」カイヌインは非難の声をあげて顔をそむけ、グウィドレは顔をしかめる。私は少年の肩に手をまわした。

フェルガルは夜の闇に挑みかかるように吠え、仔羊とナイフを頭上高く掲げてみせた。もうひとつ絶叫すると、仔羊にナイフを突き立て、不格好ななまくらナイフで力まかせに小さな身体を切り裂いてゆく。もがく仔羊はしだいに力をなくし、母を呼んで悲しげに鳴きつづける。母羊のほうも、わが子を呼び戻そうとむなしく鳴いている。白い毛から絶えず血があふれ、フェルガルの上向いた顔にしたたり落ち、骨を下げてキツネの毛を編み込んだもじゃもじゃのひげに流れ落ちてゆく。「私は幸せだ」ギャラハッドが私に耳打ちした。「デメティアに住んでなくて」

この驚愕の犠牲式が行われている最中に、私はちらとアーサーに眼をやった。その顔にはありありと嫌悪の色が浮かんでいたが、私に見られているのに気づいて顔を引き締めた。アルガンテは口をぽかんとあけ、もっとよく見ようと夢中で身を乗り出していた。モードレッドはにやにやしている。

仔羊がついに死ぬと、フェルガルが中庭を踊り歩きはじめたので、だれもが震えあがった。死骸を振りまわしながら、祈りのことばをわめき散らしている。見物人に血しぶきがはねかかる。顔に血の筋をつけたドルイドが目の前を踊り過ぎるとき、私はカイヌインをマントで覆ってやった。こんな野蛮な殺生が行われることになっているのを、アーサーがまったく知らなかったのはまちがいない。新しい花嫁がなにか折目正しい儀式を祝宴の前に行うつもりでいると、それぐらいに思っていたのだろう。それが血塗られた儀式になってしまったのだ。五頭の仔羊をすべて惨殺し、最後の小さなのどを黒い燧石の刃で切り裂いてしまうと、フェルガルは中央に戻って火の輪を指し示した。「ナントスウェルタが待っておられる」と呼びかける。「ここに来ておられる！　来よ、女神のみもとに！」だれかが呼びかけに応えるのを待っているのはわかったが、進み出る者はなかった。サグラモールは月を見上げ、キルフッフはひげのしらみとりに忙しい。輪をなす小さな炎がゆらめき、燃える藁くずがひらひらと、石畳に横たわる引き裂かれて血まみれの死体に舞い落ちる。だが、やはり進み出る者はいない。「ナントスウェルタのみもとへ来よ！」フェルガルがしゃがれ声で呼ばわった。

アルガンテが立ち上がった。肩をゆすって硬い黄金のローブを脱ぎ捨て、簡素な青い毛織のドレス姿になると、いままで以上に子供っぽく見えた。少年のように細い腰、小さな手、優美な顔は抜けるように白い——黒いナイフに小さな命を奪われる前の、仔羊たちの毛のように。フェルガルは彼女に向かって詠唱する。「来よ、ナントスウェルタのみもとに。ナントスウェルタが呼んでおられる。来よ、ナントスウェルタのみもとに」低い声で唱えつづけ、女神のもとへ呼び寄せようとする。アルガンテはすでに忘我の境に没入しかけていた。ゆっくり進む足どりはひと足ごとに新たに歩きだすかのようで、ドルイドの誘う声に合わせて、進んでは止まり、止まっては進んでゆく。「来よ、ナントスウェルタに」フェルガルは詠唱する。「ナントスウェルタが呼んでおられる。来よ、ナントスウェルタに」アルガンテは目を閉じていた。少なくとも彼女にとっては厳粛な瞬間なのだろうが、ほかの者はみなばつの悪い思いをしていたように思う。アーサーは度を失っているようだったが、それも無理はない。これでは、イシスがナントスウェルタに変わっただけではないか。ただ、アルガンテを花嫁にとかつて約束されていたモードレッドは、少女がぎこちなく進むさまを、好奇心をむき出しにして見守っていた。「ナントスウェルタに来よ、ナントスウェルタが呼んでおられる」フェルガルはあいかわらず呼びかけている。だが、いまではその声は甲高くなって、女の金切り声のようだった。

アルガンテは輪の前まで来て、燃え残った炎の熱に顔をなぶられて眼をあけた。自分が女神の火のすぐそばに立っているのに、いま初めて気づいたような顔をしている。フェルガルに目をやってから、煙をあげる輪をすばやくくぐり抜けた。勝ち誇った笑みを浮かべる彼女にフェルガルが拍手し、喝采に加わるよう見物人をうながした。私たちは礼儀正しく従ったが、アルガンテが死んだ仔羊のそばにうずくまるのを見て、気のない拍手もやんだ。水を打ったように静まりかえるなか、彼女は細い指をナイフの傷に差し入れた。指を抜き出し、高く掲げて、その先にべっとりと血糊がついているのを全員に見せた。次いで、アーサーにも見えるようにふり返る。彼にひたと眼をあてたまま口をあけ、小さな白い歯を見せて、その歯と歯のあいだに指をゆっくり差し入れて、唇を閉じた。そしてきれいになめ取った。グウィドレが驚愕の眼差しを継母に向けている。彼女はグウィドレといくつも違わない。カイヌインは身震いし、私の手をしっかり握りしめた。

アルガンテの儀式はまだ終わっていなかった。また向き直り、指をもういちど血に浸して、その血まみれの指を輪の熱い燃えさしに突っ込んだ。あいかわらずうずくまったまま、青いドレスのすそに手を入れ、その血と灰を腿に移した。子宝を授かるようにと願っているのだ。ナントスウェルタの力を借りて、自分の王朝を創始しようとしている。中庭の全員がその野心を目撃したのだった。アルガンテはまた目を閉じた。まるで恍惚としているようだ。と、だしぬけに儀式は終わった。立ち上がり、手を外に出して、アーサーに手招きする。その晩初めて彼女は笑みを見せた。たしかに美しい。しかし、それは荒野の美しさであり、グィネヴィアの厳しい美貌に通じるものがなくもなかった。だが、グィネヴィアとちがって、その厳しさを和らげる豊かな輝く髪が欠けている。

アルガンテはまたアーサーに手招きした。どうやら、この儀式では彼もまた輪をくぐることになっているらしい。しばしアーサーはためらったが、ふとグウィドレの顔を見て、もう迷信はたくさんだと思ったようだ。立ち上がって首をふり、「食事にしよう」とぶっきらぼうに言った。このそっけない招待のことばを取り繕おうと、彼は客人に笑みを向けた。だがそのとき、私はちらとアルガンテに目をやったのだ。その白い顔には、凄まじい憤怒の形相が浮かんでいた。せつな、アーサーに向かって喚《わめ》きだすかと思った。小さな身体を固くこわばらせ、拳を握りしめている。だが、私を別にすれば、フェルガルだけは彼女の憤怒に気づいていたらしい。彼になにごとか耳打ちされて、アルガンテは身を震わせて怒りを鎮めた。アーサーはなにも気づいていない。「たいまつを持ってこい」と衛兵に命じ、祝宴の広間を照らす明かりが宮殿内に運び込まれた。「さあ、こちらへ」アーサーが声をかけると、だれもがほっとして宮殿の扉口に移動しはじめた。アルガンテはためらったが、またフェルガルに耳打ちされて、アーサーの呼びかけに応えた。ドルイドのほうは、煙をあげる輪のそばに残っている。

中庭に最後まで残っていた客人はカイヌインと私だった。私はふと立ち止まり、カイヌインの腕をとってアーケードの陰に引き込んだ。そこから見ていると、中庭に残っている者がもうひとりいた。哀れっぽく鳴く雌羊と血まみれのドルイドしかいないと見てとって、その人物は影のなかから歩み出た。モードレッドだ。足を引きずりながら壇を下り、敷石を踏んで、輪のそばで立ち止まる。いっときドルイドと見つめ合っていたが、やがて手でぎこちなく合図をした。炎の輪はまだくすぶっているが、それをくぐり抜けてよいかと訊いているようだ。フェルガルはためらっていたが、だしぬけにうなずいた。モードレッドは首をすくめて輪をくぐり抜け、そこで身をかがめて指を血に浸した。だが、私は最後まで見届ける気になれず、カイヌインをうながして宮殿に入った。煙をあげるたいまつが、ローマの神々と狩猟のさまを描いた大きな壁画を照らしている。「仔羊の料理だったら、わたしは欲しくないわ」カイヌインが言った。

供されたのは鮭と猪と鹿の料理だった。竪琴弾きが演奏している。遅れて来たことに気づかれることもなく、モードレッドは上座の席に腰をおろした。鈍重な顔にずるそうな笑みが浮かんでいる。だれに話しかけるでも話しかけられるでもなく、色白で細身のアルガンテにときおりちらと眼をやっていた。この広間で、祝宴を楽しんでいないのは彼女ひとりのようだ。いちど彼女はモードレッドと眼を合わせた。すると、ふたりはやれやれと言わんばかりに肩をすくめあった――どいつもこいつも気に入らないというように。だが、その一瞥を除けば、アルガンテはただぶすっとしていて、アーサーを困惑させていた。ほかの者はみな、彼女の不機嫌には気づかないふりをしていた。そして言うまでもなく、モードレッドは面白がっていた。

翌朝は狩りが催された。十人ほどが馬で出かけたが、全員男だった。カイヌインも狩りは好きなのだが、午前中アルガンテの相手をしてほしいとアーサーに頼まれて、しぶしぶ従った。

私たちは西の森で獲物を探した。もっともあまり期待はできない。モードレッドがここでしょっちゅう狩りをしているので、見つかるとは思えないと猟師が言うのである。しかし、いまはアーサーが引き取っているグィネヴィアのディアハウンド（鹿狩り用の猟犬）が、木々の黒い幹のあいだをはねまわって、とうとう雌鹿を追い出してみせた。それを追って私たちは木々のあいだを軽快に駆けていったが、その鹿が仔を孕んでいることがわかり、猟師は犬を呼び戻した。森のとば口で獲物を待ち伏せしようと考えて、アーサーと私は途中で鹿を追跡する一行から離れていたのだが、猟師の角笛が聞こえたので手綱を引いた。ほかにもついて来た者がいると思ったのか、アーサーはあたりを見まわしたが、私とふたりきりなのに気づくと唸り声をあげた。「ゆうべはおかしなことになったな」と気まずそうに言い、「だが、女はああいうことが好きだから」とそっけなく付け加えた。

「カイヌインは違います」

アーサーは鋭い視線を投げてきた。結婚を申し込んだことを知っているのかと思ったにちがいない。だが、私がなに食わぬ顔をしているので、聞いていないらしいと思ったようだ。「そうだな」またためらったが、やがて当惑げに笑った。「アルガンテは、私もあの輪をくぐり抜けるべきだったと思っているんだ。それが結婚のひとつのしるしだというんだ。だが、自分が結婚しているのを確認するのに、死んだ仔羊は必要ないと言ってやったよ」

「ご結婚のお祝いを申し上げる機会がありませんでした」私は改まって言った。「遅くなりましたが、お祝いを申し上げます。美しいかたですね」

アーサーはうれしそうな顔をした。「たしかに美しい」そう言ってから顔を赤くした。「だが、まだ子供だ」

「キルフッフが言うには、娶るならなるべく若いうちがよいそうですよ」

この軽口を無視して、彼はぽつりと言った。「結婚するつもりはなかったんだが」私は黙っていた。アーサーはこちらに眼を向けず、休閑地を眺めやっている。「だが、いつまでも独りでいるわけにはいかん」自分に言い聞かせるようにきっぱりと言った。

「おっしゃるとおりです」

「エンガスが乗り気でな。春になったら全軍を率いてくると言っている。猛者ぞろいだからな、黒楯の兵士は」

「最高の兵士です」と言ったものの、アーサーがアルガンテと結婚しようがしまいが、エンガスは軍勢を率いてきただろうと胸のうちでは思っていた。言うまでもないが、エンガスの真のねらいは、ポウイスのキネグラスに対抗してアーサーと同盟を結ぶことだ。エンガスの槍兵は性懲りもなくポウイスを荒らしまわっているからである。しかし、海千山千のアイルランド人の王のこと、来春の戦に黒楯族の参戦を保証するためと言って、アーサーにこの結婚を持ちかけたのはまずまちがいない。この縁談があたふたとまとめられたのは明らかだし、アーサーが早くも後悔しはじめているのもまた明らかだった。

「子供が欲しいのはわかるが」アーサーは言った。リンディニスの中庭を血で染めた、あのおぞましい儀式のことをまだ考えているのだ。

「殿は欲しくないんですか」

「まだ早い」そっけない答え。「いまは待つべきだ。サクソン人のことが片づくまで」

「そのことで、グィネヴィアさまがお願いがあるそうです」と言うと、アーサーはまた鋭い視線を向けてきたが、なにも言わなかった。そこで私は続けた。「サクソン軍が南に攻め入ってきたら、あそこは無防備だと心配しておられるのです。もっと安全な場所に移してほしいと」

アーサーは身を乗り出して馬の耳を愛撫した。グィネヴィアの名を口に出せば怒りを買うものと覚悟していたのだが、いらだちの色さえ見えなかった。やがて穏やかに口を開いた。「サクソン人は南に攻め入るかもしれん。むしろそうしてくれればいいと思っている。軍をふたつに割ることになるから、個別に叩くことができる。だが、テムズ川に沿って総攻撃をかけられるほうがはるかに危険だ。だから、危険の大きいほうに合わせて計画は立てねばならん」

「ですが、価値のあるものはすべて、ドゥムノニア南部からよそへ移しておくほうが賢明ではありませんか？」

彼はこちらに顔を向けた。からかうような目つき。グィネヴィアに同情を示す私をさげすんでいるのだろうか。

「ダーヴェル、あいつに価値があるというのか」答えずにいると、アーサーは顔をそむけて色淡い草地の向こうを眺めた。ツグミと黒歌鳥が虫を求めてあぜを歩きまわっている。「殺したほうがいいと思わないか」ふいに尋ねてきた。

「グィネヴィアさまを？」私はぞっとして問い返した。この裏にはアルガンテの意向があるにちがいない。自分の姉は殺されたのに、同じ罪を犯したグィネヴィアがいまも生きているのは許せないと思っているのだろう。「それを決めるのはおれじゃありませんが、死に値するというのなら、何カ月も前に死を与えるべきでは？　もう遅すぎます」

　この忠告に渋面をつくると、「サクソン人はあいつをどうすると思う」

「グィネヴィアさまは強姦されると思っているようですが、おれはそうは思いません。女王として玉座に即《つ》けるんじゃないでしょうか」

　色あせた大地の果てをアーサーはにらみつけていた。ランスロットの玉座のことだとわかっているのだ。不倶戴天の敵がドゥムノニアの玉座に即き、その隣にグィネヴィアが座り、ふたりをサーディックが操ることになったらなんたる屈辱かと考えているのだろう。想像するだに耐えがたい。「あいつが捕虜にされそうになったら」アーサーの声はかすれていた。「おまえがその手で殺せ」

　私は耳を疑った。穴があくほど見つめたが、アーサーは眼を合わせようとはしない。「安全な場所に移すほうが簡単ではありませんか？　グレヴムに移すわけにはいかないんですか」

「心配ごとは山ほどあるんだ」有無を言わさぬ口調。「裏切り者の身の安全など心配している暇はない」その顔はかつて見たのと同じ怒りに歪んでいる。だが、やがて首をふってため息をついた。「私がだれをうらやんでいるかわかるか」

「だれです」

「テウドリックさ」

　私は笑った。「まさか！　便秘症の修道士になりたいんですか」

「テウドリックは幸福だ」アーサーはきっぱりと言った「常づね求めていた生きかたを手に入れたんだから。私は剃髪はしたくないし、彼の神は信じていないが、それでもうらやましい」と顔をしかめた。「私は戦の準備で身をすり減らしている。それも、私のほかはだれも勝てるとは思っていない戦のために。もう飽き飽きした。もううんざりだ！　モードレッドが王になればいいんだ。私たちはあいつを王にすると誓っているんだから。サクソン人を撃退したら、モードレッドに国を治めさせるつもりだ」断固たる口調だったが、私には信じられなかった。「昔から私の望みはただひとつだ。館とわずかな土地と家畜、季節ごとの収穫、火にくべる薪、鉄を鍛える鍛冶場、水を汲む川。それがそんなに大それた望みか？」アーサーがこんな自己憐憫にふけるのは珍しい。話すうちに怒りが収まるのを私は待った。柵に固く守られ、深い森と広い野で外界から隔離され、自分に従う民の住まう領地。彼はそんな夢をよく口にしていたが、サーディックとエレが槍を集めているいま、それがはかない夢なのはわかっているはずだ。「いつまでも私にドゥムノニアが守れるわけではない。こんどサクソン人を打ち負かしたら、モードレッドを抑えるのはほかの者にまかせるつもりだ。そして私は、テウドリックにならって幸福を追求する」手綱をとって、「いまはグィネヴィアのことなど考えられん。だが、もしあいつに危険が迫るようなら、そのときはおまえにまかせる」そんなそっけない命令を残して、アーサーはかかとで馬腹を蹴って遠ざかっていった。

私はその場に残った。あまりのことに茫然としていたのだ。しかし、嫌悪感を抑えて冷静に考えていたら、彼の真意にたぶん気がついたと思う。アーサーは、私にグィネヴィアを殺せないのは百も承知だったし、彼女の身に危険が及ぶことはないとわかっていたのだ。だからこんな残酷な命令を下したのだ——そうすれば、グィネヴィアへの恋情をおもてに出さずにすむから。われは憎みかつ愛す《オーディ・エト・アモー》。しかして苦しむ《エクスクルキオル》。

その朝、獲物は一頭も仕留められなかった。

午後、戦士たちは祝宴の間に集まった。モードレッドも顔を出しており、玉座代わりの椅子にうずくまっていた。彼は王国をもたない王であり、なんの力もないのだが、それでもアーサーはしかるべき敬意を払っていた。それどころか、アーサーは開口一番こう言った――サクソン軍が攻めてきたら、モードレッドはアーサーと並んで馬を進め、全軍が赤いドラゴンの旗のもとで戦うことになると。モードレッドはうなずいたが、ほかにどうすることができただろうか。実際にはだれもがわかっていたのだが、アーサーは彼に名誉挽回の機会を与えようとしているわけではなく、背後で悪さができないように見張るつもりでいるのだ。モードレッドが権力を回復するには、傀儡となることに同意してサーディックと手を組むのが最善の道だ。しかし、それは許されない。囚人として、アーサーの戦士たちに厳しく見張られることになるのだ。

アーサーは続いて、グウェントのマイリグ王に参戦の意志がないことを改めて確認した。驚きでもなんでもないが、この知らせを聞いて低い怨嗟《えんさ》の声が起こった。アーサーはそれを鎮めて、こんどの戦争はグウェントには関係がないとマイリグは考えているが、それでもキネグラスがグウェントの領内を通ってポウイス軍を進めるのをしぶしぶながら許可したし、またエンガスの黒楯軍が通るのも認めている、と語った。だが、ドゥムノニアを支配したいというマイリグの野心については触れなかった。そんなことを公表すれば、グウェント王への敵意が高まるだけだとわかっているからだろう。いまになっても、マイリグをなんとか説得できるのではとアーサーは思っていて、グウェントに対する憎悪をこれ以上あおりたくなかったのだ。ポウイスとデメティアの軍はコリニウムに集結する、とアーサーは言った。コリニウムは城壁のあるローマの都市であり、ここを基地として補給品をすべて蓄えるという。「コリニウムへの物資の補給は明日から始める」アーサーは言った。「糧食を集められるだけ集めたい。われわれはあそこで戦うのだ」そこでいったんことばを切った。「ただ一度の大決戦だ。こちらがどれだけ兵士を集められるにしても、敵は全軍をぶつけてくる」

「籠城するのか」キルフッフが驚いて尋ねた。

「そうではない」とアーサー。コリニウムはおとりに使うのだ、と彼は説明した。町に塩漬け肉や干し魚や穀物がたんまり集まっているのを、サクソン人はすぐに聞きつけるだろう。大軍を動かすときはたいていそうだが、やがて糧食は尽きる。そうなれば、キツネがあひるの池に引き寄せられるように、コリニウムに引きつけられるはずだ。だからそこで叩くのだ。「敵は攻城戦を始めるだろう。あの町はモーヴァンスに守らせる」前もって任務について聞かされていたのだろう、モーヴァンスはうなずいた。「だが残りの者は、町の北方の山地に潜んでおくんだ。それに気づけば、サーディックは攻城を打ち切ってこちらを負かそうとするだろう。そうなったらわがほうに有利な条件で戦える」

その作戦はひとえに、サクソン人が両軍ともにテムズ川の谷間沿いに攻めてくることを前提にしている。それこそがサクソン人のもくろみだと、あらゆる徴候が示していた。ロンドンとポンテスに糧食が続々と集められていたし、南の国境にはなんの動きも見えなかった。南の国境を警備しているキルフッフが言うには、ロイギル深く襲撃してみても、槍兵が集結している様子はまったくなく、ヴェンタその他の国境の町々にサーディックが穀物や肉を畜えているような徴候もないという。テムズ川に沿って単純にして圧倒的な猛攻をしかけるというのがサクソン人の作戦だ――すべてがそれを物語っている、そうアーサーは語った。コリニウム近辺の戦いで雌雄を決して、セヴァーン海を目指すつもりなのだ。テムズ川の谷の両側にそびえる山では、すでにサグラモールの家来たちが頂に大きな狼煙《のろし》を用意していた。またドゥムノニアの南西部に点在する山々でも、やはり頂に狼煙が用意されている。その煙があがるのを合図に、各人が持ち場へ馳せ参じることになるのだ。

「ベルテヌ（五月一日）まではだいじょうぶだろう」アーサーは言った。エレの館にもサーディックの館にも間諜を送り込んであるが、ベルテヌ後のまる一週間かけて祝われるエイオストレ女神の祭が終わるまで、サクソン人の攻撃はないと口をそろえて報告してきている。アーサーの説明によれば、サクソン人は女神の祝福を望んでいるだけでなく、新たに海を渡ってくる舟に時間を与えるつもりなのだ。そしてその舟には、飢えた戦士が身動きもならないほど乗り込んでいるはずである。

だが、エイオストレ祭が終わったら、サクソン人は進軍してくる。そうしたら一戦も交えることなくドゥムノニアの内奥まで入り込ませる。とはいえ、その途上では襲撃をくりかえすつもりだ、とアーサーは言った。サグラモール率いる歴戦の槍兵たちは、サクソンの大軍が迫ってきたら退却し、楯の壁以外のありとあらゆる手段で奇襲をかける。そのあいだに、アーサーは同盟軍をコリニウムに集結させるという寸法だ。

キルフッフと私には別の命令が与えられた。私たちの任務は、テムズ川の南の山々を防衛することだ。サクソン軍が本気でこの山々を突破して南へ進もうとすれば、とうてい守りきれるものではない。しかし、かれらはそんな作戦はとらないだろう。サクソン軍はあくまでも西に向かうはずだ、とアーサーはくりかえした――テムズ川に沿ってどこまでも西へ。とはいえ、穀物や家畜をねらって南の山地に襲撃隊を送ることはじゅうぶん考えられる。キルフッフと私の役割は、そんな襲撃隊を食い止め、屍肉あさりどもを北へ追いやることなのだ。そうなればサクソン人は国境を越えてグウェントに侵入することになり、マイリグも宣戦を布告する気になるかもしれない。その希望の陰には恐怖が潜んでいる。口に出されなくとも、煙の充満する広間の全員がそのことは理解していた。訓練の行き届いたグウェントの槍兵がいなければ、コリニウム近辺の大戦は真の意味で絶望的な戦いになるだろう。アーサーはキルフッフと私に言った。「だから容赦なく戦え。襲撃隊を殺して震え上がらせるんだ。

だが、戦闘に巻き込まれるな。奇襲をかけて脅かすだけでいい。だが、敵がコリニウムへ一日の行程まで近づいたら、もう手出しはするな。兵を引き揚げて私に合流するんだ」コリニウム郊外の大戦では、集められるかぎりの槍がすべて必要になる。だがこちらが高所に踏みとどまるかぎり勝てる、とアーサーには確信があるようだった。

それなりにすぐれた作戦だった。サクソン人はドゥムノニア深くにおびき寄せられ、険しい山の斜面で下から攻撃しなければならない。だが、敵がアーサーの思うとおりに行動しなかったら、この作戦は根底からくつがえされる。そして私が思うに、サーディックはこちらの予想どおりに動く男ではない。とはいえアーサーは自信たっぷりのようだし、少なくともそんなアーサーを見ていると心強かった。

軍議が済んで全員が引き揚げていった。私は領内の家々を片端から捜索し、穀物と塩漬け肉と干し魚を徴発して、領民の恨みを買った。民が生きてゆけるだけの食料は残したものの、残りはすべてアーサー軍を養うべくコリニウムに送ったのだ。気の重い仕事である。小作農は敵の槍兵に劣らず飢えを恐れているから、隠し場所を暴いて取り上げることになる。女たちに暴君と罵られても耳を貸さず、サクソン人に劫掠《ごうりゃく》されるよりはましだろう、と言って聞かせるのだ。

また、自分の装備も整えなくてはならない。私が具足を広げると、奴隷たちが革の胴着に油を塗り、鎖かたびらを磨き、兜を飾る狼尾の立物《たてもの》に櫛をかけ、重い楯の白い星を描きなおす。新年は黒歌鳥の初鳴きとともにやってきた。ディン・カリクの丘の背後、カラマツの高い枝からヤドリギツグミが鳴き、私たちは村の子供らに小遣いをやって、棒で鍋を叩きながらリンゴ園を走りまわらせて、小さな果芽を盗みにくるウソを追い払った。雀が巣を作り、川は遡上する鮭のうろこできらめいている。夜明けにはハクセキレイの群れがやかましく騒ぐ。数週間もしないうちに、ハシバミの花が咲き、森のスミレがつぼみをほころばせ、サルヤナギが黄金色を帯びた花穂をつけはじめた。野では雄うさぎが踊り、仔羊が遊ぶ。三月にはヒキガエルが群れをなして現れた。これはどういう意味かと恐ろしかったが、尋ねようにもマーリンはいない。ニムエともども姿を消してしまったのだ。どうやら今度の戦には彼の助けは得られないようだ。ヒバリが歌い、まだ葉に覆われていない生け垣では、肉食のカササギが産み立ての卵を狙っている。

ついに若葉が芽吹きはじめた。それとともに、北のポウイスから戦士たちが到着しはじめたという知らせが届いた。数は少なかった――コリニウムに集めつつある糧食を減らしたくないというキネグラスの配慮であるが、それはキネグラスがベルテヌ後に南へ率いてくる大軍の先触れだった。仔牛が産まれ、バターが作られ、長く煙い冬のあとのつねでカイヌインは館の掃除に忙しい。

それは奇妙なほろ苦い日々だった。戦をもたらす春の訪れだが、それが急にこのうえなく輝かしいものに思えた。空には陽光があふれ、草地には花々が咲き乱れる。キリスト教は「終わりの日々」について教えている。世界が終わる直前の時代のことだそうだが、それはあの穏やかで美しい春のような日々ではないだろうか。一日一日がほんとうとは思えないほど新鮮で、どんなささいなことも特別に思えた。寝床から冬の藁を片づけて焼くのは、これが最後になるかもしれない。母牛の胎から血まみれの仔牛を引きずり出すのは、これが最後になるかもしれない。すべてが特別だった――なぜならすべてが危機に瀕していたからだ。

そしてまた、家族そろってベルテヌを迎えられるのは今度が最後だとだれもが知っていた。だから、記憶に残るすばらしい祭にしたかった。ベルテヌは、新年の生命を迎える日だ。祭の前日、ディン・カリクの火はすべて消された。冬じゅう燃えつづけた厨房の火も、まる一日薪をくべずにいけば夜にはただの燠《おき》になってしまう。それを熊手で掻き出し、新しい火を入れるために炉をきれいに掃除する。いっぽう、村の東の丘には大きな薪の山をふたつ積み上げてあった。一方の山の中央には、家中の吟唱詩人《バード》パーリグが選んだ聖木が立ててある。若いハシバミの木だが、これはあらかじめ切り倒して、うやうやしく担いで村のなかを運び、川を渡ってこの丘まで運びあげたものだ。その木にはいま布切れが掛けられており、そしてディン・カリクの館だけでなく、村のすべての家々に、ハシバミの若枝が飾られている。

その夜、ブリタニアじゅうですべての火が消えた。ベルテヌの前夜は闇の支配する領域だ。館では祝宴が張られたが、料理する火も、高い垂木を照らす炎もない。どこにも光は見えなかった。キリスト教徒の多い町々では、神々に公然と反抗して盛大に火を燃やしているが、田舎にゆくとどこも真っ暗である。夕暮れには私たちは山に登っていた。村人や槍兵たちの集団が牛や羊を枝編みの囲いから出して追ってゆく。子供たちは遊んでいたが、深い闇が降りると幼い者は小さな身体を草地に横たえて眠り込む。ほかの者は火のついていない薪の山のまわりに集まって、アンヌンの哀歌を歌うのだ。

やがて、夜が最も暗くなる時刻を待って、新年の火が点じられる。パーリグが二本の棒をこすって火を熾し、その火花にイッサがカラマツのかんなくずを落とすと、その焚きつけにかすかな煙が上がり出す。ふたりは小さな炎にかがみこみ、息を吹きかけ、さらに焚きつけを足すと、ついに炎が元気よく燃え上がった。ベレノスの賛歌が沸き起こり、パーリグがその新しい火をふたつの薪の山に運んでゆく。眠っていた子供たちが眼を覚まし、親を探して駆けまわるうちに、ベルテヌの火は高く明るく燃えあがる。

火が燃えだすと、山羊が犠牲に捧げられる。けものの喉が掻き切られて、パーリグが血を草地にまき散らすときには、例によってカイヌインは顔をそむけていた。パーリグが死んだ山羊を火に投げ込み、聖なるハシバミの木が燃え上がり、やがて村人たちに追い立てられて、牛や羊がふたつの大きな炎のあいだを通り抜ける。私たちは藁を編んでつくった輪を牛の首にかけ、神々に胎を祝福してもらおうと娘たちが踊りながら火のあいだを通り抜けるのを見物する。この踊りはインボルク祭のときにも行われるが、ベルテヌでもきまってくりかえされるのだ。モルウェンナにとっては、この踊りに参加できる年齢になって初めて迎えるベルテヌだった。まわったり跳んだりするわが娘を見ながら、私は悲しみに胸が痛んだ。モルウェンナは幸せそうだった。いまは結婚に憧れ、赤子を抱くときを夢見ているが、数週間後には死んでいるか、奴隷にされているかもしれない。そう思うとはらわたが煮えくりかえるようで、私はかがり火に背を向け、そして眼を瞠《みは》った。遠くでもベルテヌの火がいくつも焚かれて、あちこちで炎が明るく輝いていたのだ。ドゥムノニアじゅうが火を焚いて、新しくめぐってきた年を歓迎している。

丘の頂には、槍兵たちが運び上げた大きな鉄の大釜がふたつ用意されている。みなでそのなかに燃え木を入れ、ふたつの燃える釜をもって大急ぎで丘をくだった。村に入ると新しい火は各戸に配られ、どの家もその火から炎をもらって、炉に用意してある薪に移すのだ。最後に館に戻って、新しい火を厨房に運ぶ。そのころには夜も白みかけており、村人たちが館の砦柵内につめかけて日の出を待っていた。東の地平線に明るい光の矢が現れた瞬間、ルー（光・太陽の神）の誕生を祝う歌が始まる。明るく陽気な舞踏の歌だ。太陽を歓迎するために東を向いて歌っていると、地平線のかなた、しだいに明るくなってゆく空にベルテヌの黒い煙が細く立ちのぼるのが見える。

炉の火が盛大に燃え上がっていよいよ料理が始まる。私は村人のために大盤ぶるまいを用意していた。これを最後に幸福な時代はとうぶん来るまいと思ったからだ。平民はめったに肉を口にする機会がないものだが、このベルテヌの日には、五頭の鹿、二頭の猪、三頭の豚に六頭の羊が丸焼きにされた。醸造したばかりの蜂蜜酒《ミード》の樽、過ぎ去った季節の火で焼いておいたパンの入った十個の籠。チーズ、蜜漬けの木の実、ベルテヌの十字を皮に焼き付けたオート麦のビスケット。一週間もすればサクソン人が攻めてくるのだから、ごちそうをふるまう時はいましかない。来るべき恐怖の日々を生き抜くとき、これが人々の励みになるかもしれないのだ。

肉が焼けるのを待つあいだ、村人たちは運動会を始めた。通りに沿っての徒競走、レスリングの試合、重いものを持ち上げる競争もあった。娘たちは髪に花を編み込み、祝宴が始まるずっと前にどこかに姿を消す男女もいる。午後には料理がふるまわれ、人々が飲み食いしているあいだに詩人が詩を朗誦し、村の吟唱詩人が歌を歌い、喝采の大きさで曲の良し悪しが判定される。いちばん拍手の少なかった者も含めて、バードと詩人の全員に私は黄金を与えたが、いやその人数の多かったこと。詩人のほとんどは若い男で、恋人に捧げる素朴な詩を真っ赤になって朗読し、はにかむ娘を村人たちは冷やかしたり笑ったりし、あげくに、詩人にキスをしてやれとはやし立てる。そのキスがあまりに軽すぎると、顔と顔を突き合わせるかっこうで押さえつけられ、ちゃんとしたキスをさせられるのだった。飲めば飲むほど、詩はどんどんすばらしくなっていった。

私は浴びるほど飲んでいた。だれもがたらふく食べ、それ以上に飲んでいたのだ。村でいちばん裕福な農夫に、私はレスリングの試合を挑まれた。受けて立てとはやされて、もうかなり出来上がっていたにもかかわらず、私は農夫の身体に両手をまわし、相手もこちらに手をまわしてきた。農夫は蜂蜜酒のにおいをぷんぷんさせていたが、それはお互いさまだったにちがいない。彼は私を持ち上げようとし、次はこっちが持ち上げようとしたが、どちらも相手を動かすことができず、まるで牡鹿の喧嘩のように頭と頭を合わせたままその場に突っ立っていた。この情けない試合に野次が飛ぶ。しまいに私が向こうをひっくり返したが、それはひとえに彼のほうが私以上に酔っぱらっていたからだ。私はそれからさらに飲んだ。未来を消してしまいたかったのだと思う。

日が暮れるころにはひどい気分だった。東の塁壁に築いた戦闘用の足場に登り、塀によりかかって暗くなってゆく地平線を眺めた。前夜に新たな火を点じた丘の頂から、いまもふた筋の煙が立ちのぼっている。もっとも、蜂蜜酒に酔った私の目には、少なくとも煙の筋が十は見えた。カイヌインが足場に登ってきて、私のさんざんな顔を見て笑った。「酔っぱらってるのね」

「うん」

「今夜は豚みたいに眠って、豚みたいにいびきをかくんでしょう」と非難がましい声で言う。

「今日はベルテヌだ」と言い訳をして、遠くの煙の筋に手をふってみせた。

カイヌインは私と並んで塀によりかかった。リンボクの花を黄金の髪に編み込んで、昔と少しも変わらず美しかった。「グウィドレのことで、アーサーと話し合わなくちゃ」

「モルウェンナとの結婚のことか?」そう訊いてから、口をつぐんで考えをまとめた。「このごろアーサーはつれないからな」私はようやく言った。「グウィドレはほかのだれかと結婚させるつもりかもしれないぞ」

「そうね。そのときは、モルウェンナの相手をほかに探さなくちゃいけないわね」カイヌインは静かに言った。

「だれがいる?」

「それをあなたに考えてもらいたいのよ。酔いが醒めたらね。キルフッフの息子さんなんかどうかしら」カイヌインは、夕闇の迫るディン・カリクの丘のふもとを透かし見た。もつれた灌木の茂みがあり、その葉むらでひと組の男女が励んでいるのが見える。「モーヴィズだわ」

「だれだって?」

「モーヴィズよ。乳しぼりの娘。また子供が生まれそうね。そろそろちゃんと結婚させなくちゃ」ため息をついて地平線に眼をやった。長いこと黙っていたが、ふと眉をひそめた。「今年はなんだか、去年より火が多いと思わない？」

私はおとなしく地平線に眼をこらしたが、正直言ってたなびく春の煙を数えることはできなかった。「そうかもな」あいまいにごまかした。

カイヌインはあいかわらず眉をひそめている。「ひょっとしたら、ベルテヌの火じゃないのかも」

「ベルテヌの火に決まってる！」酔っぱらいのつねで、私はきっぱり断言した。

「あれは狼煙だわ」

ややあって、ようやくそのことばの意味が頭にしみ込んできた。と、いきなり酔いは醒めてしまった。気分は悪かったが、もう酔ってはいなかった。私は東をにらんだ。何十という煙の柱が空を汚していたが、そのうち二本ははるかに煙が濃い。昨夜点じられて明日の夜明けには消える、そんな火にしてはあまりに煙が濃すぎる。だしぬけに、胸が悪くなるほどはっきりと悟った。あれは警告の狼煙だ。サクソン人はエイオストレ祭まで待つことなく、ベルテヌの日に襲ってきたのだ。狼煙が用意されていることをかれらは知っていたが、ベルテヌにはドゥムノニアじゅうの山頂で火が焚かれることも知っていたのだ。儀式のかがり火に紛れて、こちらが狼煙に気づかないことまで計算に入れていたにちがいない。はめられたのだ。私たちがたらふく食べ、正気を失くすまで飲んでいるあいだに、サクソン人は攻撃を開始していたのである。

ドゥムノニアに戦火が広がりつつあった。

私には七十人の歴戦の戦士が従っているが、そのほかにこの冬ずっと訓練してきた百十人の若者がいる。この百八十人でドゥムノニアの全槍兵の三分の一近くになるのだが、明け方までに行軍の用意ができていたのはたった十六人だった。ほかはまだ酔っぱらっているか、二日酔いに苦しんでいるかで、私の罵声も拳骨も役に立たなかったのだ。イッサと私はとくに正体を失くしている者を川に引きずってゆき、冷たい水に投げ込んでやったが、ほとんど効果はなかった。こうなったら待つしかない。時間が経つうちに、ひとりまたひとりと正気を取り戻してくる。今朝のうちなら、しらふのサクソン人が二十人もいればディン・カリクを滅ぼすことができただろう。

狼煙の火はいまも燃え、サクソン人の襲来を告げていた。アーサーの作戦をすっかり台なしにしてしまって、私はひどく気がとがめた。あとになって知ったのだが、ドゥムノニアの戦士のほとんどが、あの朝にはやはり正体を失くしていたのである。だが、サグラモールの百二十人の兵士はしらふのままでいて、進軍してくるサクソン軍を前にして計画どおりに後退したという。だが、ほかの者は千鳥足で、吐き気に悩まされ、息をあえがせ、犬のように水をがぶ飲みしていたのだ。

正午にはほとんどの家来が立てるようにはなっていたが、まだ全員ではなかったし、長い行軍に耐えられそうなのはほんのひと握りだった。私の具足、楯、戦槍は駄馬の背に積んであり、十頭のラバが運ぶ籠には、カイヌインが午前中かけてせっせと食料を詰め込んでいた。彼女はディン・カリクで待つことになる。届くのは勝利の知らせか、あるいは（こちらのほうがありそうだが）逃げろと伝える使者だろうか。

だが、正午を数分過ぎるころ、状況ががらりと変わった。泡の汗を垂らす馬に乗って、南から使者が到着したのだ。キルフッフの長男のアイニオンだった。本人も疲労困憊していたが、一刻も早くたどり着こうとがむしゃらに駆けさせたせいで馬は潰れかけていた。鞍から落ちるようにして馬を降りると、「殿」と言いかけてあえぎ、よろめいて、なんとか踏みとどまっておざなりに一礼した。息切れがひどくてしばらくは声も出なかったが、やがて熱に浮かされたようにことばがあふれはじめた。しかし、早く伝えたいとあせるあまり、またそれを伝えた瞬間の劇的な効果を期待するあまり、なにを言っているのかほとんどわからなかった。とはいえ、彼が南からやって来たことはわかった――そして、サクソン人が南に進軍してきたということも。

館のわきのベンチに連れていって、ひとまず腰をおろさせた。「よくぞ参られた、キルフッフの子アイニオン《アイニオン・アプ・キルフッフ》よ」私は口調を改めて呼びかけた。「もういちど最初から話してくれ」

「サクソン軍です、殿。ドゥヌムに攻めてきたんです」

では、やはりグィネヴィアは正しかったのだ。サクソン人はたしかに南に進軍してきた。サーディックの領土からヴェンタを越えて、すでにドゥムノニア領内深く攻め入っているのだ。ドゥヌムは海岸にほど近いわが国の要砦だが、昨日の夜明けにはすでに陥落していたのである。百人の手勢をすべて失うよりはと、キルフッフはその要砦を捨て、いまは敵の前線をにらみつつ後退を続けているのだった。父譲りのずんぐりした体格をして、アイニオンは私を悲しげに見上げている。「とにかくものすごい数なんです」

私たちは虚仮《こけ》にされたのだ。南には手出しをするつもりはないと思い込ませ、はるかな狼煙の火をベルテヌのかがり火と見誤るのを計算のうえで、祭の夜に攻撃を開始し、そしていま、わが軍の南の翼側にはサクソン軍が野放しになっている。おそらくエレはテムズ川に沿って進軍し、いっぽうサーディック軍は海岸近くをわがもの顔で暴れまわっているのだろう。南の攻撃を率いているのがサーディック本人かどうかはわからない、とアイニオンは言った。このサクソン人の王の旗印、すなわち赤く塗り、死人の皮を下げた狼の頭は見かけなかったというのだ。だが、ランスロットの旗――鉤爪に魚をつかんだ海鷲――はまちがいなくあった。ランスロットが自分の家来のほかに二、三百人のサクソン人を率いて攻めてきたのだろう、そうキルフッフはにらんでいた。

「おまえが出立したとき、敵はどこにいた？」私はアイニオンに尋ねた。

「まだソルヴィオドゥヌムの町の南に」

「父上は？」

「あの町におりました」

つまり、包囲されるぐらいならソルヴィオドゥヌムの要砦を捨てるつもりなのだ。「父上は、私に応援に来てほしいと言われるのか」

アイニオンは首をふった。「父はドゥルノヴァリアにも使者を送って、北へ逃げるよう伝えております。殿には、逃げてくる人々をコリニウムまでぶじ送り届けていただきたいと申しておりました」

「ドゥルノヴァリアにはだれがいる？」

「アルガンテさまです」

私は声を殺して悪態をついた。アーサーの新妻を放っておくわけにはいかない。ようやくキルフッフの言わんとすることがわかった。ランスロットを食い止められないのはわかっているから、ドゥムノニアの中心部から貴重な人やものを救出して、北のコリニウムへ退却しろと言っているのだ。キルフッフのほうはできるだけ敵の進軍を遅らせようというつもりなのだろう。急場しのぎもはなはだしい戦略だし、ドゥムノニアの半分以上を敵軍に明け渡すことになるが、それでも全軍がコリニウムに集結してアーサーのもとで戦う見込みがなくはない。しかし、アルガンテを救出するとなれば、テムズの南の山地でサクソン軍に奇襲をかける、というアーサーの作戦を放棄しなければならない。残念だが、戦は計画どおりに進むものではない。

「アーサーには知らせたのか」私はアイニオンに尋ねた。

「弟が使者に立ちました」ということは、まだこの知らせを聞いていないだろう。アーサーがベルテヌを過ごしているコリニウムに、アイニオンの弟が着くのは午後も遅くなってからだ。そのころには、キルフッフは広大な平野の南部で行方をくらましているだろうが、ランスロットの軍勢ははたしてどのあたりにいるだろうか。おそらくエレはいまも西に向かって進軍中だろうし、たぶんサーディックもいっしょだろう。つまり、ランスロットはこのまま海岸伝いに進んでドゥルノヴァリアを奪《と》ることもできるし、キルフッフを追ってカダーン城《カイル・カダーン》へ、ディン・カリクへと近づいてくるかもしれない。だがいずれにしても、三日か四日もすれば、ここは見渡すかぎりサクソン人の槍兵だらけになってしまうのだ。

私はアイニオンに替えの馬を与えて、北のアーサーのもとへ送り出した。アルガンテをコリニウムに連れてゆくから、急ぎ北へ逃がすためにアクアエ・スリスに騎馬兵を迎えに寄越してほしい、と伝えるためである。それから、しゃんとしている兵士を五十人つけて、イッサを南のドゥルノヴァリアへ送った。自分の武器だけを持って軽装ですばやく進むよう命じ、ドゥルノヴァリアから北へ逃げてくるアルガンテらと路上ですれ違うかもしれないから気をつけろ、とイッサに言い含める。イッサの任務は、一行を残らずディン・カリクに連れてくることだ。「運がよければ、明日の日暮れには戻って来られるだろう」私は言った。

カイヌインは自分の荷物をまとめていた。戦で避難するのはこれが初めてではないから、自分と娘たちで持てるものだけを持って、ほかは置いてゆくしかないのはよく心得ていた。ふたりの槍兵にディン・カリクの丘の中腹に横穴を掘らせ、彼女はそこに黄金や銀を隠した。そのうえで、ふたりの槍兵が穴を埋め戻して芝草で隠す。村人たちも、鍋釜、鍬、尖った石、紡錘、ふるいなど、重すぎて運べず、さりとて捨てるには惜しいものを片端から隠していた。ドゥムノニアじゅうで、こうして貴重品が埋められているのだ。

イッサの帰還を待つ以外には、ディン・カリクでできることはほとんどなかったので、私は南のカダーン城とリンディニスに馬を走らせた。カダーン城には小規模な守備隊が置いてあるが、それは軍事的な理由ではなく、この丘が王家にゆかりの場所で、そのゆえに守る価値があるからだった。守備隊を構成するのは二十名の老兵だった。ほとんどは身体が不自由で、楯の壁で使いものになるのは五、六人がせいぜいだろう。とはいえ、全員北のディン・カリクに向かうよう命じ、牝馬を西へ転じてリンディニスに向かった。

モードレッドはこの凶報にすでに勘づいていた。田舎では、噂は広まるのは信じられないほど早い。リンディニスの王宮には使者は来ていなかったのに、モードレッドは私が来た理由を言い当ててみせたのだ。私は一礼して、一時間以内に出立の用意を整えてほしいと丁重に頼んだ。

「無茶を言うなよ!」ドゥムノニアを脅かしている混乱を前に、その丸顔は期待に輝いていた。昔から不幸の訪れを喜ぶ性質《たち》だった。

「無茶ですか?」

彼は手をふってぐるりと指し示した。玉座の間《ま》はローマの調度でいっぱいだ。欠けているものや象嵌がなくなっているものも多いが、それでも豪華で美しかった。「荷物をまとめなきゃならんし、家来の面倒も見なきゃならん。

明日でどうだ」

「一時間後には馬に乗っていただきます。北のコリニウムへ逃げてください」私は遠慮なく言った。サクソン人の進む道にモードレッドを残しておくわけにはいかない。さらに南へ馬を飛ばしてアルガンテを迎えに行く代わりに、ここへ来たのはそのためである。モードレッドを残していけば、まちがいなくエレとサーディックに利用される。本人もそのことは知っていた。言い返そうとするそぶりを見せたが、すぐに思いなおしたように私にさがれと命じ、次に奴隷に向かって武具を出せと怒鳴った。私はランヴァルを探し出した。王の護衛隊指揮官に任命されている老槍兵である。「厩舎の馬はぜんぶ引っ張っていってくれ」私はランヴァルに言った。「あのろくでなしをコリニウムまで護衛していってほしい。アーサーに直接引き渡すんだ」

モードレッドは一時間のうちに出立した。甲冑に身を固めて馬にまたがり、旗印を翻らせている。旗は巻いてゆけと注文をつけようかと思った。ドラゴンのしるしを見れば、さらに噂が飛び交うだけだ。とはいえ、危険が迫っているのを広く伝えるのはそう悪いことではないかもしれない。逃げる支度をし、貴重品を隠すために、だれしも時間が必要だ。王の馬が蹄の音を響かせて門を抜け、北へ向かうのを見届けてから、私は王宮に戻った。王宮の家令はダーリグという足の悪い槍兵だが、王宮の宝物を集めろと奴隷に怒鳴っていた。燭台や壺や大釜が運び出され、裏庭の涸れ井戸に隠される。また寝台の掛け布や亜麻製品、衣類などは、近くの森に隠すために荷車に山と積まれていた。「調度品は置いていきます。サクソン人に使わせてやりますよ」ダーリグはむっつりと言った。

私は王宮の部屋から部屋へとさまよい歩いた。列柱のあいだをサクソン人が走りまわり、豪奢な椅子を叩き壊し、繊細なモザイクを踏みつぶすさまを思い描いてみる。ここにはだれが住むことになるのだろう。サーディックか、それともランスロットか。もしだれかが住むとしたら、それはまずランスロットだろうと私は思った。ローマふうの贅沢はサクソン人の趣味には合わないだろう。かれらはリンディニスのような建物は朽ちるにまかせて、近くに藁葺き屋根の木造の館を別に建てるのだ。

玉座の間をぶらつきながら、ランスロットの愛してやまぬ鏡がここに張りめぐらされるさまを想像してみた。彼は磨きあげた金属の世界に暮らし、そこに映る自分の美貌をほれぼれと眺めるのだ。あるいは、ブリタニアの古い世界が終わり、サクソン人の苛烈な支配が始まったことを見せつけるために、サーディックはこの王宮を破壊しようとするかもしれない。埒もない憂鬱にひたっていると、悪い足を引きずりながらダーリグが入ってきた。

「調度品も隠しますよ、お望みなら」と、いかにも迷惑そうに言う。

「いや、いいんだ」

ダーリグは寝椅子から毛布をはぎとった。「あのろくでなし、ここに娘を三人置いてけぼりにしていきやがって。ひとりは身重だっていうのに。黄金をやらなきゃならんでしょうな、あいつがやるはずねえから。おや、こりゃなんだ?」と、モードレッドの玉座になっていた彫刻入りの椅子の陰で足を止める。行ってみると床に穴があいていた。「昨日はなかったです」ダーリグは言い張った。

ひざまずいてみた。モザイクの床の一部分がまるごと外されている。部屋のすみの一画にあるぶどうの房の部分だ。ニンフにかしずかれて横たわる神が中央に描かれていて、その絵の縁取りの一部として描かれたぶどうの房がひとつ、きれいに取り去られているのだった。見れば、その部分はぶどうの形に切り取った皮革に、小さなタイルを貼りつけて作ってあった。その下には薄いローマふうの煉瓦の層があったのだが、その煉瓦がいまは椅子の下に散らばっている。これは意図的に作られた隠し場所だ。床下には昔の暖房用の煙道が走っており、この穴はそれにつながっているのだった。

煙道の底に光るものがあった。手を突っ込み、埃やごみのなかを探って取り出してみると、二個の小さな黄金のボタン、革の切れ端、そして残りはネズミの糞だとわかって私は顔をしかめた。手を払ってから、ボタンの一個をダーリグに渡した。残りの一個をつらつら眺めてみると、兜をかぶった獰猛なひげづらが彫り出してあった。細工は粗いが、その強い眼差しには力がこもっている。「サクソン人の作ったものだ」私は言った。

「これもですよ」とダーリグ。見れば、彼に渡したボタンも私のとほとんど同じだった。もういちど煙道をのぞきこんでみたが、もうボタンも金貨も見当たらなかった。モードレッドがここに黄金の山を隠していたのはまちがいない。だが、ネズミが革袋をかじったせいで、持ち上げたときにボタンが二個こぼれ落ちてしまったのだ。

「どうしてモードレッドがサクソンの黄金をもっているんだ」

「どうしてですかね」ダーリグは穴に唾を吐いた。

床を支えている低い石のアーチのうえに、私は慎重にローマの煉瓦を押し込み、革で裏打ちしたタイルを元どおりに嵌め込んだ。モードレッドが黄金をもっていた理由は見当がつく。だが、そのついた見当が気に入らなかった。対サクソン戦の作戦をアーサーが発表したとき、モードレッドはその場にいた。サクソン人がこちらの不意を突くことができたのはそのためだ。こちらがテムズにばかり眼を向けているのを承知のうえで、攻撃はそちらから来ると信じさせておいて、サーディックは少しずつひそかに南に軍を集めていたわけだ。私たちはモードレッドに裏切られていたのだ。黄金のボタン二個では動かぬ証拠とはいいがたく、断言はできない。だが、そう考えれば不愉快ながら辻褄は合う。モードレッドは権力を取り戻したがっている。サーディックが相手では完全に権力を取り戻すことはできないだろうが、アーサーに復讐できるのは間違いない。そしてそれこそ、彼が熱望してやまないことだったのだ。「サクソン人は、どうやってモードレッドと話をつけていたんだろう」私はダーリグに尋ねた。

「簡単ですよ。ここにはしょっちゅう客が来てますから。商人だの、吟唱詩人だの、奇術師だの女だの」

「あいつの喉を掻き切っておくべきだった」私は苦い思いでボタンを小袋に突っ込んだ。

「なんでそうしなかったんです？」

「ユーサーの孫だからさ。アーサーが絶対に許さなかっただろうし」アーサーはモードレッドを保護すると誓っており、その誓いに終生縛られているのだ。それに、モードレッドは正統の国王であって、ベリ・マウルそのひとから始まるすべての王の血を受け継いでいる。根性がどれだけ腐っていようとも、その身体に流れるのは神聖な血だ。だからアーサーは彼を生かしているのである。「モードレッドの務めは、正妻から子をあげることなんだ。だが、新しい王が生まれたら、首かせをはめておけと引導を渡されるだろうな」

「結婚しないのも無理はないですね。ずっとしなかったらどうなりますか？　世継ぎができなかったら？」

「いい質問だ。だがいまは、まずサクソン人を撃退することだ。答えを考えるのはそのあとにしよう」

古い涸れ井戸をやぶで隠そうとしているダーリグを残して、私は王宮を立ち去った。このまままっすぐディン・カリクに戻ることもできる。差しあたって打つべき手はすべて打った。アルガンテはいまごろイッサを護衛にして逃げてくるところだろうし、モードレッドはぶじ北へ去った。だが、まだひとつし残したことがある。私はフォス街道を北へ向かった。ウィドリン島を取り巻く広大な沼沢地と湖の周囲を巻いて延びる道である。鳥が葦のあいだで騒ぎ、鎌形の翼をしたイワツバメが、軒下に新しい巣を作るためにさかんに泥をつついている。湿地を縁どるヤナギとカバの枝ではカッコウが鳴いていた。ドゥムノニアには陽光が降り注ぎ、オークの木は新緑に包まれ、東の牧草地ではキバナノクリンザクラとひな菊があざやかに咲き乱れていた。私は急がなかった。牝馬をぽくぽくと歩かせ、リンディニスの数マイル北で西へ折れ、ウィドリン島に達する陸橋を渡った。アルガンテの安全に配慮し、モードレッドを逃がし、ここまで私はできるかぎりアーサーのために尽くしてきた。だがいまは、主君の不興を買う危険を冒そうとしている。それとも、アーサーの本来の意図どおりに行動しているのだろうか。

聖なるイバラの聖堂へ行ってみると、モーガンは逃げる用意をしているところだった。確たる知らせはなくとも噂がその代役を務め、ウィドリン島に危険が迫っていることを察知していたのだ。私から伝えられることはほとんどなかったのだが、そのささやかな知らせを聞くなり、モーガンは黄金の仮面の奥からこちらを見上げた。

「それで、わたしの夫はどこなの」金切り声で尋ねる。

「わかりません」私の知るかぎり、サンスムはいまもドゥルノヴァリアのエムリス司教の住居に幽閉されているはずだ。

「わからないだって」モーガンが噛みついてきた。「ほんとうはどうでもいいんだろう!」

「じつを言えば、そのとおりです。ですが、おそらくみなといっしょに北に逃げてくるでしょう」

「では、わたしたちはシルリアに向かったと伝えておくれ。シルリアのイスカに」当然のことながら、モーガンはこの非常事態に怠りなく備えていたのだ。サクソン人の侵入を予期して聖堂の宝物を梱包していただけでなく、その宝物とキリスト教徒の女たちを乗せる舟と舟人も手配済みだった。ウィドリン島を囲む湖を渡って海岸まで逃げたら、そこで別の舟が待っている。それに乗ってセヴァーン海を渡り、シルリアに向かうわけである。「それから、ぶじを祈っているとアーサーに伝えて。わたしの祈りには値しない弟だけれどね。それから、あの淫婦はちゃんと預かっていると」

「それには及びません」私がウィドリン島に来たのはじつにこのためだったのだ。あのとき、なぜグィネヴィアをモーガンとともに行かせなかったのだろう。いまでもよくわからないのだが、たぶん神々のお導きではないかと思う。それとも、慎重に練り上げた作戦をサクソン人に滅茶苦茶にされ、上を下への大混乱が生じた、それに乗じてグィネヴィアに最後の贈り物をしたくなったのだろうか。とくに親しかったわけではないが、私の心のなかでは、彼女は幸福な時代と結びついていた。不幸を招き寄せたのが彼女の愚かさだったとしても、グィネヴィアの失墜以後、アーサーがいかに情熱を失ったかこの眼で見てきたのだから。あるいは、私は心のどこかでわかっていたのかもしれない——この恐ろしい時期、強靱な精神の持ち主はひとりもむだにできないと。そして強靱な精神の持ち主ということなら、ヘニス・ウィレンの王女グィネヴィアにまさる者はめったにいるものではない。

「わたしが連れてゆくと言ってるんだよ!」モーガンは頑固だった。

「殿のご命令ですから」私は突っぱねた。これでけりはついたものの、彼女の弟から与えられたのは、実際には恐ろしい命令だった。またあいまいな命令でもあった。グィネヴィアに危険が迫ったら連れ出すか、さもなくば殺せとアーサーは言ったのだ。だが、私は連れ出すほうを選んだ。そしてセヴァーン海を渡って安全な場所へ逃がす代わりに、より危険に近い場所へ連れてゆこうとしている。

「狼に追われる雌牛の群れみたい」私が部屋に入ってゆくと、グィネヴィアは言った。窓辺に立って、モーガンに従う女たちが建物と舟のあいだをあわてて行ったり来たりするさまを眺めている。舟は聖堂の西側、砦柵の向こうに泊まっていた。「いまどうなってるの、ダーヴェル」

「グィネヴィアさまの言われたとおりでした。サクソン軍が南を攻撃しています」その攻撃を指揮しているのはランスロットだが、それについては黙っていることにした。

「ここに来ると思う?」

「わかりません。ともかく、いま守れる場所があるとすれば、それは殿がおられる場所だけです。いまはコリニウムにおられます」

グィネヴィアは笑顔になった。「つまり、なにもかも滅茶苦茶だということね」そう言って声をたてて笑った。その混乱のうちに好機の訪れを嗅ぎつけたのだ。いつもの地味な服を着ていたが、開いた窓から差し込む陽光がみごとな赤毛を輝かせ、黄金色の後光を背負っているようだ。「それで、アーサーはわたしをどうするつもりなの?」

殺すつもりだろうか? いや、アーサーが本気でそんなことを望むはずがない。彼が望んでいるのは、誇り高さのゆえにみずからは実行できない望みなのだ。「私はただ、グィネヴィアさまを連れ出すよう命令されただけです」

「どこへ?」

「モーガンさまといっしょにセヴァーン海を渡ることもできますし、私といっしょに来ていただいてもかまいません。私はこれから人をコリニウムに連れて行きます。いっしょに来ていただけば、そこからグレヴムに避難できるでしょう。グレヴムまで行けば安全です」

彼女は窓際を離れて、火の入っていない炉のそばの椅子に腰をおろした。「人をね」と私のことばじりをとらえて、「だれのこと?」

私は赤面した。「アルガンテさまです。それから、もちろんカイヌインを」

グィネヴィアは笑った。「アルガンテに会ってみたいわ。向こうはわたしに会いたがると思う?」

「思いません」

「わたしも思わないわ。死ねばいいと思ってるでしょうね。ともかく、わたしはあなたとコリニウムに行くこともできるし、キリスト教徒の雌牛といっしょにシルリアに逃げてもいいわけね。わたし、もうキリスト教の聖歌は一生ぶん聞いてしまったような気がするわ。それに、コリニウムのほうが血わき肉躍る経験ができそうね。そう思わない?」

「残念ながらそのようです」

「残念ながら? ちっとも残念なことなんかないわ」また高らかに笑った。有頂天になっている。「みんな忘れてるのね。万事休すというときこそ、アーサーは本領を発揮するのよ。姿を見られたらどんなにすばらしいかしら。それで、いつ出発するの」

「いますぐです。お支度ができしだい」

「支度はできてるわ」とうれしそうに言った。「一年も前から出てゆく用意はできてたのよ」

「召使たちはどうします」

「召使なんかどこにでもいるわ」あっさりと言い放った。「行きましょう」

馬が一頭しかないので、礼儀を守ってグィネヴィアを乗せ、私は並んで歩いて聖堂を離れた。あの日のグィネヴィアは、ちょっとほかに見たことがないほど晴れやかな顔をしていた。何カ月もウィドリン島の壁に閉じ込められていたのが、気がつけば自由に馬にまたがっているのだ。若葉を芽吹かせた樺の木々を抜け、モーガンの砦柵に限られることのない空の下を。岩山《トール》をはさんで反対側の陸橋を登った。高い吹きさらしの場所まで来たとき、彼女は声をたてて笑いながらいたずらっぽい一瞥を投げてきた。「ダーヴェル、わたしがいま逃げ出したらどうやってつかまえるつもり？」

「つかまえる方法はありませんね」

少女のように歓声をあげたかと思うと、かかとで馬腹を蹴った。ふたたび蹴りつけて、疲れた牝馬に強いて早駆けをさせる。赤い巻き毛を風になびかせて、草地を自由に駆け抜けてゆく。喜びに声をあげ、私の周囲で馬に大円を描かせた。ドレスのすそが翻っても気にするそぶりもなく、くりかえし馬腹を蹴って何度も周回させたあげく、馬は泡を吹き、グィネヴィアは息を切らしていた。ようやく牝馬を止めて鞍から滑り降りる。「身体じゅうひりひりするわ！」とはしゃいだ声で言った。

「おじょうずですね」

「また馬に乗りたくてたまらなかったわ。狩りもしたかったし。ほかにもやりたいことは山ほどあるのよ」ドレスのすそを整えて、おもしろがっているような眼差しを向けてきた。「正確には、アーサーはわたしをどうしろと命令したの」

私はためらった。「はっきりとは申されませんでした」

「殺せって？」

「とんでもない！」私は驚いたふりをした。牝馬の手綱をとって歩きだすと、グィネヴィアはその私と並んで歩いた。

「わたしがサーディックに捕らえられるのは望まないわね」辛辣な口調。「そうなったら恥だもの！　喉を掻き切ったほうがいいんじゃないかと思ったんじゃないかしら。アルガンテはそれを望むでしょうし。わたしだったらまちがいなく望んだと思うわ。いまさっきあなたのまわりを走りながら、それを考えていたのよ。わたしを殺せってダーヴェルが命令されていたらどうしようって。でもあなたなら、たとえ命令されてもわたしを殺さないだろうと思ったの。ほんとうに殺すつもりだったら、キルフッフを寄越したでしょうね」と言うなり、急に唸り声をあげ、膝を曲げて、キルフッフの不自由な歩き方をまねしてみせた。「キルフッフなら、わたしの喉を平気で掻き切るでしょうね。ろくに考えもせずに」グィネヴィアはまた声をたてて笑った。昂揚を抑えられないようだった。「アーサーははっきりとは言わなかったんですって？」

「はい」

「じゃあ、これはあなたの一存なのね？」と、手を広げて周囲を示した。

「そうです」私は白状した。

「正しいことをしたとアーサーが思ってくれるといいけど。でないと困ったことになるわね」

「もうとっくに困ってますよ」私は正直に言った。「昔の友情は消えてしまったようです」

私の声に落胆がにじんでいたのだろう、グィネヴィアはふいに私の腕に腕をからめてきた。「かわいそうなダーヴェル。アーサーは恥じているのね」

私は気後れしながら答えた。「おっしゃるとおりです」

「わたしのせいだわ」沈んだ声。「かわいそうなアーサー。だけど、どうすれば元通りになるかわかる？　あの人も、あなたたちの友情も」

「それがわかればいいんですが」

彼女は腕をほどいて、「サクソン人をひねり潰せばいいのよ。そうすれば昔のアーサーが戻ってくるわ。勝利よ！　勝利を与えれば、アーサーは昔の自分を返してくれるわ」

「サクソン人は、もう勝利への道をなかばまで進んでるんですよ」私は知っていることを彼女に話した。サクソン軍が南東部を好き勝手に荒らしまわっていること、わが軍は散り散りになっていること。唯一の希望は、サクソン軍がコリニウムに達しないうちに軍を集めることだ。いまあの町では、二百の槍兵からなるアーサーの小軍勢が待っているだけである。たぶんサグラモールはアーサーと合流しようと退却中だろうし、南のキルフッフも向かっているはずだ。そして私も、イッサがアルガンテを連れて戻って来しだい北に向かう。キネグラスはまちがいなく北から軍を率いてきてくれるだろうし、エンガス・マク・アイレムも知らせを聞いたらすぐに西から馳せ参じるだろう。しかし、サクソン軍が先にコリニウムに着いてしまったら万事休すである。かりにこの競争に勝てたとしても、やはり見通しは明るいとは言えない。グウェントの槍兵がなかったら、数の差はあまりに大きく、奇跡でも起きないかぎり助かる道はないのだ。

「馬鹿なこと言わないで!」私の説明を聞くなり、グィネヴィアは言った。「アーサーはまだ一戦も交えていないじゃないの。ダーヴェル、勝つのはこっちよ。かならず勝つわ!」勇ましく断言すると、また笑いだした。いつもの威厳はどこへやら、道端で短く舞いのステップを踏んだ。八方塞がりとしか思えない状況なのに、ふいに自由を取り戻したグィネヴィアは輝きに満ちていた。あのときほど彼女を好ましく思ったことはなかった。ベルテヌの夕暮れに狼煙を見てから一度もなかったことだが、だしぬけに希望が湧き上がってくるのを私は感じていた。

その希望はたちまちしぼんだ。ディン・カリクには無秩序と混乱があるばかりだった。イッサは戻っておらず、ふもとの小村は避難民でごった返していた。噂を聞いて逃げてきたのだが、もっともその眼でサクソン人を見たという者はひとりもいなかった。牛だの羊だの山羊だの豚だのを連れており、それがそろってディン・カリクに集まっていたのだ。ここには私の槍兵がいるので、安全なように錯覚しているのである。私は召使や奴隷を使って、ケルノウとの国境地方を目指してアーサーは西へ退却するだろう、という噂を流した。ついでに、兵士の糧食に充てるために、ディン・カリクの領主は避難民の家畜を一部没収する気らしいという噂も。これが功を奏して、ほとんどの家族がはるかなケルノウの国境目指して出ていった。西の広大な荒野を逃げてゆけば安全だし、牛や羊を西へ行かせればコリニウムへの道をふさがれることもない。私がずばりケルノウへ行けと命令していたら、人々はだまされるのではないかと疑って、はっきりするまでぐずぐずしていたにちがいない。

　日が暮れてもイッサは戻って来なかったが、私はさほど心配しなかった。ドゥルノヴァリアへの道は長いし、いまは難民でごった返しているのはまちがいないからだ。館で食事をとりながら、パーリグの歌に耳を傾ける。彼が選んだのは、ユーサーがサクソン人に大勝利を収めたイダーン城《カイル・イダーン》の戦いの歌だった。歌が終わると私はパーリグに金貨を投げてやり、グウェントのカニールがその歌を歌ったのを聞いたことがあると思い出話をした。パーリグはいたく感激して、「カニールは並ぶ者なき偉大な吟唱詩人《バード》です」と羨ましそうに言った。「もっとも、グウィネズのアマイルギンのほうがすぐれていたという人もいますが。どちらも聞いたことがないのが残念です」

　カイヌインが言った。「お兄さまがおっしゃるには、いまポウイスにはもっとすばらしい吟唱詩人がいるそうよ。まだ若い人ですって」

「だれのことです?」ライバル出現かと、パーリグは警戒するように言った。

「タリエシンという人よ」

「タリエシン!」気に入ったらしく、グィネヴィアはその名をくりかえした。〝輝くひたい〟という意味である。

「聞いたことがありませんね」パーリグがむっつりと言う。

「サクソン人を撃退したら、そのタリエシンとやらに勝利の歌を作ってもらおう。もちろんおまえにもな、パーリグ」私はあわてて付け加えた。

「アマイルギンの歌ならいちど聞いたことがあるわ」とグィネヴィア。

「ほんとうですか？」パーリグはまた感激して尋ねた。

「まだ子供のころよ。でも、それは大きな声で吼えていたのを憶えているわ。とても恐ろしかった。眼をこうかっと見開いて、大きく息を吸って、まるで雄牛のように吼えるの」

「それは古い流儀ですね」パーリグがそっけなく言う。「このごろでは、単に大きな声を出すことよりも、ことばの調和を重視するようになってきてるんですよ」

「どちらも重視するべきだわ」グィネヴィアがきっぱりと言った。「そのタリエシンという詩人は、韻を踏むのがうまいだけではなくて、きっと古い流儀も身につけているのでしょうね。巧みに韻を踏んでいるだけで、聴衆を酔わせることができるかしら。聞く人の血を凍らせたり、泣いたり笑ったりさせることができなくてはだめよ」

「大声を出すのはだれにでもできます」パーリグは詩の技巧を擁護にかかった。「ですが、詩句に調和を与えるには熟練のわざが必要です」

「でも、そんな調和のみごとさはすぐにふつうの人にはわからなくなってしまうわよ。わかるのは熟練のわざをもった人間どうしだけになってしまうんだわ。そうすると同業の詩人を感心させるのに夢中になって、ほかの人にはあなたたちが何をしているのかさっぱりわからないということを忘れてしまうのよ。詩人は詩人に向かって歌を歌い、ほかの人たちはこの騒音はいったい何だとしか思わなくなるんだわ。パーリグ、あなたの仕事はね、人々の物語を後世に伝えることなのよ。そのためにはあまり高尚になりすぎないことね」

「まさか低俗がよいとおっしゃるのですか」パーリグは、抗議のしるしに竪琴の馬毛の弦をはじいた。

「相手が低俗なら低俗な歌を、高尚なら高尚な歌を歌うことよ。いいこと、どちらか一方だけじゃだめなのよ。高尚なだけでは物語として面白くないし、低俗なだけだと領主も貴婦人も黄金を投げてくれないもの」

「低俗な領主は別でしょう」カイヌインがいたずらっぽくことばをはさんだ。

グィネヴィアはこちらにちらと眼をくれた。私にたいする侮辱を口にしそうになったようだが、その衝動に自分で気づいて、はじけるように笑い出した。「パーリグ、黄金をもっていればあげるところだわ。とてもすばらしい歌だったもの。でも、残念だけどもっていないの」

「そのおことばだけでじゅうぶんです」

グィネヴィアの存在に槍兵たちは仰天していた。その晩はずっと、数人の兵士がのぞきにやって来ては眼を丸くしていたものだ。彼女はその視線を無視していた。カイヌインは驚いた顔も見せずに歓迎し、賢いグィネヴィアに優しくされて、モルウェンナもセレンもいまは彼女の隣に横になって眠っている。槍兵たちと同じように、この長身で赤毛の女性のとりこになってしまったのだ。なにしろとびきりの美貌と驚くべき評判の持ち主なのだから。そしてグィネヴィアのほうは、ここにいるだけで嬉しそうだった。食卓も椅子もなく、イグサを敷いた床と毛織のじゅうたんがあるだけだが、火のそばに腰をおろした彼女はやすやすと広間を支配してしまった。瞳に宿る激しさは人をたじろがせ、豊かに波うつ赤毛の滝は人の眼を惹き、自由になれた喜びは周囲に伝染してゆく。

「いつまで自由でいられるの?」その夜遅く、カイヌインが私に尋ねた。寝室をグィネヴィアに譲って、家来といっしょに広間で寝ているときのことだ。

「おれにはわからんよ」
「じゃあ、これからどうするの」
「イッサが戻ってくるのを待って、北へ行くさ」
「コリニウムへ？」
「おれはコリニウムへ行くが、おまえたちはグレヴムへ行ってくれ。あそこなら戦場に近いし、最悪の事態が起きたときは北のグウェントに逃げられる」

翌日には私も焦《じ》れてきた。イッサはまだ姿を見せない。いまはコリニウム目指してサクソン軍と競争している最中なのだ。出発が遅れれば勝てる見込みがどんどん小さくなってゆくではないか。軍勢ごとに個別に攻撃されれば、ドゥムノニアは朽木のように簡単に倒れてしまう。それなのに、この国で一、二を争う私の軍勢はディン・カリクで立ち往生しているのだ――イッサとアルガンテが姿を見せないばかりに。

正午には事態はいよいよ切迫してきた。はるか南東の空に最初の煙のしみを発見したからである。煙の柱は薄く高く立ちのぼり、口に出して言う者こそいないが、藁葺き屋根が燃えているのはみなわかっていた。サクソン人は破壊しながら進んでくる。いまではその煙が見えるほど近づいてきているのだ。

イッサを探すために騎馬兵を一騎南へ送り、ほか全員を引き連れて二マイルの野を横切ってフォス街道へ向かった。イッサはこの広いローマ道を進んでくるにちがいない。ここで合流したらそのまま街道を北上し、アクアエ・スリスに向かうつもりだった。北へ二十五マイル、そこからコリニウムまではさらに三十マイルである。合計五十五マイル。長く苦しい三日の道程だ。

道の端、モグラ塚だらけの野で待った。百を超える槍兵、少なくともそれと同数の女子供、奴隷や召使、それが馬やラバや犬を連れてそろって待っているのだ。セレンとモルウェンナは、ほかの子供たちといっしょに近くの森で青い釣鐘草の花を摘み、私は街道の割れた敷石を踏んで行ったり来たりしていた。避難民はひっきりなしに通るのだが、ドゥルノヴァリアから来た者でさえ、王女アルガンテについてはなにも聞いていなかった。ひとりだけ、イッサと家来が市に着いたのを見たと思うという司祭がいた。楯に五芒の星を描いた槍兵を見たというのだ。しかし、かれらがまだ市内にいるのか、もう出立したのかについてはなにも知らなかった。避難民の全員が固く信じているのはただひとつ、サクソン人がドゥルノヴァリアに近づいているということだった。もっとも、サクソンの槍兵をひとりでも見かけたという者はだれもいない。ただ噂を聞いているだけなのだ。時間が経つごとに、噂にはどんどん尾ひれがついてゆく。やれアーサーは死んだだのヘレゲドに逃げただの、いっぽうサーディックのほうは火を吐く馬にまたがっていたり、亜麻布でも裂くようにやすやすと鉄を切り裂く魔法の斧を持っていたりするのだった。

グィネヴィアは猟場係のひとりから弓を借り、道端の枯れたエルムの木に矢を射かけていた。かなりの腕前で、朽木に次から次に矢が刺さってゆく。だが私が褒めると、彼女は渋い顔をした。「稽古不足だわ。昔は百歩離れたところから走る鹿を仕留められたけど、これでは鹿が止まっていても五十歩の距離から当てられるかどうか」朽木から矢を抜きながら、「でも、機会があればサクソン人を仕留められるかもしれないわね」弓を返すと、猟場係は頭をさげて引き下がった。「ドゥルノヴァリアに近づいているとしたら、サクソン人は次はどうするつもりかしら」グィネヴィアは私に尋ねた。

「この道をまっすぐ北上してくるでしょう」

「これ以上西へは行かずに？」

「こっちの作戦を知ってますからね」私は硬い声で答え、モードレッドの居室でひげづらを彫り込んだ黄金のボタンを見つけたことを話した。「エレがコリニウムをさして進んでいるあいだに、ほかの軍は南部を荒らしまわるつもりなんですよ。それなのに、おれたちはアルガンテさまのせいでここに立ち往生してるわけです」

「ほっとけばいいのよ」グィネヴィアは無慈悲に言い放ったが、すぐに肩をすくめた。「そんなわけにゆかないわね。殿はその人を愛してるの」

「さあ、おれにはわかりません」

「わかってるはずよ」グィネヴィアは鋭く突いてきた。「アーサーは理性に従って行動しているふりをするのが好きだけれど、ほんとうは情熱に翻弄されたくてたまらないのよ。愛のためなら世界をひっくり返す人だわ」

「最近はひっくり返してはおられません」

「でも、わたしのためにはひっくり返したわ」つぶやくように言う声には、誇らしげな響きがなくもなかった。

「どこへ行くの?」

もぐら塚だらけの野で草を食んでいる馬に、私は歩み寄っていたのだ。「南へ行ってきます」

「だめよ。あなたまでいなくなったらどうするの」

グィネヴィアの言うとおりだ。わかってはいるが、いらだちのあまりいても立ってもいられなかった。なぜイッサは使者を送ってよこさないのだろう。より抜きの戦士を五十人も連れて行って、それきり帰ってこないとはどういうことだ。一日が無駄になったことを思って悪態をつき、槍兵のまねをしてふんぞり返って歩いていた罪もない少年に平手を食わせ、アザミを蹴飛ばした。「わたしたち、ひと足先に北へ行ってもいいけれど」カイヌインが穏やかに言って、女子供を指さした。

「だめだ。離ればなれになるのはまずい」眼を細めて南を眺めたが、道に見えるのはとぼとぼと北へ歩いてゆく哀れな避難民の姿だけだ。たいていは家族連れで、貴重な雌牛や仔牛を連れている。だが、今年生まれた仔牛には幼すぎて長く歩けないものも多く、道端に置き去りにされて哀れっぽく母を呼ぶ仔牛もいる。また、売り物をもって逃げようとしている商人の姿もあった。雄牛の牽く荷車に漂布土《フラー》（布の漂白に用いる粘土）の籠を山ほど積んでいる者もいれば、獣皮や焼き物を積んでいる者もいた。商人たちは、通りすぎるときこちらをじろりとにらんでゆく。どうしてもっと早くサクソン人を食い止めなかったのか、と非難しているのだ。

セレンとモルウェンナは、森の釣鐘草を根こそぎ摘むのに飽きて、森のとば口のシダやスイカヅラの陰で仔ウサギの巣を見つけていた。興奮してグィネヴィアを呼び、震える小さな毛玉をそっとなでてやっている。カイヌインはその様子を眺めていた。「あの子たち、すっかりあの人に夢中ね」

「槍兵たちもさ」それはほんとうだった。ほんの数カ月前には淫売と罵っていたくせに、いまはうっとりと見つめている。グィネヴィアはかれらをとりこにすると決めたのだ。魅力的にふるまうと決めた彼女に、抵抗できる者などいはしない。「これじゃあ、グィネヴィアをまた閉じ込めようとしたらアーサーは手を焼くだろうな」

「きっと、だから解放させようとしたのよ。やっぱり殺すつもりなんかなかったんだわ」

「アルガンテは別だぞ」

「そうでしょうね」カイヌインも認めた。私とともに南に眼を向けたが、長くまっすぐな道には槍兵の姿は影もない。

暮れがたになって、ようやくイッサは現れた。五十の槍兵と、ドゥルノヴァリアの王宮の衛兵隊だった三十の兵、それにアルガンテお抱えの兵士である十二人の黒楯族、そして少なくとも二百の避難民を引き連れて。なお悪いことに、雄牛に牽かせた荷車を六台も引っ張っていた。これほど時間がかかったのは、この重い荷車のせいだったのだ。山のように荷物を積んだ牛車は、どんなに急がせても老人の足にさえかなわない。カタツムリの歩みの荷車を、イッサは延々引き連れてきたのである。「気でも狂ったのか？」私は雷を落とした。「牛車なんか引っ張ってゆく時間はないんだぞ！」

「わかってます」と情けない顔をする。

「おまえは馬鹿か？」私は怒り狂っていた。出迎えようと馬に乗っていたのだが、その牝馬を道端まで進めて怒鳴った。「何時間もむだにしやがって！」

「しかたがなかったんです！」イッサが弁解する。

「その槍は飾りか！」私はわめいた。「槍を持っていて、しかたがないことがあるものか」

イッサは黙って肩をすくめ、先頭の牛車を身ぶりで指した。てっぺんに王女アルガンテが腰かけている。その荷車を牽く四頭の雄牛は頭を下げて道で停まった。一日じゅう刺し棒で追い立てられて、横腹から血を流している。

「荷車は捨てていきます！」私はアルガンテに向かって叫んだ。「ここからは歩くか、馬に乗ってください」

「いやよ！」

私は馬をすべり降り、荷車の列に沿って歩いていった。ドゥルノヴァリアの宮殿の中庭を飾っていたローマの彫像ばかり積んだもの、ローブやドレスを山と積んだもの、鍋や端環やブロンズの燭台を積み上げたものもある。

「道のまんなかに停めるやつがあるか」私は癇癪を起こして怒鳴った。

「だめ！」アルガンテは荷車の高い席から飛び下り、こちらに向かって駆けてきた。「持ってゆけって殿の命令よ」

怒りを抑えつけて、私は彼女に顔を向けた。「彫像など、殿には必要ありませんよ」

「持ってゆくのよ。でなかったらわたしもここに残るわ！」

「では残りなさい」私は冷たく言い放った。「道の外に停めろ！」私は牛飼いに怒鳴った。「早く！　ぐずぐずするな！」ハウェルバネを抜き、手近の雄牛をつついて道端に追ってゆく。

「行っちゃだめ！」アルガンテが牛飼いたちに喚《わめ》く。角をつかんで道へ引き戻そうとするので、雄牛は混乱して立ち往生していた。「敵が来るからって置いてはいけないわ！」私に向かって叫んだ。

グィネヴィアは道の脇から眺めていた。その顔には冷やかに面白がっているような表情が浮かんでいる。それもむりはない。アルガンテのふるまいはまるで駄々っ子だった。ドルイドのフェルガルが姫君の加勢に駆けつけ、魔法の大釜や材料がみんな荷車の一台に積んであるのだと抗議しはじめた。「それに金庫も」と思いついたように付け加える。

「金庫とは？」私は尋ねた。

「殿の金庫よ」アルガンテがいやみたっぷりに言った。黄金があると聞いたら恐れ入って引き下がるだろうと言わんばかりだ。「コリニウムでも黄金は必要なはずだわ」二台めの荷車に歩み寄り、どっしりしたロープを持ち上げて、その下に隠してあった木箱を叩いてみせた。「ドゥムノニアの黄金よ！　サクソン人にくれてやれっていうの？」

「あなたや私をくれてやるよりはましです」私はハウェルバネを振るい、雄牛の牽き綱を断ち切った。アルガンテは金切り声をあげ、きっと罰してやるとわめき、泥棒と言って罵ったが、私はかまわず次の綱を切りにかかり、牛を放せと牛飼いたちを怒鳴りつけた。「いいですか、雄牛の足に合わせてのんびり進んでいる場合ではないんです」と、遠くの煙を指さした。「もうそこまでサクソン軍が来てるんです！　数時間もすれば追いついて来ますよ」

「荷車を置いてはいけないわ！」また喚いた。眼には涙が浮かんでいる。アルガンテは王の娘ではあるが、自分の所有物というものをほとんどもたずに育った。それがドゥムノニアの支配者と結婚して裕福になったいま、初めて手にした宝物を手放せなくなっている。「牽き綱を外しちゃだめ！」彼女にそう怒鳴られて、牛追いたちはどうしてよいかわからずおろおろしていた。私はかまわず次の革綱を切りにかかった。アルガンテはこぶしで打ちかかってきて、泥棒、赦さないから、と罵声を浴びせつづけた。

やさしく押しのけようとしたが、彼女は離れようとしない。だが、あまり乱暴に扱うわけにはいかない。アルガンテは怒りにわれを忘れており、罵りながら小さな手で打ちかかってくる。もういちど押しのけようとしたが、彼女は唾を吐きかけ、また打ちかかってきて、黒楯の衛兵たちに加勢に来いと怒鳴った。

十二人の槍兵たちはためらったが、かれらはアルガンテの父の戦士であり、王女に仕えると誓った身であるから、槍を水平に構えてこちらに向かってきた。家来たちがすわとばかりに私を守りに駆けつけてくる。完全に数で圧倒されているのに、黒楯側は引き下がろうとはしない。かれらの前でドルイドが飛び跳ね、キツネの毛を編み込んだひげを揺らし、髪に結んだ小さな骨を鳴らしながら、おまえたちは祝福されている、魂は黄金で報いられるだろうと黒楯の戦士たちに語りかけていた。「こいつを殺すのよ！」アルガンテは私を指さしながらわめいた。

「いますぐに！」

「いい加減になさい！」グィネヴィアがぴしゃりと言った。道のまんなかに進み出てきて、黒楯の槍兵たちをじろりとにらみつけた。「馬鹿なまねはやめて、槍を下げなさい。死にたいのなら道連れはサクソン人にするのね。

ドゥムノニア人ではなく」アルガンテに顔を向け、「こっちへいらっしゃい」と呼んで少女を抱き寄せ、粗末なマントの端で涙を拭いてやった。「金庫を守ろうとしたのは立派だったわね」と話しかけた。「でも、ダーヴェルの言うこともももっともなのよ。急がないとサクソン人に追いつかれるわ」今度はこちらをふり向いて、「どうしてもだめなの？　金庫は持ってゆけない？」

「無理です」私はそっけなく言った。できない相談だった。荷車を槍兵に牽かせても、足手まといに変わりはない。

「わたしの黄金よ！」アルガンテが金切り声をあげる。

「もうサクソン人の黄金です」私は言い捨て、イッサに大声で呼びかけて、荷車を道の外にどけて雄牛を放すよう命令した。

アルガンテが最後の抗議の声をあげるのを、グィネヴィアが引き寄せて抱きしめた。「王女は人前で怒りをあらわにするものじゃないわ」と小声でささやきかける。「謎めかすのが大事なの。なにを考えているのかわからないと男たちに思わせるのよ。王女の力は暗闇のなかにあるの。でも太陽の下では、どうしても男たちにかなわないのよ」

この長身の美女がだれなのか知らないまま、アルガンテはグィネヴィアに慰められている。そのすきに、イッサと家来たちは荷車を道の脇の草地に牽いていった。女たちが気に入ったマントやドレスを取るのは大目に見てやったが、大釜だの三脚だの燭台だのは捨てさせた。ただ、イッサが見つけたアーサーの軍旗はべつだ。白い大きな亜麻布に黒い熊を毛糸で刺繍したものだが、サクソン人の手に落ちるのを防ぐために持って行くことにした。だが黄金を持ってはゆけない。近くの畑に金庫を運んで、あふれた排水溝の悪臭ただよう汚水に金貨をざらざらと流し込んだ。これで、サクソン人に見つけられずにすめばよいのだが。

金貨が黒い水に呑まれてゆくのを見ながら、アルガンテはすすり泣いていた。「わたしのなのに！」最後にまた抗議の声をあげる。

「その前はわたしのものだったのよ」グィネヴィアがこのうえなく穏やかな声で言った。「失くしてもこうして生きているわ。だからあなたも大丈夫」

アルガンテはさっと身を引いて、長身の女を見上げた。「あなたのものだったって、どういうこと？」

「名前を言わなかったかしら」グィネヴィアはかすかに軽蔑を匂わせながら尋ねた。「わたしは王女グィネヴィアよ」

アルガンテは悲鳴をあげることしかできず、引き揚げていった黒楯の衛兵たちのほうへ道を逃げてゆく。私は唸り声をあげつつハウェルバネを鞘に収め、最後の金貨が沈むのを見届けた。グィネヴィアは、かつての自分のマントを見つけ、幽閉中に着ていた古い地味な外衣を捨てていた。熊の毛皮で縁取りした黄金色のマントが肩から滝のように流れている。「たしかに、あれはあの子の黄金なのよ」と私に向かって腹立たしげに言った。

「また敵を増やしてしまったようです」見れば、アルガンテはドルイドと熱心に話し込んでいた。私に呪いをかけるようにせっついているのだろう。

グィネヴィアはにっこりした。「敵の敵は味方と言うじゃない。ダーヴェル、わたしたちとうとう味方どうしになれたわね。うれしいわ」

「光栄です」とりこにされようとしているのは、どうやら娘や槍兵たちばかりではなかったようだ。

最後の黄金が溝に沈むと、兵士たちは道に戻って槍と楯を取り上げた。セヴァーン海のうえで太陽が燃え、西の空を真紅の炎に染めている。ついに北へ出発するときがきた。行く手には戦が待っている。

数マイルも行くと暗くなり、道をはずれて一夜の宿を探さねばならなくなったが、少なくともウィドリン島の北の山地には達していた。その夜は無人の館に泊まり、固いパンと干し魚の粗末な食事をとった。アルガンテは、ドルイドと衛兵たちに守られてぽつんと離れて座り、カイヌインが会話に誘い込もうとしても乗ってこなかった。放っておくしかなかった。

食事のあと、カイヌインとグィネヴィアと三人で、館の背後の小さな丘に登った。頂には古き人々の塚がふたつ作られていた。死者に赦しを乞い、いっぽうの塚のてっぺんまで登ってみた。カイヌインとグィネヴィアもついてきて、三人で南を眺めやった。足下の谷間では、白いリンゴの花が月光を浴びて美しく輝いている。だが、地平線には不気味な焚き火の明かりが見えるばかりだ。「サクソン軍は動きが速い」私はむっつりとつぶやいた。

グィネヴィアはマントを身体にしっかり巻きつけ、「マーリンはどこ?」

「消えました」私は言った。マーリンはアイルランドにいるとも、北の原野にいるとも、グウィネズの荒れ地にいるとも言われていた。また、もう死んでいるという者もいる。葬送の火を焚くために、ニムエが木をすべて切り倒して山をひとつ裸にしたというのだ。ただの噂だ、私は自分にそう言い聞かせた。根も葉もない噂だ。

「マーリンの居場所は見つからなくても、マーリンのほうがわたしたちの居場所をきっと見つけてくれるわ」カイヌインがささやくように言った。

「ほんとうにそうだといいわね」グィネヴィアが熱をこめて言うのを聞いて、いまはどんな神に祈っているのかと私はいぶかった。あいかわらずイシスに祈っているのだろうか。それともブリタニアの神々に改宗したのだろうか。だが、その神々はついに私たちを見捨てたのかもしれない。そう思いついて私はぞっと身震いした。マイ・ディンの火は神々の葬送の火だったのではあるまいか。いまドゥムノニアを荒らしている軍勢は、神々の送った復讐なのかもしれない。

夜が明けるとまた前進である。夜のうちに雲が出て、曙光の訪れとともに小雨が降りはじめた。フォス街道には避難民がひしめいている。牛車や家畜の群れを道から押し出すように命じて、武装した戦士二十人を先頭に立てたのだが、それでも道はなかなかはかどらない。子供たちの多くはついて来られず、槍や具足や食料を積んだ駄獣に乗せたり、若い槍兵におぶわせたりしなければならなかった。アルガンテが私の牝馬に乗っているので、グィネヴィアとカイヌインは歩きながら、交代で子供たちにお話をしてやっていた。雨は激しさを増し、巨大な灰色の帯が山と山のあいだをなぎ払い、ローマ道の両側の浅い溝を水が急流のように流れてゆく。正午には着けるだろうと踏んでいたのに、ぐしょ濡れで疲れきった私たちの一団が、アクアエ・スリスのある谷間にたどり着いたときには、もう午後もなかばになっていた。川が氾濫している。流れてくる屑がローマ橋の石の橋脚に引っかかり、そのために水がせき止められて、上流側では両岸とも水浸しになっているのだ。橋の水路にこんな屑が溜まらないよう清掃するのは市の執政官の役目なのだが、その仕事はなおざりにされていた。それは市壁の維持についても言える。壁は橋のわずか百歩北にあるが、アクアエ・スリスは城砦の町ではないからもともと大した壁ではなかった。だがそれにしても、いまではろくすっぽ通行の妨げにさえならないありさまだった。土と石の塁壁の上には木製の砦柵が立ててあったのに、それが全体に取り去られて薪や建材に使われていた。塁壁そのものもすっかり崩れて、サクソン軍は歩調を少しも乱さずに市壁を乗り越えて来られそうだった。壁のあちこちに、砦柵を修復しようと必死で働いている男たちの姿があったが、あれを再建しようとすれば五百人がかりでまる一か月かかるだろう。

　私たちはぞろぞろと市の美しい南の門を通った。この町には塁壁を維持する意欲も、水路の詰まりを除去する労力もないようだが、それでも暇人はいるものだ。かつてこの門のアーチを飾っていた、ローマの女神ミネルヴァの美しい顔をわざわざ破壊した者がいる。女神の顔があったあたりは、槌の跡も生々しい無表情な石のかたまりになっていて、そこにキリスト教の十字のしるしがぞんざいに彫りつけてあった。「ここはキリスト教徒の町なの？」カイヌインが私に尋ねる。

「町はたいていそうよ」グィネヴィアが代わりに答えた。

　また美しい町でもあった。少なくともかつて美しかったのはたしかだ。長の年月に瓦屋根は落ちて分厚い藁葺き屋根に変わり、家屋のなかには崩れて煉瓦や石の山になっているものもあるが、いまでも通りには石が敷いてあるし、堂々たるミネルヴァ神殿の高い柱と贅沢に彫刻を施した破風《ペディメント》は、みすぼらしい町並みを圧して高々とそびえている。わが先兵たちは、混雑する通りを力ずくで押し通ってその神殿に向かった。神殿は神聖な市の中心部にあり、階段状の基壇のうえに建っている。そのぐるりにローマ人は壁を築いていた。この内壁はミネルヴァの神殿を囲んでいるだけでなく、この町に名声と繁栄をもたらした浴場をも囲んでいる。ローマ人が屋根をかけたその浴場は、魔法の温泉の湯で満たされているのだ。とはいえいまでは屋根瓦もいくつか落ちて、その穴から煙のような細い湯気が渦巻いて立ちのぼっていた。鉛の樋を取り去られたせいで神殿そのものは雨水と苔で汚れており、また高い柱廊玄関《ポーチコ》内部の絵を描いた壁は漆喰がはがれて黒ずんでいる。だがそんな破損にもかかわらず、市の内奥にそびえる神殿の石を敷きつめた広い敷地に立てば、いまもまざまざと思い描くことができた――人がこんな建物を築くことができ、東の蛮人の槍を恐れずに生きられた時代もあったのだと。

市の執政官はキルディズという神経質な中年の男である。権威の象徴としてローマのトーガをまとい、私に挨拶しようとあたふたと神殿から走り出てきた。あの暴動のときからこの男のことは知っていた。自身キリスト教徒でありながら、興奮した狂信者たちがアクアエ・スリスの神殿を乗っ取ると逃げてしまったのだ。暴動が鎮圧されたあと執政官に復職したのだが、その権威はとうてい絶大とはいえまい。手にした石板の破片には何十というしるしがついているが、どうやら神殿の敷地内に集めた徴募兵の数を記録したものらしい。「修復は進んでおります！」開口一番、キルディズは言った。「壁を修復するために木を伐らせております。いや、もう伐り終えたのだった。川の氾濫は困ったものですが、しかしまあ、雨がやみましたら……」とことばを濁す。

「氾濫？」私は尋ねた。

「川が増水いたしますと、水がローマの下水溝を逆流するのです。市のなかでも低地はもう水浸しでして。水だけならまだしも、臭いが。おわかりと思いますが」と、神経質に鼻をひくつかせた。

「問題は、橋のアーチがごみで塞がっていることだ。詰まらないように気をつけるのはおまえの仕事だぞ。それから壁の補修もな」彼は口をあけたが、ひとことも発せずにまた閉じた。自分の能力を誇示するように石板を持ち上げてみせたものの、そのあとはいたずらにまばたきをするだけだ。「ともかく、こうなってはもうしかたがない。この町は防衛できん」

「防衛できないですと！」キルディズが抗議する。「そんな馬鹿な！　防衛しなければならんのです！　放り出して逃げるわけにはいきません！」

「サクソン人が来れば選択の余地はない」私は容赦なく言い放った。

「しかし、防衛せねばならんのです」キルディズは頑固に言い張る。

「どうやって」

「殿の軍勢がありますそう言って、丈の高い神殿のポーチコの下で雨宿りをしている槍兵たちを身ぶりで示す。

「この人数では、せいぜい四分の一マイルの壁しか防衛できん。壁が残っていればだがな。残りはだれが守る」

「もちろん徴募兵です」と、浴場わきで待っている見栄えのしない集団のほうへ石板を振ってみせた。武器を持っている者はほとんどおらず、防具を着けている者はさらに少なかった。

「サクソン軍の攻撃を見たことがあるのか」私はキルディズに尋ねた。「まずでかい軍犬を放してから、長さ三フィートの斧と柄の長さ八フィートの槍を構えて寄せてくるんだ。酔っぱらって頭に血が上ってるんだ。町に押し入って女と黄金を手に入れることしか頭にない連中だぞ。あの徴募兵がどれだけ持ちこたえられると思う」

キルディズは激しくまばたきをして、「なんの手も打たずに逃げるわけには」と力なく言った。

「徴募兵はまともな武器を持っているのか」と、雨に打たれてむっつりと待っている男たちを示した。六十人のうち槍を持っているのは二、三人。ほかに古いローマの剣を持っている者がひとり、残りはたいてい斧か根掘り鍬《マタック》を手にしているが、そんな間に合わせの武器すら持たない者もいた。しかたなく、杭を焼いて硬くし、黒くすすけた先端を鋭く尖らせたものを手にしている。

「町じゅう探しているところです」とキルディズ。「槍が見つかるでしょう」

「槍があろうがあるまいが、ここで戦えばひとり残らず死ぬだけだ」私はずけずけと言った。

キルディズはぽかんとして私を見つめている。「ではどうすれば?」しまいに尋ねた。

「グレヴムへ行け」

「しかし町が!」彼は青くなった。「商人や金細工師が。教会や財産が」声がだんだん小さくなってゆく。この町を失うことの重大さを思って圧倒されているのだ。しかし、サクソン軍が攻めてくれば陥落は避けられない。アクアエ・スリスは城砦の町ではなく、盆地に建つ美しい都市でしかないのだ。キルディズは雨を眺めてまばたきした。「グレヴムへ……」沈んだ声で言う。「護衛していってくださるのですね？」

私は首をふった。「私はコリニウムへ行く。おまえたちはグレヴムへ向かうがいい」アルガンテ、カイヌイン、ほか家中の者たちを彼といっしょに送り出そうという気になりかけたが、キルディズには任せられないと思い直した。私が自分で北へ連れてゆき、いくらか護衛をつけてコリニウムからグレヴムへ送ったほうがいい。

しかし、少なくともアルガンテは私の手から離れた。アクアエ・スリスを防衛するというキルディズのはかない望みを容赦なく打ち砕いていたとき、武装した騎馬兵の一団が、馬蹄の音も荒らかに境内に入ってきたのである。アーサーの騎馬兵だった。熊の旗印を翻し、バリンに率いられている。そのバリンは、避難民だらけで身動きがとれないので口汚く悪態をついていた。私に気づいてほっとしたような顔をし、次いでグィネヴィアを認めて眼を丸くした。「ダーヴェル、連れてくる王女を間違えてやしないか」疲れた馬からすべり降りながら尋ねてくる。

「アルガンテは神殿のなかだ」と、彼女が雨宿りしている大きな建物のほうにあごをしゃくった。アルガンテは、朝から私とはひとことも口をきこうとしない。

「連れてこいと殿に命令されてるんだ」バリンは言った。ずんぐりしたひげづらの男で、ひたいには熊の刺青、左頬にはジグザグの白い傷が走っている。状況を尋ねるとわずかに知っていることを話してくれたが、明るい材料はなにひとつなかった。「やつらテムズに沿って寄せてきてる。見たところ、コリニウムまでせいぜい三日の行程まで近づいてるようだ。それなのに、キネグラスもエンガスもまだ影も形もねえ。もう滅茶苦茶だぜ、ダーヴェル。まさに混沌ってやつだ」ふいに身震いした。「なんだ、ここのにおいは」

「下水が逆流してるんだ」

「ドゥムノニアじゅうどこでもそうだ」むっつりと言って、「急がなきゃならん。アーサーは一昨日のうちに花嫁をコリニウムに連れてこいと言ってたんだ」

「おれに命令はなかったか？」神殿の階段へ大股で向かう背中に声をかけた。

「コリニウムに行って自分で聞け！　急げよ！　それから、できるだけ糧食を送れっていう命令だ！」その最後の命令を叫びかえしながら、バリンは神殿の巨大な青銅の扉のうちに消えた。彼は予備の馬を六頭連れてきていたから、アルガンテと侍女たちとドルイドのフェルガルは馬で行ける。というわけで、黒楯の衛兵十二名は残ることになった。王女を厄介払いできて、私と同じぐらい喜んでいるのがありありとわかった。

バリンは午後遅くに北へ向かって出発した。私も出発したかったが、子供たちは疲れているし、雨はやみそうにない。今夜はみなアクアエ・スリスの屋根の下で休み、元気を回復して明朝出発したほうがかえって時間の節約になる、とカイヌインに説得された。私は浴場に見張りを立て、湯気のたつ広々とした湯船に女子供を入らせてやった。徴募兵に与える武器を徴発するため、イッサに二十人の兵を与えて町に送り込み、さらにキルディズを呼んで食糧がどれだけ残っているか尋ねた。「ほとんど残っておりません！」彼は頑固に言い張った。すでに穀物と干し肉と塩魚を荷車十六台ぶん北へ送ったというのだ。

「町民の家は調べたのか。教会はどうだ」

「市の穀物庫しか調べておりません」

「じゃあ、まともに捜索してみようじゃないか」日没までに、貴重な糧食が荷車七台ぶん集まった。もう時間も遅かったが、私は荷車をその晩のうちに北へ送り出した。牛車はのろいし、朝まで待つより夕方のうちに出発させたほうがいい。

イッサは神殿の境内で私を待っていた。町を捜索して七振りの古い剣と十二本の熊狩り用の槍を見つけ出し、さらにキルディズの家来たちは十五本の槍を見つけていたが、うち八本は折れていた。だが、イッサはほかに情報も仕入れていたのだ。「この神殿に武器が隠してあるっていうんです」

「だれから聞いた？」

イッサはひげづらの若い男を指し示した。血に汚れた肉屋の前掛けをしている。「例の暴動のあと、神殿に槍がごっそり隠されたはずだっていうんです。けど、司祭はそんなことはないと言ってます」

「司祭はどこだ」

「なかです。質問しようとしたら出ていけと言われました」

私は神殿の階段を駆け上がり、巨大な扉のなかに入った。かつてここは、ミネルヴァとスリスに捧げられた神殿だった。ミネルヴァはローマの、スリスはブリタニアの女神である。だが、異教の神は追い出され、いまはキリスト教の神が据えられている。以前私がここに来たときは、ミネルヴァの大きな青銅像が祀られて、ゆらめくランプの灯火が供えてあったものだが、キリスト教徒の暴動のときに神像は破壊された。いまでは女神の中空の頭だけが残っていて、キリスト教の祭壇の陰に戦利品として柱に刺してさらしてある。

司祭は私を見とがめて、「ここは神の家なるぞ！」と吼えた。泣く女たちに囲まれて祭壇で聖餐礼を行っていたのだが、儀式を中断してこちらに正対してきた。若い男で、全身に闘志をたぎらせていた。ドゥムノニアに騒乱を巻き起こした司祭たちのひとりで、反乱失敗の不満が鬱積しないようにとアーサーに命を助けられたのだが、反逆の情熱はどうやら少しも失っていないようだ。「神の家を剣と槍で汚しおったな！　きさまは主君の館に武器を持って入るか？　なにゆえわが王の家に持ち込むか」

「一週間もすればここはスノルの神殿になって、いまきさまが立っている場所で子供たちが生贄にされるんだぞ。ここに槍はあるのか」

「ない！」傲然と言い放った。私が祭壇の段をのぼると、女たちが悲鳴をあげてあとじさった。司祭は私に十字架を突きつけてくる。「神の名にかけて、聖なる神の子の名にかけて、聖霊の名にかけて……なにをする！」最後の叫びは、私がハウェルバネを抜いて、彼の手から十字架を叩き落としたせいだ。神殿の大理石の床をすべってゆく木片をしりめに、私は剣を司祭のもつれたひげに突っ込んだ。「石をひとつひとつ外してここをぶっ潰してやる。それで槍が見つかるならな。きさまの不細工な死体はその瓦礫の下に埋めてやるからそう思え。さあ、槍はどこにある」

司祭の抵抗もここまでだった。槍は祭壇の下の地下室にあった。ドゥムノニアの玉座にキリスト教徒を据えるために、いつかまた蜂起できると信じて溜め込んでいたのだ。地下室への入口は隠されていたが、それはかつてここが財宝の隠し場所だったからだ。女神スリスの癒しの力を求める人々が、莫大な財宝を寄進していたのである。震えあがった司祭にやり方を教わって大理石の敷石を持ち上げると、黄金と武器の詰まった穴が現れた。黄金には手をつけず、槍だけを持ち出してキルディズの徴募兵に配ってやる。この六十人が戦闘でものの役に立つかあやしいものだが、少なくとも槍を持っていれば格好はつくし、遠くからならサクソン人をひるませることもできるだろう。明朝の出発に備えてありったけの糧食を荷造りしておけ、と私は徴募兵に命じた。

その夜は神殿で眠った。祭壇からキリスト教の装飾をはぎとり、今宵ひと晩を守ってもらおうとミネルヴァの頭部をふたつのランプのあいだに祀った。雨漏りがして大理石の床に水たまりができていたが、その雨も深更にはやみ、夜明けには空は晴れ上がっていた。さわやかなひんやりした風が東から吹いてくる。

太陽が昇る前に町をあとにした。市の徴募兵のうちついてきたのは四十人だけだった。残りは夜のうちにどこへともなく消えてしまったのだ。しかし、どっちつかずの六十人の味方より、進んでついてくる四十人のほうがいい。道にはもう避難民の姿はなかった。コリニウムよりグレヴムに逃げたほうが安全だと噂を広めておいたから、いまは西に向かう道が家畜と人でごった返しているのだ。私たちは東に進んだ。昇る朝日に向かってフォス街道をゆく。ここでは道は槍のようにまっすぐ延びており、両側にローマふうの墓が並んでいた。グィネヴィアは銘文を訳して、ここにはギリシアやエジプトや、なんとローマで生まれた者まで埋葬されていると驚嘆していた。ローマ軍《レギオン》の退役兵で、ブリトン人の妻を娶り、万病に効くアクアエ・スリスの温泉の近くに定住したのだ。苔むした墓石には、寿命を延ばしてくれたミネルヴァやスリスへの感謝のことばを刻んだものもあった。一時間後、墓の並ぶ一帯をあとにした。谷は狭まり、道の北側の切り立った山々が川岸の草地に迫ってくる。まもなく道は急に北に折れて、アクアエ・スリスとコリニウムを隔てる山々に向かって登りになるはずだ。

そのときだった。ちょうど谷の狭まるあたりまで来たとき、牛飼いたちが駆け戻ってきたのである。前日にアクアエ・スリスを発ったのだが、のろい牛車はようやく北への曲がり角まで達したところだった。それが、夜が明けたいまになって、牛飼いたちは貴重な糧食を積んだ七台の牛車を棄ててきたのだ。「サイスだ!」ひとりが駆けてきながら叫んだ。「サイスが来る!」

「馬鹿め」私は低く毒づき、逃げる男たちを引き止めろとイッサに命じた。私の馬に乗っていたグィネヴィアがすべり降り、代わって私が不器用に馬の背によじ登って、蹴りを入れて前進させた。

道は半マイルほど先で北へ折れている。ちょうどその曲がり角に雄牛の牽く荷車が放置されており、私はその脇をすり抜けて、行く手の上り坂を見上げた。最初はなにも見えなかったが、やがて坂の上の木々のそばに騎馬の一団が姿を現した。半マイルほど離れており、白みかけた空に輪郭が浮き上がっている。楯のしるしは見分けがつかないが、たぶんサクソン人ではなくブリトン人だろうと思った。敵軍にはあまり騎馬兵は多くないからだ。

私は牝馬を励まして坂を登りはじめた。騎馬兵はひとりも動かない。ただじっとこちらを見守っているだけだ。だがそのとき、右手の山のてっぺんにさらに人影が現れた。こちらは徒歩《かち》の槍兵である。その頭上に掲げられた旗印を見て、私は最悪の事態を悟った。

その旗印は、ぼろきれのようなものを下げた頭蓋骨だったのだ。サーディックの狼の頭蓋の旗印には、死人から剝いだ皮がぼろぼろの尾のように下がっていたはずだ。あれはサクソン軍だ、サクソン軍がこの道を塞いでいるのだ。ここから見るかぎりでは数は多くない。おそらく騎馬兵が十二、歩兵が五十から六十だろう。だが向こうは高所を占めているし、頂のかげにどれぐらい隠れているものか見当もつかない。私は牝馬を停め、槍兵たちを見上げた。こんどは、兵士の一部がかついでいる広刃の斧に陽光が反射するのが見えた。まちがいなくサクソン人だ。だが、いったいどこから湧いて出たのだろう。バリンから聞いた話では、サーディックもエレもテムズに沿って進んでいるという。とすれば、テムズの広い谷間から南下してきたのにちがいない。だが、ひょっとしたらランスロットの指揮下にあるサーディックの槍兵の一部かもしれない。だが、ほんとうはそんなことはどうでもいいのだ。当面の問題は、なにしろ行く手が塞がれているということである。見るまに敵兵はいよいよ数を増し、尾根の稜線のどこを見ても槍が空に突き刺さっていた。

馬首をめぐらすと、イッサの姿が見えた。わが軍勢の最精鋭の槍兵を率いて、曲がり角を塞いでいる牛車のそばをすり抜けようとしている。「サクソン軍だ！」私は叫んだ。「ここで楯の壁を作れ！」

イッサは顔をあげてかなたの槍兵をにらんだ。「ここで戦うんですか」

「いや」こんな不利な場所ではとても戦えない。攻めるには坂を登らねばならないし、背後の女子供のことをしじゅう気にしなければならない。

「引き返してグレヴムに向かいますか？」

私は首を振った。グレヴムへの道には避難民が詰めかけている。もし私がサクソン軍の指揮官なら、こちらが数で圧倒しているときに敵がそんな道を逃げてくれれば、めったにない好機と見て追跡するだろう。避難民が行く手を塞いでいるから速くは進めない。恐慌をきたした群衆を蹴散らして敵軍を殲滅するのは朝飯前のはずだ。もっとも、サクソン軍は町を掠奪するほうを選んで、こちらをまったく追跡してこないということも考えられる。むしろそのほうがありそうだ。しかし、一か八かの危険な賭はできない。長い坂道を見上げると、朝日に照らされた頂にさらに敵の数は増えていた。数えることはできないが、とうてい小軍勢とはいえない。私の家来たちは楯の壁を作ろうとしていたが、ここで戦えないのはよくわかっていた。サクソン軍のほうが数が多いうえに、有利な高所を占めているのだ。ここで戦えば全滅である。

私は鞍にまたがったまま身をねじった。半マイル向こう、フォス街道の少し北に、古き人々の要砦がある。いまではだいぶ崩れているが、切り立った丘の頂に古い土壁がそびえているのだ。「あそこへ行くぞ」

「あそこですか」イッサは面食らっていた。

「逃げれば追いかけてくる。子供たちは速くは逃げられないし、しまいには追いつかれてしまう。追いつかれたら、女子供を中央において楯の壁を作らなきゃならん。そうなったら皆殺しだ。最後のひとりは、最初の女の悲鳴を聞きながら死ぬことになる。だが、簡単に攻撃できない場所に立てこもれば、しまいにはやつらも選ばなきゃならん。おれたちを放って北へ行くようならそのときは追いかければいい。戦うことになっても、こっちは丘のてっぺんにいるんだから勝算はある。それも勝算はかなり大きいぞ」と私は付け加えた。「キルフッフがこっちに向かってるからな。一日か二日もすれば、敵を数で圧倒できるかもしれん」

「それじゃ、アーサーを見棄てるんですか」イッサは茫然として尋ねた。

「サクソンの軍勢をひとつ、コリニウムから遠ざけておけるんだ」そうは言ったものの、気の重い選択だった。イッサの言うとおり、私はアーサーを見棄てようとしている。だが、カイヌインや娘たちの命を危険にさらすことはできない。アーサーが周到に練り上げた作戦は完全に崩壊してしまった。キルフッフは南に孤立し、私はアクアエ・スリスで立ち往生し、キネグラスとエンガス・マク・アイレムはまだ何マイルもかなたにいる。

私は駆け戻って、具足と武器を取り出した。胴鎧を着けているひまはなかったが、狼尾を飾った兜をかぶり、手持ちのいちばん重い槍を選び、楯を手にとる。牝馬をまたグィネヴィアに渡し、みなを連れてあの丘に登ってくれと頼んだ。さらに、徴募兵と若い槍兵たちに、糧食を積んだ七台の荷車を回収して丘上の要砦に運び上げるよう命じた。「どんな方法を使ってもいい、とにかく食糧を敵の手に渡すな。いざとなったら自分たちで荷車を担いでゆけ！」アルガンテの荷車は捨てさせても、糧食を満載した荷車は捨てられない。戦となれば食糧は黄金などよりはるかに貴重であり、敵の手に渡してなるものかと私は決めていた。必要なら荷車ごと焼き捨てるまでだが、救えるものなら救いたかった。

イッサのもとに戻り、楯の壁の中央という私の定位置に着いた。敵の戦列は厚みを増し、いつ丘を駆け下ってがむしゃらな突撃をかけてきてもおかしくない。数に勝っていながら、しかし敵は攻めてこようとしなかった。敵がためらう一瞬ごとに、女子供や貴重な食糧が丘の頂に近づいてゆくのだ。私はひっきりなしに背後に眼をやり、荷車の進み具合を見守っていた。そして荷車が急斜面のちょうどなかばに達したとき、槍兵たちに退却を命じた。

こちらが退却しはじめると、サクソン人ははじかれたように前進に移った。鬨の声をあげて勢いよく駆け降りてきたが、攻撃を開始するのが遅すぎた。私たちはすでに道を後退し、山々からたぎり落ちて川に合流する細い流れを渡って、いまはもうこちらのほうが敵を見下ろす格好になっていた。急な斜面の上にそびえる要砦を目指して、退却しつつ坂を登っているからである。私の家来たちは壁をまっすぐに保って後退していた。楯を重ね、長槍の先は微動だにしない。訓練の積み重ねを物語るその姿に、サクソン軍は五十ヤード手前で追跡の足を止めた。しばらく挑戦の声と悪口雑言を浴びせて喜んでいたが、やがて牛糞で髪を固めた裸の魔法使いが、踊りながら進み出てきて呪いをかけはじめた。私たちを豚と呼び、臆病な山羊と罵った。罵られながら、私は敵の数をかぞえていた。敵の壁には百七十人の兵士が居並んでいるし、丘の上にはまだ兵士が残っているはずだ。私はかれらをかぞえ、馬にまたがったサクソン軍の指揮官たちは、楯の壁の背後からやはりこちらの数をかぞえている。いまではその旗印がはっきり見えた。死人から剝いだ皮を垂らした狼の頭蓋、まぎれもなくサーディックの旗印である。しかしサーディック本人の姿はなかった。テムズから南下してきた彼の軍勢のひとつにちがいない。その数はこちらをはるかに圧倒していたが、指揮官たちはここで攻撃をしかけるほどぼんくらではなかった。その気になれば打ち破れるのはわかっていただろうが、歴戦の戦士七十人を相手にすれば、味方の戦列に手痛いつけがまわってくることもわかっている。道から追い払うことができれば、かれらにとってはそれでじゅうぶんなのだ。

私たちはそろそろとあとじさって丘を登った。サクソン人たちはそれを見守っているだけだ。ただひとりついてきた魔法使いもしばらくすると飽きてしまい、唾を吐きかけ、こちらに背を向けて去っていった。私たちは敵を臆病者と呼んで盛んにあざけったが、攻撃をしかけられなくて本心ではどれだけほっとしたかしれない。

一時間かかったが、貴重な糧食を積んだ荷車七台を古い芝土の塁壁のうえに押し上げ、さらに半球状になだらかに盛り上がった丘の頂上まで運びあげた。その半球状の頂を歩いてみて、これは絶好の防衛拠点になりそうだと思った。頂は三角形をしているが、その三辺のいずれも下は急な坂になっており、攻め手は苦労して登ったあげくに槍ぶすまに迎えられる破目になる。この急な斜面を見れば、サクソンの軍勢は攻撃意欲を失ってくれるのではないだろうか。一日か二日もすれば敵は立ち去り、私たちは邪魔されることなく北のコリニウムに行き着けるかもしれない。到着は遅れるだろうし、アーサーの怒りを買うのはまちがいないが、少なくともいまのところは、ドゥムノニアの貴重な軍勢を失わずにすみそうだ。ここには二百を超す槍兵がいて、大勢の女子供、七台の荷車、それにふたりの王女を守っている。そして私たちの避難所は、深い川谷《せんこく》を見下ろす草むした高い丘のてっぺんというわけだ。私は徴募兵のひとりをつかまえて、この丘の名前を尋ねた。

「町と同じですよ」わざわざ丘の名前などを訊くのがおかしくてたまらないようすだった。

「アクアエ・スリスか?」

「違いますよ！　古い名前です。ローマ人が来る前の」

「バゾンか」

「そうです、マニズ・バゾンです」

バゾン山。のちに、その名は詩人たちに歌われてブリタニアじゅうに鳴り響くことになる。千もの広間で歌われ、まだ生まれていない子供たちの血を騒がせることになるのだ。しかし、いまの私にはなんの意味もなかった。それはただ手ごろな丘、草むした壁に囲まれた要砦というにすぎない。そしてそこの芝土に、私は心ならずも二本の旗印を突き立てた。ひとつはカイヌインの星、もうひとつはアルガンテの荷車で見つけてとっておいた旗、高々と翻るアーサーの熊の旗である。

かくして、朝日を浴び、吹き渡る風にはためいて、熊と星とがサクソン軍に昂然と立ち向かうことになったのだ。

マニズ・バゾンの頂で。

サクソン人は慎重だった。最初に出会ったときには攻撃してこなかったし、マニズ・バゾンの頂にこちらが立てこもってからは、丘の南麓に座り込んで見張るだけで満足している。午後には大規模な槍兵部隊が徒歩でアクアエ・スリスに向かったが、たぶん町はほとんど無人になっているはずだ。藁葺き屋根に火がかけられて炎と煙をあげるのが見えるだろうと思ったが、それらしい火は現れず、日が暮れるころ、槍兵たちは山のような掠奪品を持って戻ってきた。川谷《せんこく》は夕陽の落とす影に包まれ、マニズ・バゾンの頂がまだ最後の陽光を浴びているうちに、足下の闇には早くも敵のかがり火が点々と現れはじめた。

丘の北側の山地にもいくつもの火が見えた。マニズ・バゾンは沖の小島のようにこの北の山地からぽつんと離れており、草むした小高い鞍部で隔てられている。夜のうちにその浅い谷を越え、向こうの尾根に登り、山地を突っ切ってコリニウムへ向かおうかと思った。そこで、日暮れ前にイッサと二十人の兵を遣《や》ってその道筋を偵察させたが、戻ってきて言うには、鞍部の向こうの尾根はどこもサクソンの騎馬斥候だらけらしい。北へ逃げたいという望みは捨てきれなかったが、サクソンの騎馬兵に見つからずにはすまないだろうし、そうなったら明け方には全軍勢に追われる破目になるだろう。夜が更けるまで悩んだものの、結局まだしもましなほうを選ぶことにした。マニズ・バゾンに立てこもるのだ。

サクソン人の眼には、こちらは手ごわい軍勢に見えたにちがいない。いままでは私の下には二百六十八人の兵士が従っているのだ。もっとも、敵に気づかれるはずもないとは言え、うち優秀な槍兵は百に満たない。四十人は町の徴募兵だし、三十六人はカダーン城やドゥルノヴァリアの王宮を守っていた古参兵で、ほとんどが高齢で動きが鈍い。そして百十人は戦闘経験のない青二才である。私に従う七十人の歴戦の槍兵とアルガンテの十二人の黒楯族は、ブリタニアでもまず最高に属する戦士たちだ。また三十六人の古参兵も間違いなく役に立つだろうし、若い兵士たちも勇敢に戦うかもしれない。それでも情けないほど小軍勢なのはどうしようもなく、それだけで百十四人の女と七十九人の子供たちを守らねばならないのだ。とはいえ、少なくとも食糧と水はふんだんにある。貴重な荷車七台を確保しているし、マニズ・バゾンの斜面には泉が三つもあった。

一日めの日没までに、私たちは敵の数をかぞえていた。足下の谷間にはおよそ三百六十人のサクソン兵がおり、北の山地にも少なくとも八十人はいる。こちらをマニズ・バゾンに釘付けにしておくにはじゅうぶんな数だが、攻撃を仕掛けるには足りないだろう。この平坦で木のない頂は、周囲三辺いずれも長さは三百歩ほどで、合計すればわが少数の兵士ではとても防衛しきれないが、敵が実際に攻撃を仕掛けてきたら、接近されるずっと前に気がつかないはずはなく、攻撃にそなえて槍兵を移動させる時間はたっぷりある。たとえ同時に二方または三方から攻撃を仕掛けられても、持ちこたえられないことはあるまい。サクソン軍は急峻な坂を登って来なくてはならないし、いっぽうこちらは元気いっぱいで迎え撃てるからだ。しかし、敵の数が増えてくれば、結局は圧倒されてしまうのはわかっていた。このサクソン軍がたんに強力な掠奪部隊ならよいのだが。それなら、アクアエ・スリスを丸裸にし、周囲の川谷からめぼしい食糧を掠奪し尽くせば、北へ引き揚げてエレやサーディックに合流するだろう。

夜が明けても、サクソン軍はやはり谷にがんばっていた。川霧に混じって野営の焚き火の煙が立ちのぼってくる。霧が薄れると、木を伐り倒して小屋を建てているのが見えた。残念ながら、どうやらここにとどまるつもりらしい。こちらの兵士たちも丘の斜面で忙しく働いていた。攻撃してくる敵の掩蔽になるので、低いサンザシの木や樺の若木を伐り払っているのだ。伐った低木や若木は頂に引き上げ、古き人々の塁壁の残骸のうえに積み上げて間に合わせの胸壁にする。また、別に五十人の兵士を鞍部の北の山頂に行かせ、薪を切ってこさせた。薪は、食糧をおろしたあとの荷車に積んで引き上げる。おかげで材木もじゅうぶんに手に入ったので、こちらも細長い木造の小屋を建てることができた。もっとも、藁や芝土で屋根を葺いたサクソン人の小屋とちがって、こちらは荷車四台の間に丸太を渡し、小枝で雑に屋根を葺いただけの粗末なものだったが、曲がりなりにも女子供を寝起きさせるだけの広さはある。

最初の夜、私は槍兵をふたり北へ送った。戦闘未経験の青二才だが、ふたりとも機転の利く元気者である。それぞれ別々にコリニウムに行き、こちらの窮状をアーサーに伝えるよう命令した。アーサーが救援に来られるとは思えないが、少なくとも状況は知らせておかなくてはならない。翌日は一日じゅう、あのふたりの若者をまた眼にするのではないかと気が気でなかった。捕らえられて、サクソンの騎馬兵に引きずって来られはしないだろうか。だが、ふたりは姿をくらました。のちにわかるのだが、ふたりともぶじにコリニウムにたどり着いていたのである。

サクソン人は小屋を建て、私たちは低木や枝を低い壁に積み上げた。近づいてくる敵はおらず、こちらも降りていって挑発することはなかった。私は頂の平地を区画に分け、それぞれに槍兵隊を割り当てた。わが軍勢の精鋭である七十人の古強者は、真南の敵に正対する塁壁の角を守る。若い槍兵たちは二つの部隊に分けてその両翼を守らせた。丘の北側の守備は十二人の黒楯族に任せ、カダーン城とドゥルノヴァリアの衛兵、それに徴募兵は黒楯族の補佐をさせることにした。黒楯族の頭目はニアルという傷だらけの荒くれで、収穫期の襲撃を百回も経験した猛者であり、指には戦士の環をびっしりはめている。彼は自分で急造の旗印を作って北の塁壁に掲げた。枝を払った樺の若木を芝土に突き立て、そのてっぺんに黒いマントを引っかけただけの旗印だが、その粗末なアイルランド人の旗には荒々しさがあり、不撓不屈の精神を感じさせて誇らしげにひるがえっていた。

ここから逃げ出すという希望を、それでも私は捨てていなかった。サクソン人が川谷に小屋を建てているのを見ていても、やはり北の高地には心魅かれるものがあったのだ。二日めの午後、私は馬にまたがり、ニアルの旗印の見下ろす鞍部を越えて、向かいの山の頂に登ってみた。走る雲の下、空漠たる荒野がどこまでも広がっている。その頂で若い兵士の一隊に木を伐らせていて、歴戦の戦士アヘルンをかれらの指揮官に指名してあった。そのアヘルンが近づいてきて私の馬のわきに立つ。動く影とてない荒野を私が眺めているのを見て、胸のうちを読んだのだろう。彼は唾を吐いた。「敵の畜生どもがいますぜ、あそこには」

「たしかか?」

「来ちゃあ帰っていきますよ。いっつも騎馬で」右手に持った斧で、西のほうを指した。荒野のわきを谷が北から西へ走っており、その小さな谷には木々が生い茂っていた。もっとも、ここから見えるのはびっしり葉に覆われた梢だけだったが。「あの木の下に道があって、そこに隠れてやがる」

「その道はきっとグレヴムに通じてるんだな」

「その前にサクソン人に通じてますよ」アヘルンは言った。「畜生どもがいますぜ、あっちには。斧の音が聞こえたし」

とすれば、谷間の道は木で塞がれているにちがいない。それでも私はあきらめきれなかった。食糧を捨て、逃避行の妨げを片端から捨てていけば、サクソン人の包囲網を突破してアーサー軍に合流できるかもしれない。一日じゅう良心がちくちくと痛んだ。アーサーのもとに馳せ参じるのが私の務めなのははっきりしているのだ。私がマニズ・バゾンでぐずぐずしていればいるほど、アーサーの企てはむずかしくなってゆく。夜のうちにあの荒野を突っ切れないだろうか。半月が出ているから道はじゅうぶん明るい。急げるだけ急げば、サクソンの主力の軍勢を出し抜くことはできるだろう。ひとにぎりのサクソンの騎馬兵に悩まされるかもしれないが、それぐらいならこちらの槍兵で対処できる。だが、あの荒野の向こうに何が待っていることか。間違いなく丘陵地帯があり、そして最近の雨で増水した川が待ち構えているだろう。道が、渡り場が、橋が必要だ。短時間でたどり着かねばならないのだ。長引けばやがて子供たちが遅れだし、それを守るために槍兵は足をゆるめ、そうこうするうちにサクソン人がどこからともなく襲いかかってくる——羊の群れを追いかける狼のように。マニズ・バゾンから脱出するところまでは思い描けても、その先は想像もつかない。敵の刃の餌食になることなく、コリニウムまでの何マイルもの道のりをどうしたら踏破できるだろうか。

日暮れがた、決断は向こうからやってきた。私はいまだに北へ逃げることを考え、火を赤々と焚いたままにしていけば、こちらがまだマニズ・バゾンの頂にいると見せかけられるかもしれないと思っていた。だが、二日めの夕方のうちに、さらに多くのサクソン兵が到着したのである。かれらは北東のコリニウムの方角からやって来て、うち百人は私が突っ切りたいと思っていた荒野に移動し、そこから南へ寄せてきた。森で木を伐っていた私の家来たちは追い立てられ、鞍部を越えてマニズ・バゾンに戻ってくる。かくて、私たちは完全に包囲されてしまった。

その夜、私は火のそばにカイヌインと並んで腰をおろしていた。「モン島の夜を思い出すな」私は言った。

「わたしもそう思っていたところよ」

あれはクラズノ・アイジンの大釜を見つけた夜だった。ディウルナハの軍勢にぐるりを囲まれて、でたらめに積み重なった岩のあいだに私たちはちぢこまっていた。だれもが死を覚悟していたが、そのときマーリンが死からよみがえり、「敵に囲まれておるのだろう」と私をあざけったのだ。「数でも負けておるのだな」どちらの問いにもそうだと答えると、マーリンはにたりと笑って言ったものだ――「それでよく部将がつとまるな」と。

「ダーヴェル、おまえはみなを苦境に追い込んでおるのだな」カイヌインはマーリンのことばをくりかえし、思い出し笑いをして、ふとため息をついた。火のまわりの女子供を眺めながら、「わたしたちがいっしょでなかったらどうしていた？」

「北へ行っただろうな。あそこを突破して」と、鞍部の向こうの尾根で燃えているサクソン軍の火にあごをしゃくった。「そのまま北へ進んだだろう」ほんとうはそれほど確信があったわけではない。脱出を試みたとすれば、向こうの尾根で一戦交えることになり、それで負傷者が出ても捨てて行かなくてはならない。とはいえ、女子供に足をとられなければ、サクソン軍の追撃を逃れられたのはまちがいないだろう。

カイヌインがささやくように言った。「女子供を見逃してくれるように、サクソン人に頼んでみたらどうかしら」

「やつらはうんと言うだろうな。だが、こっちの槍が届かなくなったとたんに捕まえるさ。女は強姦されて殺され、子供たちは奴隷にされるだけだ」

「じゃあ、うまくいかないわね」優しく尋ねる。

「いかないな」

セレンが母の膝を枕にして眠っているので、起こさないよう気をつけながらカイヌインは私の肩に頭を預けた。

「いつまで持ちこたえられるかしら」

「歳をとって死ぬまで持ちこたえられるさ。向こうが兵を四百人以上投入して、攻撃を仕掛けてくれば別だが」

「四百人以上で攻撃してきたら？」

「こないさ」それは嘘だったし、カイヌインもそれは知っていた。もちろん敵は四百人以上の兵士を送り込んでくるだろう。経験から言えば、戦になると敵はたいてい一番してほしくないことをするものだ。そしてこの敵は、まちがいなく槍兵をひとり残らず投入してくるにちがいない。

カイヌインはしばらく口をつぐんでいた。遠くのサクソン人の野営地で犬が吠えている。夜の静寂をつらぬいてはっきり聞こえる。それに応えてこちらの犬も吠えだし、小さなセレンが寝返りを打った。その娘の髪をなでながら、カイヌインは低声《こごえ》で尋ねた。「アーサーがコリニウムにいるのなら、どうしてサクソン人はこっちに来るの」

「さあ」

「いつかは北に引き揚げて、本隊に合流するのかしら」

私も最初はそう考えていたのだが、サクソン人が続々とやって来るのを見て自信がなくなってきた。いまにらみ合っている相手は、敵の大規模な分遣隊ではないだろうか。コリニウムの南を迂回し、山地をぐるりと巻いてグレヴムに出て、アーサーの背後を脅かそうとしているのかもしれない。これほどの大軍勢がアクアエ・スリスの谷にやって来る理由はほかに思いつけなかった。だがそれなら、どうしてここを通りすぎてゆかないのだろう。進軍するどころか小屋を建てているではないか。攻城戦を始めるつもりとしか思えない。とすれば、敵の大部隊をコリニウムから遠ざけておけるわけだから、ここに立てこもることで立派にアーサーの役に立っているのかもしれない。もっとも、敵の兵力をこちらが正しく見積もっているとすれば、アーサーと私の軍勢をまとめて圧倒してあまりある兵がここに集まっていることになるのだが。

カイヌインも私も黙り込んだ。十二人の黒楯族が歌を歌いはじめていた。その歌が終わると、こんどは私の家来たちがお返しにイルティズの戦闘歌を歌いだす。私の抱える吟唱詩人《バード》のパーリグが竪琴で伴奏する。どこで手に入れたのか革の胸甲を着けて楯と槍で武装しているが、その細い身体に軍装はいかにも不似合いだ。パーリグが竪琴を捨てて槍を使うときが来なければよいのだが。なぜなら、それはすべての希望がついえたときだろうから。サクソン人がこの頂に押し寄せ、多くの女子供を見つけて歓声をあげるさまが眼に浮かぶ。そんな身の毛もよだつ場面を私は頭から振り払った。ぜったいに生き延びるのだ。この壁を守り抜き、きっと勝たねばならない。

翌朝、空には灰色の雲が垂れ込めていた。雲を衝いて吹くさわやかな風が、時おり西から雨を運んでくる。その空の下で、私は具足を身に着けた。重いのでこれまでわざと着けずにきたのだが、サクソンの増援部隊は続々と到着しており、戦闘は避けられそうにないと腹をくくった。家来に活を入れるため、私はいちばん上等の具足を選んだ。まず、亜麻布のシャツと毛織のズボンのうえに、膝まで届く革のチュニックを着る。槍の突きはさすがに防げないが、分厚い革製だから剣で切りつけられても食い止められる。そのチュニックのうえから、ローマ製のずっしりした貴重な鎖帷子を着ける。奴隷に磨かせているので、小さな輪のひとつひとつが輝いて見えた。すそと袖口と襟ぐりは黄金の輪で縁取りしてある。高価な帷子であり、ブリタニアじゅう探してもこれほど豪華なものは少ない。鍛えかたも半端ではないから、よほど猛烈な剣の突きを受けないかぎりびくともしないはずだ。楯の壁の下から突っ込まれる刃をそらすため、膝まで届く長靴には青銅板が縫い付けてあり、また肘まで覆う籠手は前腕を守るために鉄板つきである。兜を飾る銀のドラゴンは黄金の頂部めがけて這いのぼり、その頂部には狼尾がとりつけてあった。兜は両耳を覆い、後ろにはうなじを防ぐために鎖の垂れが下がっている。銀の面頬で顔を覆えばもはや生身の人間とは見えず、眼の代わりにふたつ黒い穴のある鋼を被《き》た死神のようだ。すぐれた武将にふさわしい豪華な具足というだけでなく、見る者に恐怖の念を起こさせる目的で作られているのだ。鎖帷子の上からハウェルバネの剣帯を締め、首にマントを巻いて結び、いちばん大きな戦槍を手に取る。こうして軍装を整え、楯を背負ってマニズ・バゾンの環状の壁のうえを歩いた。家来にも、こちらを見上げる敵にも私の姿を見せつけ、武将が戦さにそなえているのを知らしめるためだ。ひとめぐりしてわが防衛拠点の南の角で立ち止まり、高みから敵を睥睨《へいげい》しつつ、鎖帷子と革のチュニックのすそをからげて、丘の下のサクソン人に向かって放尿した。

近くにグィネヴィアがいるとは思わなかった。笑い声で初めて気がついたのだ。つい照れくさくなったため、その笑い声のせいでせっかく切った大見得が中途半端になってしまった。私の謝罪をグィネヴィアは聞き流し、「とても立派よ、ダーヴェル」

私は兜の面頬を開いた。「二度とこの具足を着けるときがないようにと祈っていたのですが」

「アーサーみたいなことを言うのね」と顔をしかめる。私の背後にまわり、打ち延ばした銀片でカイヌインの星をかたどった楯を褒めた。正面に戻ってきて、「前から不思議に思っていたんだけれど、どうしてふだんは豚飼いみたいな格好をしているの。戦のときはこんなに立派なのに」

「豚飼いみたいな格好なんかしてませんよ」

「そうね、わたしの豚飼いみたいではないわね。たとえ豚飼いでも、わたしは汚い格好をした人がまわりにいるのは我慢できないの。だから、いつでもこぎれいにさせてますからね」

「風呂には去年入りましたよ」私は言い張った。

「まあ、つい最近じゃないの！」と感心したふりをしてみせる。猟弓《さつゆみ》を持ち、背中には矢筒を背負っていた。「寄せてきたら何人かは異世《ことよ》に送ってやるつもりよ」

寄せてくるのは間違いない。「寄せてくるときは兜と楯しか見えませんから、矢をむだにするだけです。こっちの楯の壁と戦おうとして敵が顔をあげるのを待って、眼をねらって射ることです」

「わたしは矢をむだにしたりしないわ」にこりともせずに言いきった。

最初の脅威は北からやって来た。マニズ・バゾンと山々を隔てる鞍部の向こうの木立で、新参のサクソン人が楯の壁を作ったのだ。最も水量の豊富な泉は鞍部にあるので、そこにこちらを近づかせまいという魂胆だろうと私は思った。正午を少し過ぎるころ、敵の楯の壁がその浅い谷に降りてきたからである。ニアルは塁壁からそれを見張っていて、「八十人です」と報告してきた。

私はイッサと五十人の家来を従えて北の塁壁にまわった。骨折って丘を登ってくる八十人のサクソン人を追い払うにはじゅうぶん過ぎる数だが、向こうに攻めてくる気がないのはすぐにわかった。こちらを鞍部におびき出して、対等な条件で戦おうという肚《はら》なのだ。誘いに乗って降りてゆこうものなら、高所の森からどっとサクソン人が飛び出してきて、不意打ちを食わせる気なのは眼に見えている。「ここを動くな」私は家来たちに命じた。「降りて行くんじゃないぞ！」

サクソン人は私たちをあざけった。多少はブリトン語を知っている者もいたらしく、卑怯者、女の腐ったやつ、蛆虫と罵ってくる。ときには少人数の集団が斜面をなかほどまで登ってきて、しきりに誘いをかけて戦列を崩させようとしては丘を駆けくだってゆく。だが、ニアルとイッサと私とで槍兵たちをしっかり抑えていた。サクソンの魔法使いがひとり、雨に濡れた斜面をすり足で登ってくる。怯えたようにそそくさと駆け寄ってきては、わけのわからない呪文を浴びせるのだ。狼皮のマントの下は素裸で、髪の毛は牛糞で固めて一本の角のように高々と立たせていた。金切り声で罵り、呪いのことばを長々と叫ぶや、手につかんだ小さな骨を楯めがけて投げつけてくる。だが、私たちは微動だにしなかった。魔法使いは三度唾を吐き、震えながら鞍部に駆け戻った。そこではサクソンの族長が、こんどは一対一の果たし合いに誘い出そうとしている。がっちりした男で、脂じみて汚れ放題の金髪はもつれたたてがみのようで、それが贅沢な黄金の首飾りを隠すほどに伸びていた。ひげは三つ編みにして黒いリボンで結び、鉄の胸甲をして、すね当ては飾りつきのローマの青銅製、そして楯には牙を剝き出した狼の面が描かれていた。兜の両側には雄牛の角が突き出し、てっぺんに載せた狼の頭蓋には黒いリボンの束が結びつけてある。上腕と腿に黒い毛皮の帯を巻き、大きな両刃の戦斧をかつぎ、剣帯には長剣と広刃の短剣が吊るしてあった。サクスと呼ばれるその短剣は、サクソン人の名のもとになった武器である。最初のうちは、アーサーみずから降りてきて自分と戦えと要求していたが、それに飽きると私に挑戦してきて、臆病者、意気地なしの奴隷、レプラ病みの淫売の子と罵った。彼は自国語でしゃべっていたので、家来たちにはなにを言っているのかわからず、私は柳に風と聞き流していた。

午後のなかばごろになって雨がやむと、私たちがいっこう挑発に乗らないので業を煮やし、サクソン人たちは捕虜にした三人の子供たちを鞍部に引きずってきた。まだずいぶん幼く、せいぜい五、六歳と見えた。その子供たちの喉にサクスが突きつけられる。大男のサクソンの族長が叫んだ。「降りて来い、餓鬼を殺すぞ！」

イッサは私の服をとらえて、「殿、おれに行かしてください」と懇願した。

「ここはおれの持ち場だ」と黒楯族の頭目のニアルが言い張る。「おれがあの野郎を三枚におろしてやる」

「指揮官はおれだ」私は言った。ここの指揮官が自分だというだけではない。戦闘で最初の一騎討ちを戦うのは私の務めでもある。王なら守護闘士《チャンピオン》に戦わせてもよいが、自分の行きたくない場所に家来を送り出すのは将軍のやりかたではない。兜の面頬を閉じ、籠手をはめた手でハウェルバネの柄に埋めた豚の骨に触れ、最後に鎖帷子を上から押してカイヌインのブローチの小さな盛り上がりを確かめた。こうしてわが身を励ますと、粗末な木製の砦柵を押し退けて、急な斜面をそろそろと降りた。「一対一だぞ!」長身のサクソン人に向かって、向こうのことばで叫んだ。「子供の命は助けるんだろうな」と、槍先で三人の子供たちを指し示した。

ついにブリトン人をひとり丘から引きずり出してやったというので、サクソン人はいっせいに承認のことばを叫んだ。かれらは三人の子供を連れて下がり、鞍部にはチャンピオンと私だけが残された。がっちりしたチャンピオンは、左手で大きな斧を持ち上げ、キンポウゲに唾を吐きかけた。「豚め、こっちのことばがうまいじゃないか」というのが彼の挨拶だった。

「豚のことばだからな」

彼は斧を高々と放り投げた。斧は空中で回転し、雲を破ろうとしている弱々しい陽光を受けて刃がひらめいた。長尺の斧であり、両刃のヘッドはいかにも重そうだが、彼はその柄をやすやすと受け止めてみせた。あんなどっしりと重い武器を振りまわせば、たいていの者はすぐに音を上げるだろう。まして放り投げて受け止めるなどできるものではない。しかし、このサクソン人にかかると簡単なことのように見えた。「アーサーはおれと戦う度胸がないらしいな。代わりにきさまを殺してやる」

どうしてここでアーサーの名が出てくるのか不思議だった。しかし、アーサーがマニズ・バゾンにいると向こうが思い込んでいるのなら、その誤解を解いてやる義理はない。「アーサーには、害虫を退治するよりましな仕事があるのさ。だから代わりにおれにやれと命令したんだ。きさまのぶよぶよの死体は足を南に向けて埋めてやる。未来永劫、きさまはひとりで迷いつづけるんだ。異世《ことよ》にたどり着けずにいつまでも苦しむがいい」

彼は唾を吐いた。「役立たずの豚みてえにきいきいうるさいやつだ」罵り合いは儀式であり、戦闘前の一騎討ちもそれは同じである。アーサーはどちらも嫌っていた。罵り合いは時間のむだだし、一騎討ちは精力のむだだというのだ。だが、私は敵のチャンピオンと戦うのに異存はなかった。こういう決闘はそれなりに役に立つ。私がこの男を倒せば味方は大いに意気が揚がるし、サクソン人のほうはチャンピオンの死に恐ろしい凶兆を見てとるだろう。私が敗れる危険もあるが、あのころは負ける気がしなかったものだ。このサクソン人はゆうに手の幅ぶんも私より背が高かったし、肩幅もずっと広かったが、機敏そうには見えない。馬鹿力に頼って勝ってきた男のようだ。いっぽう私は強いだけでなく抜け目のなさも自慢にしていた。サクソンのチャンピオンは塁壁を見上げた。男も女も詰めかけてこちらを見下ろしている。カイヌインの姿は見えなかったが、武装した男たちに囲まれてすっくと立つグィネヴィアは、いやが上にも目立っていた。「あれはきさまの淫売か」斧でグィネヴィアを指しながら尋ねる。「今夜はおれが可愛がってやるさ」そう言って、一歩二歩とこちらに近づいてきた。いまではもう十歩ほどしか離れていない。大きな斧をまた空中に放り上げた。北の斜面からは彼の家来たちが声援を送り、塁壁からは私の家来たちが声をかぎりに励ましのことばを喚《わめ》きたてる。

「怖くなったんなら、待ってやるから糞をしてきたらどうだ」私は言った。

「糞はきさまの死体のうえにひり出してやる」吐き捨てるように答える。槍で殺すかハウェルバネにしようか迷ったが、相手によけられないかぎり槍のほうが早いだろう。まもなく攻撃を仕掛けてくるのがわかった。複雑な曲線を描いてすばやく斧を振りまわしはじめたのだ。見ていると眼がちらちらする。斧をすばやく振りまわしながら攻撃をしかけ、槍を楯で払ってから、斧を首にたたき込むつもりなのだろう。彼は正式に名乗りをあげた。「おれの名はウルフゲル、サーディックに従うサルナイド族の族長だ。この土地はいずれおれのものになる」

私は楯の輪穴に通した左腕を抜き、楯を右腕に持ち替えて槍を左手に構えた。右腕は輪穴には通さず、ただ木の握りをしっかりつかむ。サルナイドのウルフゲルは左利きだったので、いつもの腕に楯を構えていると無防備な側に斧が振りおろされることになるからだ。左手ではとうてい槍をうまく扱えないが、私には考えがあった。この決闘は短時間で終わらせるつもりだ。私も正式に名乗った。「おれの名はダーヴェル、エンゲランドの王エレの子だ。リオファの頬に傷をつけたのはこのおれだ」

相手を動揺させるための自慢であり、効果はあったのかもしれないが、彼は顔色ひとつ変えなかった。ひるむどころか、だしぬけにひと声吼えると攻めてきた。サクソン人が耳をつんざく歓声を送る。斧を振りまわして音高く空《くう》を切り裂きながら、私の槍を払おうと楯を構え、ウルフゲルは雄牛のように突っ込んでくる。その顔をめがけて、私は右手に持った楯を投げつけた。横向きにして投げたので、金属の縁をつけた重い木の円盤のように回転しながら飛んでゆく。

重い楯がまともに顔に向かって飛んでくるのを見て、ウルフゲルは思わず楯をあげた。眼にも留まらぬ速さで回転していた斧の動きも止まった。楯と楯が派手な音を立ててぶつかったとき、私はすでに片膝をつき、低く構えた槍を下から突き上げていた。サルナイドのウルフゲルは飛んでくる楯はすばやくかわしたが、巨体の前進の勢いは止まらず、また楯をとっさに下げることもできず、長く重い槍の禍々しく尖った穂先にまっしぐらに突っ込んできた。私は腹をねらった。鉄の胸甲のすぐ下、分厚い革の胴着のほかには無防備な箇所だ。針が亜麻布を貫くように槍はその革を貫いた。私は立ち上がり、革から皮膚へ、筋肉へと穂先を押し込み、ウルフゲルの下腹に食い込ませていった。立ったまま柄をこじり、相手の斧の刃が揺れるのを見て喊声《かんせい》をあげた。ふたたび突きをくれ、槍をさらに深く腹に押し込み、木の葉形の穂先をこじる。サルナイドのウルフゲルは私の眼を見つめて口をあけた。その眼に恐怖の色が浮かぶ。斧を持ち上げようとしたが、腹の苦痛はすさまじく、足が水に変わったように力が抜け、よろめいて、うめいたかと思うとがくりと膝をついた。

私は槍から手を離し、一歩下がってハウェルバネの鞘を払った。「ここはおれたちの土地だ、サルナイドのウルフゲル」彼の家来にも聴こえるように大声で言った。「これからもずっとな」私は剣をひと振りした。力のこもったひと振りで、剣の刃はもつれた髪の毛をカミソリのように断ち切り、うなじを切り裂き、頸椎深く食い込んだ。

彼はくずおれた。瞬きする間もなく死んでいた。

私は槍の柄を握り、ウルフゲルの腹に長靴をあてがって、あらがう穂先を力まかせに引き抜いた。身をかがめて兜の狼の頭蓋をねじりとり、黄ばんだ骨を敵にかざして見せ、地面に投げ捨てて粉々に踏みにじった。死人の黄金の首飾りを外し、楯と斧と短剣をとり、この戦利品を敵のほうに振ってみせた。サクソン人は押し黙って眺めている。私の家来たちのほうは躍り上がって快哉を叫んでいた。私は最後にもういちどかがみ、ウルフゲルの重い青銅のすね当てを外した。わが神ミトラの像が刻まれていたからである。

戦利品を手に立ち上がると、「さあ、子供をこちらに寄越せ!」私はサクソン人たちに叫んだ。「連れに来てみろ!」ひとりが叫び返したかと思うと、短剣が一閃して子供の喉を切り裂いた。残るふたりの子供が悲鳴をあげたが、かれらもまた次々に殺され、サクソン人たちはその小さな亡骸に唾を吐きかけた。逆上した家来たちが鞍部を越えて突撃をかけるのではないかとひやりとしたが、イッサとニアルが手綱を握って離さなかった。私はウルフゲルの死体に唾を吐きかけ、卑怯な敵を冷笑すると、戦利品をもって丘の頂に戻っていった。

ウルフゲルの楯は徴募兵のひとりに、短剣はニアルに、斧はイッサに与えた。「戦闘では使うなよ。薪割りにでも使うといい」

黄金の首飾りを持ってゆくと、カイヌインは首をふった。「死んだ人の黄金は欲しくないわ」娘たちを揺すってやっていたが、どうやら泣いていたらしい。カイヌインは感情をあらわにする女ではない。恐ろしい父の愛情を失わないように、幼いころから明るくふるまうことを学んできて、いつのまにかその快活さが習い性になっていたのだ。だが、このときばかりは悲嘆を隠すことができなかった。「あなたが死んでいたかもしれないのよ！」そう言われて私はことばを失った。かたわらにしゃがみ込み、草をひとつかみむしると、ハウェルバネの刃から血をこすり落とした。その様子を見てカイヌインが眉をひそめる。「あの子たちは殺されたの？」

「ああ」

「どこの子？」

私は肩をすくめた。「さあな。襲撃でつかまったどこかの子供さ」

カイヌインはため息をつき、モルウェンナの金髪をなでた。「一騎討ちって、どうしても応じなくてはいけなかったの」

「イッサにやらせたほうがよかったっていうのか」

「いいえ」

「そうだろう。しかたがないんだよ」私は言ったが、じつを言えば楽しんでいたのだ。戦を望むのは愚者だけだが、いったん戦が始まったらいやいやながらでは戦えない。相手を気の毒だと思いながら戦うこともできない。敵を倒す残酷な喜びに身を任せなくてはならないのだ。吟唱詩人が愛と戦いを称える歌を作らずにいられないのも、やはりこの残酷な喜びのためなのだ。戦士は戦のために着飾る。愛のためにめかしこむのと同じことだ。派手に身を飾り、黄金をまとい、銀の打ち出し模様を入れた兜に立物をつけ、威張って歩き、法螺《ほら》を吹き、必殺の一撃が迫ってくれば、神々の血が血管を駆けめぐるように感じる。男は平和を愛さねばならないが、全身全霊をもって戦えなければ、そもそも平和は得られないのだ。

「あなたが死んでいたら、わたしたちどうなっていたかしら」私がウルフゲルのすね当てを長靴の上に巻くのを見ながら、カイヌインは言った。

「おれの亡骸を焼いて、魂をディアンのところへ送っていただろうな」私はカイヌインに口づけをして、黄金の首飾りはグィネヴィアに持っていった。自由を失ったときに装身具もすべて失っていたから、グィネヴィアはこの贈り物を喜んで受け取った。ごついサクソン人の細工は好みではなかったはずだが、かまわず首に巻いてみせる。

「すばらしい戦いだったわ」と黄金の板をきれいに広げながら言う。「ダーヴェル、わたしにサクソン語を教えて」

「喜んで」

「悪口をね。怒らせてやりたいの」グィネヴィアは声をたてて笑った。「うんと下品な悪口を教えて。これ以上はないぐらい下品なことばを」

悪口を浴びせる相手にはこと欠かなかった。サクソン人の槍兵は続々とこの谷間に集まってきていたのだ。南の角を守っている家来に急を告げられ、私は塁壁に立てた二本の旗印の下に立ってみた。槍兵の二列縦隊が川岸の草地に延び、東の山々の曲がりくねった道をどこまでも埋めつくしていた。アヘルンが言った。「ついさっき見えてきたんで。それがいまじゃ、あの列がいつ尽きるんだか見当もつかねえ」

たしかに兵士の列はいつ果てるともしれなかった。ひとつの部隊が戦いにやって来たなどというものではない。

「キルフッフがどうしてるか聞いてないか」私はボースに尋ねた。

「あっちのほうにいるはずだ」と、南を指してはっきりしないことを言う。「見つけられなくてな」そのとき、ボースは急にはっと身を固くした。ふり向いてみると、グィネヴィアがこちらを見つめている。幽閉されていたときのローブは捨て、革の胴着《ジャーキン》に毛織のズボンを着けて長靴を履いていた。昔はよくこんな男物を着て狩りに参加していたものだ。あとで知ったのだが、この服はアクアエ・スリスで手に入れていたのである。粗末なものだったが、どういうわけか彼女が着ていると優美に見える。首にはサクソンの黄金の首飾りをつけ、矢筒を背負い、手には猟弓、腰には短剣を吊っていた。

「ボース卿、お久しぶりね」かつての愛人のチャンピオンに冷やかに挨拶する。

「これは」ボースは立ち上がり、ぎこちなく頭を下げた。

ランスロットのしるしがついたままの楯を眺めていたが、やがて眉をあげて、「あなたも愛想を尽かしたの？」

「おれはブリトン人です」ボースの声は硬かった。

「それも勇敢なブリトン人ね」グィネヴィアは心をこめて言った。「来てくださってほんとうにありがたいわ」まったく彼女の言うとおりだった。ボースはこの再会に当惑していたが、これを聞いたとたんにうれしそうな照れくさそうな顔をした。お会いできてうれしいというようなことばをぼそぼそと言ったが、さりげなくお愛想を口にできる男ではなく、しゃべりながら顔を真っ赤にしている。「あなたのもとの主君は、いまもサクソン軍についていると思っていいのかしら」グィネヴィアが尋ねた。

「はい、ついております」

「矢の届く距離まで近づいて来てくれるといいけれど」

「それはないでしょう」ボースは言った。ランスロットが危険に身をさらそうとしないのをよく知っているのだ。「ですが、今日一日でいくらでもサクソン人を殺せますよ。いやというほど」

ボースのことばに嘘はなかった。太陽に焼かれて谷の川霧はほとんど消えかけており、サクソンの大軍が集結しているのがいまでははっきり見えた。サーディックとエレは、最大の敵がマニズ・バゾンに追い詰められているといまも信じており、圧倒的な兵力をもって大攻勢を仕掛けようとしているのだ。翼側に槍兵が集まっていないところを見ると、周到な攻撃というより、単純で力まかせの猛攻をかけてくるつもりらしい。数にものを言わせてまっすぐマニズ・バゾンの南面を登ってくるのだろう。何百という戦士がその攻撃のために集められ、密集して立ち並ぶ槍が早朝の光に輝いている。

「敵の数はどれぐらい?」とグィネヴィアが私に尋ねた。

「数えきれません」私はむずかしい顔で答えた。

「全軍の半分です」とボースは言い、その理由を説明した。アーサー率いる精鋭部隊がこの頂に立てこもっている、そうサクソンの王たちは信じているのだと。

「アーサーは敵をだましたわけね」グィネヴィアの声にはどこか誇らしげな響きがあった。

「おれたちがだましたのかも」私はぼそりと言って、アーサーの旗印を指さした。微風を受けて、ときおり思い出したようにはためいている。

「では、こんどは打ち負かさなくてはいけないわね」グィネヴィアが張り切って応じる。もっとも、どうしたら打ち負かせるのか見当もつかない。これほどの絶望を感じたのは、モン島でディウルナハの軍勢に囲まれたとき以来だ。とはいえ、あの重苦しい夜にはマーリンという援軍があったし、彼の魔法のおかげで窮地を脱することができた。だが、いまのわがほうに魔法は影もなく、未来に待っているのは破滅だけのように思える。

午前中はずっと、青い小麦のあいだにサクソンの戦士が整列するのを眺めて過ごした。サクソンの魔法使いたちが戦列に沿って踊り歩き、族長たちが槍兵を前に檄を飛ばす。列の先頭の戦士たちは整然と並んでいる。主君に忠誠を誓ったよく訓練された戦士たちなのだ。だが、そこに集結しているほかの大勢の者たちは、おそらくこちらの徴募兵のようなものにちがいない。サクソン人の言う人民軍《フュルド》だ。かれらはしょっちゅう列を離れてぶらぶらしている。川に行く者もいれば野営地に戻る者もいる。この高みから眺めると、無数の羊の群れを集めようとする羊飼いを見ているようだった。こちらを整列させればあちらがばらけ、なにもかも最初からやり直し。サクソンの軍鼓はやむことなく鳴り響く。大きな中空の丸太をこん棒で叩いているのだ。谷の向こう側、木々の生い茂る斜面から死を呼ぶ鼓動がこだまする。サクソン人はエールを飲み、斜面を登って敵の槍に立ち向かう勇気をかき立てようとするだろう。こちらにも蜂蜜酒《ミード》をがぶ飲みしている兵士はいた。なるべく控えさせようとしたが、兵士に飲むなというのは犬に吠えるなというようなものだ。蜂蜜酒を飲んで、腹に火をつけなければやりきれないという兵士も少なくなかった。数がかぞえられるのは私だけではない。敵は一千の兵を繰り出して、三百足らずを叩こうとしているのである。

ボースは引き連れてきた家来とともに戦列の中央で戦いたいと言い、私は了承した。斧か槍を受けてすみやかに死ねれば、彼にとってはそのほうが幸せだ。生きて捕虜にされたら、さんざんなぶられたあげくに恐ろしい死に目に遭わされるだろう。ボースらは楯の覆いをはぎ取って地板をむき出しにし、いまは蜂蜜酒をあおっている。だが、責める気にはなれなかった。

イッサはしらふだった。「殿、まわり込まれますよ」不安げに言った。

「だろうな」私も認めた。もっとましなことが言えればよいのだが、じつを言えば集まってくる敵の数に圧倒されて、攻撃にどう対処してよいやら途方にくれていたのだ。えり抜きのサクソンの槍兵が相手でも、私の家来たちならまずまちがいなく立派に戦うだろう。だが、こちらの兵力では幅百歩の楯の壁を作るのが精いっぱいなのに、サクソン軍の攻撃を食い止めるにはその三倍の幅が必要なのだ。私たちは戦列の中央で戦い、殺しに殺すことだろう。しかし敵は側面にまわり込み、そのまま丘の頂に殺到するにちがいない。そうなったら背後から虐殺が始まるのだ。

イッサは渋い顔をした。狼尾の兜は私のお下がりだが、いまは銀の星のしるしが打ち出してある。その兜にクマツヅラの枝がつけてあった。彼の身重の妻スカラハが、泉のそばに生えているのを見つけてきたのだ。刃から守ってくれると信じられているのである。少し分けてくれようとしたが、私は断った。「とっておけよ」

「これからどうします？」

「逃げるわけにはいかんな」北に向かって捨て身の突撃を仕掛けることも考えたが、北の鞍部の向こうにはサクソン人が待ち構えている。坂を登って敵の槍に迎えられることになるわけだ。突破できる見込みはまずないし、前後を高所の敵にはさまれて鞍部で立ち往生する危険のほうがはるかに大きい。「ここで打ち負かすしかない」私は平静を装って答えたが、本心では打ち負かすなど絶対に無理だと思っていた。敵が四百、せめて六百なら戦える。だが、いま丘のふもとでは一千ものサクソン人が攻撃にそなえているのだ。

「ドルイドがいれば」イッサは言ったが、せんないことと頭から振り払った。なにを気に病んでいるのか私にはよくわかっていた。神々に祈らずに戦闘を始めるのはよくないと思っているのだ。戦列のキリスト教徒たちは、かれらの神の死になぞらえて両手を広げて祈っていた。キリスト教では司祭の仲立ちは必要ないのだというが、私たちは異教徒だ。戦闘の前には、敵に呪いの雨を降らせるドルイドの声を聞きたいのだ。それなのに肝心のドルイドがいない。それはたんに、いまドルイドの呪いの力が得られないというだけではなかった。ドルイドの不在が不安なのは、これからはずっと神々の助力なしで戦うことになるのではと思わせるからだ。マイ・ディンの儀式に邪魔が入ったのに腹を立て、神々は永遠に去ってしまったのではないだろうかと。

私はパーリグを呼び、敵に呪いをかけるよう命じた。彼は青くなって、「私はただの吟唱詩人《バード》です。ドルイドじゃありません」

「ドルイドの訓練を受けていたじゃないか」

「吟唱詩人はみんな受けるんです。でも、秘儀は教わってないので」

「サクソン人にわかるもんか。片足ではねながら坂を降りていって、やつらの薄汚い魂を呪ってやれ。アンヌンの肥やしの山に送り込んでやれ」

パーリグはできるだけのことをしたが、片足ではうまくバランスがとれなかったし、呪いのことばにしても、あざけっているというより怖がっているように聞こえた。パーリグが出てきたのを見て、サクソン人は六人の魔法使いを送り出して対抗させた。髪に小さな護符を下げた者、もつれた髪を牛糞で固めて奇怪な角のように突き立たせた者、いずれも裸で坂をよじ登ってきて、唾を吐きかけて罵った。近づいてくる魔法使いを見て、パーリグは怖じ気づいてあとじさる。魔法使いのひとりは人間の大腿骨を持っており、それを振りまわして哀れなパーリグをさらに坂の上へ追い返した。詩人が見るからに怯えているのに勢いづき、そいつは身体を突き出して卑猥な動作をしてみせた。敵の魔法使いたちはますます近づいてくる。谷にとどろく軍鼓の響きを圧して、金切り声が頂まで聴こえてくるほどだった。

「なんと言ってるの？」グィネヴィアは私の隣に来て立っていた。

「呪文を唱えているんです。敵の心に恐怖を吹き込み、足を水に変えてくれと神々に祈ってるんですよ」そこで、私はまたかれらの詠唱に耳を傾けた。「敵の眼をつぶし、槍を折り、剣をなまらせてくれと言ってます」大腿骨を持った魔法使いがグィネヴィアの姿に眼を留め、こちらに向き直って、卑猥な悪口雑言を次から次に吐き出しはじめた。

「今度はなんと言ってるの」

「知らないほうが幸せですよ」

「でも、わたしは知りたいのよ」

「おれは言いたくありません」

グィネヴィアは声をたてて笑った。魔法使いはもう三十歩先まで近づいてきている。刺青をした股を突き出してみせ、首をふり、眼玉をぐりぐりさせ、金切り声をあげてグィネヴィアを罵りはじめた。忌まわしい魔女と呼び、胎はかさぶたのように干上がり、乳房は胆汁のように苦くなるだろうと呪いをかける。とそのとき、私の耳元でふいに弓弦《ゆづる》をはじく音がしたかと思うと、魔法使いの声がぷつりと途切れた。見れば、一本の矢に喉を刺し貫かれている。矢はうなじまできれいに貫通し、羽根のついた矢柄があごの下から突き出していた。グィネヴィアを見上げ、喉を鳴らし、手から大腿骨を取り落とす。グィネヴィアに眼を当てたまま矢に指を触れ、身震いし、どさりと倒れた。

「敵の魔術師を殺すのは、縁起が悪いと言われてるんですよ」私はやんわりとたしなめた。

「いまは別よ」グィネヴィアが憎々しげに言い放った。「いまはね」また矢筒から矢を抜いて弓につがえたが、仲間の運命を目撃した残る五人の魔法使いは、転がるように丘を駆け降りて射程から逃れた。逃げながら怒りの声をあげ、信義違反をなじった。かれらが腹を立てるのはもっともだ。魔法使いの死は、敵の冷たい復讐心をかき立てるだけではないだろうか。グィネヴィアは矢を弓から外して、「ダーヴェル、次はどうなるの？」

「あと何分かしたら、あの無数の兵士が丘を登ってきます。ほら、どこから来るつもりかわかるでしょう」とサクソンの陣形を指さした。「最前列に百人。その後ろに九人から十人が縦列を作ってますね。あれが先頭の兵士をこっちの槍に向かって押し出してくるんです。あの百人に対抗することはできますが、こっちの縦列は一列につき二、三人ですから、敵を丘の下に押し戻すことはできないでしょう。しばらくは食い止めて楯の壁どうしがかみ合うでしょうが、押し返すのは無理です。こっちの兵士がみんな戦列に釘付けになっているのがわかったら、敵は後衛の縦列を側面に送り込んで、後ろから襲ってくるでしょうね」

グィネヴィアは緑の瞳で私を見つめていた。その顔にはかすかにあざけるような表情が浮かんでいる。並んで立って私とまっすぐに眼と眼を合わせられる女を、グィネヴィアのほかに私はひとりも知らない。そのまっすぐな視線を受けるといつでも落ち着かない気分になった。グィネヴィアは一種のこつを呑み込んでいて、彼女といると男は自分が馬鹿になったような気にさせられるのだ。もっともあの日——サクソンの軍鼓が鳴り響き、無数の兵士が剣の待つ丘の頂に登る決意を固めていたあのとき、彼女が望んでいたのは私の勝利だけだったのだが。

「勝てないと思っているの？」と快活に尋ねてくる。

「勝てるかどうかわからないと思っているのです」私はにこりともせずに答えた。奇襲攻撃をかけるべきかどうか迷っていたのだ。兵を楔形に並べて丘を駆け下り、密集するサクソン軍に深く斬り込んでいったらどうだろう。不意を衝くことができるだろうし、敵が浮足立つこともあり得る。問題は、丘の中腹で敵に囲まれてしまう危険があることだ。包囲されて最後の一兵まで殺されたら、頂の女子供は守る者もないままサクソン人に襲われることになる。

グィネヴィアは弓を肩にかけた。「勝てるわよ」自信ありげに言う。「簡単に勝てるわ」最初は本気で言っているとは思わなかったが、彼女はさらにきっぱりと言い募った。「わたしがサクソン人の士気をくじいてみせるわ」ちらと見やると、その顔には猛々しい歓喜がみなぎっていた。だれかを手玉にとろうとしているのだとしても、それはサーディックとエレであって私ではないはずだ。「どうすれば勝てるんです?」私は尋ねた。

グィネヴィアの眼に、なにかを企んでいるような光が躍っている。「ダーヴェル、わたしを信じる?」

「信じます」

「それなら、元気な兵士を二十人わたしに貸して」

私はためらった。鞍部を越えて敵が攻撃してくるかもしれないから、北の塁壁にも数名は槍兵を残しておかねばならない。南を守るその他の兵士からさらに二十人を失うのは痛い。だが、たとえあと二百の槍兵がいても、この丘上の戦いに勝てないのはわかっている。私はうなずいた。「徴募兵を二十人差し上げます。これで勝利を授けてくださるんですね」グィネヴィアはにっこり微笑むと、大股に歩き去ってゆく。私はイッサに向かって、若いのを二十人選んで彼女につけてやれと怒鳴った。「グィネヴィアさまが勝利を運んできてくれるぞ!」家来たちに聞こえるように大声で付け加えた。希望のない一日に希望の訪れを感じとって、兵士たちの顔に笑みが浮かんだ。笑い声さえ聞こえた。

だが、勝つには奇跡が必要だ。あるいは援軍が。キルフッフはどこにいるのだろう。朝からずっと、南に彼の軍勢が現れはしないかと期待していたのだが、そんな気配はどこにもなかった。おそらくアクアエ・スリスを大きく迂回してアーサーに合流しようとしているのだろう。ほかに加勢に来てくれそうな軍勢は思いつかないし、じつを言えば、キルフッフが来てくれたとしてもさほど兵力が増強されるわけではないのだ。サクソンの攻撃を持ちこたえることはやはりできないだろう。

その攻撃のときは近づいていた。魔法使いたちが仕事を終えると、騎馬のサクソン人の一団が戦列を離れて丘を登ってきた。私は馬を引けと叫び、イッサの差し出した両手を踏み台にして鞍にまたがった。斜面を下って敵の代表を出迎えるのだ。ボースは貴族だから参加する資格があるのだが、さっき棄ててきたばかりの軍の代表者とは対面したくないというので、私はただひとりで降りていった。

九人のサクソン人と三人のブリトン人が近づいてくる。ブリトン人のひとりはランスロットだった。つねと変わらぬ美々しさである。純白の小ざね鎧は陽光にまばゆく輝き、銀張りの兜は頂部に一対の白鳥の翼を飾り、それが微風を受けてかすかにそよいでいる。彼の連れはアムハルとロホルトだった。実の父に反旗をひるがえした双子の頭上には、サーディックの旗印である死人の皮を下げた頭蓋、そして私の父の旗印である巨大な雄牛の頭蓋が掲げられている。今度の戦を祝って、その雄牛の頭蓋には鮮血がふりかけてあった。サーディックとエレがふたりそろって丘を登ってくる。従うのはサクソンの族長六人。全員が毛皮のローブをまとった巨漢で、口ひげを剣帯に届くほど伸ばしている。残るひとりのサクソン人は通訳だった。ほかのサクソン人と同じく、馬上は居心地が悪そうだ。それは私も同じで、この場でみごとに乗りこなしているのはランスロットと双子だけだった。

私たちは丘の中腹で対面した。どの馬も斜面を嫌ってそわそわと足踏みしている。サーディックは頭上の塁壁をにらみつけた。二棹の旗印、間に合わせの防塞の上に突き出した槍の穂先、ここから見えるのはそれだけだ。エレはむずかしい顔をして私にうなずきかけたが、ランスロットは眼を合わせようとしない。

「アーサーはどこだ」ついにサーディックが口を開いた。黄金の縁取りをした兜の下から、淡色の双眸が私を見つめている。兜の頂部には不気味にも死人の手が突っ立っていた。まずまちがいなくブリトン人の手だろう。煙でいぶしてあるため、その戦利品の皮膚は黒ずみ、指は鉤爪のように曲がっていた。

「アーサーは休んでおります。みなさんを追い払うのは私に任せて、いまは計画を練っているのです。ブリタニアからサクソン人の糞の臭いを消すにはどうすればよいかと」ランスロットは通訳のささやきに耳を傾けている。

「アーサーはここにおるのか」サーディックが追及してきた。慣例に従えば、戦闘の前に協議するのは軍の指揮官と決まっている。私が出てきたのをサーディックは侮辱ととった。こんな下っぱでなく、アーサー本人が出てくるのが当然と思っていたのである。

「もちろんです」私はもったいぶって答えた。「アーサーはいたるところにいるのです。マーリンの魔法で、雲を抜けてどこにでも行けるのですから」

サーディックは唾を吐いた。彼の具足は地味なもので、黄金で縁取りをした兜の凄惨な手の立物《たてもの》を別にすればなんの虚飾もない。エレはいつもの黒い毛皮をまとい、手首と首に黄金をかけていた。兜の正面には雄牛の角が一本突き出している。エレのほうが年上だが、主導権を握っているのは例によってサーディックだった。狡猾そうなしなびた顔で、見下すような一瞥を投げてよこす。「丘から降りて、武器を道に捨てるのがいちばんだぞ。神々への捧げ物として何人かは殺すが、残りは奴隷にしてやる。ただ、こちらの魔法使いを殺した女だけは渡してもらう。殺さねばならん」

「あれは私の命令で殺したのです。マーリンのひげの報復として」マーリンのひげの房を切り取ったのはサーディックである。あの侮辱を赦す気は毛頭なかった。

「ではきさまを殺す」とサーディック。

「リオファも同じことを言いましたね」私は皮肉った。「またきのうは、サルナイドのウルフゲルがこの魂を奪おうとしましたよ。もっとも、薄汚い先祖の巣に戻っていったのはあっちのほうでしたが」

エレが割って入り、うなるように言った。「ダーヴェル、おまえを殺す気はない。降伏さえすれば」サーディックが反対しようとしたが、エレは指の足りない右手をさっと振って黙らせた。「殺すつもりはない」と頑固にくりかえし、「あの指環を女房に渡したか」と私に尋ねてきた。

「いまもはめています」私は丘の上を身ぶりで示した。

「ここにおるのか」驚いたようだった。

「殿の孫娘もいっしょにおります」

「会わせよ」とエレが言うと、サーディックがまた反対した。ここに来たのは殺戮の下準備のためであって、幸せな一族の邂逅に立ち会うためではないというのだ。しかし、エレは同盟者の抗議を黙殺し、「いちど会っておきたい」と私に言った。私はふり返り、頂に向かって声を張り上げた。

ややあってカイヌインが姿を見せた。片手でモルウェンナ、もう片方の手でセレンの手を引いていた。塁壁の上でためらったが、草むした斜面を三人でしずしずと降りてくる。カイヌインは簡素な亜麻のローブ姿だが、春の陽射しを受けて髪は黄金色に輝き、いつものことながらその美しさはまるで奇跡だと私は思った。軽やかに丘をくだってくる姿を見ているうちに、胸に熱いものがこみ上げ、眼に涙が浮かんできた。セレンは不安そうだが、モルウェンナは挑みかかるような表情を浮かべていた。三人は私の馬のそばで立ち止まり、サクソンの王たちを見上げた。カイヌインとランスロットは顔を見合わせた。彼に会ったのを不吉と感じて、厄払いのためカイヌインは草地にそっと唾を吐いた。

サーディックは無関心を装っていたが、エレはすり切れた革の鞍を不器用にすべり降りた。私に向かって、「会えてうれしいと言え。それから、子供らの名前を教えてくれ」

「上の娘はモルウェンナで、下のがセレン。星という意味です」次に娘たちに向かってブリトン語で言った。「この王さまはな、おまえたちのお祖父さんだぞ」

エレは黒いローブに手を突っ込み、金貨を二枚取り出して一枚ずつ娘たちに与えた。黙ってカイヌインに眼を向ける。望みを察して、カイヌインは娘たちの手を放し、進み出てエレの抱擁を受けた。毛皮のローブは脂じみて汚れがこびりついていたから、きっと臭ったにちがいない。だが、カイヌインは少しもひるまなかった。エレは口づけをすると一歩さがり、彼女の手をとって唇に当てた。黄金の環にはまった小さな青緑の瑪瑙を見て笑顔になる。「ダーヴェル、女房に命は助けると伝えてくれ」

それを聞いてカイヌインは微笑んだ。「お義父さまがお国に戻られて、お訪ねするのを楽しみにできたらどんなによいでしょう、と言って」

そのことばを通訳するとエレは微笑んだが、サーディックは苦い顔をして、「ここは私たちの国だ！」と言い放った。その語気の鋭さに、彼の馬は地面を蹄で掻くし、娘たちはしり込みした。

エレは唸るように言った。「もう戻れと言え。戦の話をせねばならん」丘を登ってゆく三人の後ろ姿を見送りながら、「別嬪が好きなのは父親譲りだな」エレは言った。

「自殺が好きなのはまさにブリトン人だ」とサーディックが決めつける。「いいだろう、おまえの命は助けてやる」と続けて、「だがそれは、いますぐ丘を降りて槍を道に捨てたらの話だ」

「槍はいずれ捨てましょう。王の身体を八つ裂きにすれば用済みですから」

「猫のようによく鳴くやつよ」サーディックは鼻で嗤《わら》った。とそのとき、私の背後に眼をやってさっと表情をこわばらせた。ふり向けば、グィネヴィアが塁壁に立っている。長身をすっくと伸ばし、狩猟用のズボンに包まれた脚はすらりと長く、豊かに波うつ髪は赤々と燃え立ち、弓を背負った姿は殺戮の女神のようだ。魔法使いを殺した女だと気がついたにちがいない。「あの女はだれだ」サーディックは噛みつくように尋ねた。

「殿の小犬にお訊きなさるといい」とランスロットを指したが、通訳が正確に訳さないかもしれないと思い、ブリトン語で言いなおした。ランスロットは聞こえないふりをしている。

「グィネヴィアだ」アムハルがサーディックの通訳に言った。「おれの親父の淫売さ」そう付け加えてせせら嗤った。

私自身、昔はもっとひどいことばでそしったこともある。だが、アムハルの侮辱には我慢ならなかった。グィネヴィアに愛情を感じたことは一度もない。尊大で横柄で頭がよすぎるし、人を見下すところがあっていっしょにいても落ち着かない。だが、ここ数日で彼女に賛嘆の念を覚えるようになっていたのだ。気がついてみれば、私はアムハルを口をきわめて罵っていた。もうなんと言ったのか憶えていない。憶えているのは、憤怒に駆られて毒に満ちた雑言を浴びせかけたことだけだ。蛆虫、腐った裏切り者、犬畜生にも劣る外道《げどう》、きさまのような青二才は日が沈む前に雑兵の剣で串刺しにされるがいい、とでも罵ったのだろう。唾を吐きかけ、呪いのことばを浴びせ、痛罵の奔流で兄弟ともども丘の下に追い払って、最後にランスロットに向き直った。「いとこのボースがよろしくと言っていた。きさまの喉から胃袋を引きずり出してやりたいそうだ。そうしてもらえるよう祈ったほうが身のためだぞ。もしおれにつかまったら、きさまの魂に悲鳴をあげさせてやるからそう思え」

ランスロットは唾を吐いたが、わざわざ返事をしようとはしなかった。サーディックはこの対決を面白がって見物していたが、「一時間やる。降りてきて私の前に這いつくばるがいい」そう言ってこの協議を締めくくった。「降りてこなければ、こっちから出かけて行って殺してやる」馬首をめぐらし、馬腹を蹴って丘を降りてゆく。ランスロットらもそれに続き、ひとり残ったエレが馬のそばに立っている。

　わずかに笑みを浮かべたが、しかめ面にしか見えなかった。「どうやら親父と息子で戦わんとならんようだな」

「そのようです」

「アーサーはほんとうにここにおるのか」

「そのためにいらしたのですか？」と答えにならない答えを口にした。

「アーサーを殺せば、この戦はこちらの勝ちだ」エレはあっさりと言った。

「その前に、まずおれを殺さなきゃなりませんよ」

「わしに殺せないとでも思うか」手厳しく切り返すと、指の足りない手を差し伸べてきた。私はその手を短くぎゅっと握った。エレは馬の手綱を引いて降りてゆき、私はその後ろ姿を見送っていた。

　頂に戻ると、イッサが問いかけるような顔で私を迎えた。「舌戦には勝ったぞ」にこりともせずに言った。

「手始めですよ、殿」と快活に言う。

「だが、締めくくるのはあっちだ」ささやくように言ってふり向いた。敵の王たちが戦列に戻ってゆく。軍鼓は鳴りつづけ、密集する膨大な兵士の列についに最後の一兵が加わろうとしている。あの大軍が私たちを殺しに丘を登ってくるのだ。グィネヴィアがほんとうに殺戮の女神なら別だが、どうすれば敵を撃退できるのか私には見当もつかなかった。

最初のうち、サクソン軍の前進の足並みはそろわなかった。丘のふもとの狭い畑を取り巻く植え込みに、整然と並べた列が崩されてしまうからだ。太陽はすでに西に傾いていた。陣容を整えるのに一日じゅうかかっていたわけである。だがついに攻撃は始まり、牡羊の角笛が耳障りな挑戦の響きをあげるなか、敵の槍兵は植え込みを突き抜け、狭い畑を越えてくる。

味方の兵士が歌を歌いはじめた。戦闘の前には必ず歌が始まる。そしてこの日、大きな戦闘の前のならいで、私たちが歌ったのはベリ・マウルの戦歌だった。その猛々しい賛歌はなんと血をたぎらせることか。殺戮を謳い、血に濡れた小麦畑を、骨まで達する深手を、牛のように殺戮場に追われてゆく敵を謳い、山々を踏みにじるベリ・マウルの長靴を、数々の後家を生み出すその剣を称える。一節が終わるごとに勝ち誇った雄叫びが入り、歌い手たちの誇り高さに私は嗚咽をこらえきれなかった。

私は馬を降りて、最前列の定位置に戻っていた。ボースと並んで二棹の旗印の下に立つ。面頬《めんぼお》を閉じ、楯を左腕にしっかり構え、ずしりと重い戦槍を右手にとる。まわりじゅうで力強い歌声が沸き上がっていたが、私は加わらなかった。不吉な予感に胸が締めつけられる。次になにが起こるか私は知っていた。楯の壁どうしの戦いは最初のうちだけで、いずれサクソン人は両翼のひ弱なイバラの防塞を突破するだろう。そうなれば敵の槍に背後を衝かれて、ひとりまたひとりと斬り捨てられ、敵の哄笑を聞きながら息絶えるのだ。最後に死ぬ者は、最初に強姦される女の悲鳴を聞くことになる。だが、それを食い止める手だてはない。だから槍兵たちは歌を歌い、塁壁のうえ、イバラの防塞の切れている箇所で剣の舞いを舞っているのだ。そこだけイバラを置いていないのは、敵がここに惹きつけられて、両翼を突破する気を起こされずにすむのではないかと、かすかな期待をかけてのことだった。

サクソン軍は最後の植え込みを抜け、裸の斜面にとりついて長い登りに入った。最前列には選りすぐりの兵士が並んでいる。その楯はぴったりと重なり、槍は隙間なく並び、斧はまぶしく輝いている。ランスロットの家来は見当たらなかった。どうやらこの殺戮はもっぱらサクソン人に任されているらしい。魔法使いに先導され、牡羊の角笛に駆り立てられ、頭上には王の旗印である血塗られた頭蓋が掲げられている。最前列の兵士には軍犬の引綱を握っている者もいた。数ヤード手前まで来たら放すのだろう。私の父はその最前列にいたが、サーディックは大軍の背後で馬にまたがっている。

敵はのろのろと進んでくる。斜面は険しく、具足は重く、またあわてて殺戮に取りかかる理由もない。短時間で片づくとはいえ、これが陰惨な仕事になるのはわかっている。楯を密に並べて攻めてきて、塁壁で楯と楯とを突き当て、数にものを言わせて押し込むつもりなのだ。楯の縁のうえで斧はひらめき、楯の隙間から槍は突き出す。うなり声と怒号と絶叫が渦巻き、兵士は悲鳴をあげて死んでゆく。だが、敵ははるかに数でまさっているから、しまいには翼側を突破するだろう。そしてわが狼尾の戦士たちは死んでゆく。

だがいまはまだ、狼尾の戦士たちは歌を歌っている。角笛の叫びと、木の太鼓のやむことを知らぬ轟きをかき消そうとしている。サクソン人はじりじりと近づいてくる。すでに丸い楯の模様も見える。サーディックの兵士は狼の面、エレの兵士は雄牛、それにはさまれて将軍たちの楯もある。鷹や鷲、躍り上がる馬。犬はこちらの壁に穴をあけようとはやり、つないだ引綱はいっぱいに張りつめている。魔法使いが金切り声をあげる。ひとりは肋骨の束を鳴らし、またひとりは犬のように四つんばいになって、呪いのことばを吠えながら登ってくる。

私は塁壁の南の角《かど》で待っていた。そこは谷間の上に船の舳先のように突き出している。最初にサクソン人が攻撃してくるのは、戦列中央にあたるこの角だろう。敵をぎりぎりまでおびき寄せてから、すばやく後退して女子供の周囲に楯の輪を作ろうかとも考えてみた。しかし、後退すれば頂の平地を戦場と認めることになり、高所という地の利を捨てねばならない。いずれ圧倒されるにしても、その前に殺せるだけの敵を殺すほうがいい。

カイヌインのことは考えまいとした。彼女にも娘たちにも別れの口づけはしてこなかったが、ひょっとしたら三人は助かるかもしれない。阿鼻叫喚のただなかでも、エレの槍兵があの小さな指環に眼を留めて、王のもとへ無事に連れていってくれないともかぎるまい。

味方の兵士たちが槍の柄で楯を打ちはじめた。楯と楯を重ねるにはまだ早い。それは最後の最後にすればよいのだ。耳を聾するその音にサクソン人は頂を見上げた。走り出て槍を投げようとする者はない。勾配がきつくて無理なのだ。しかし、一頭の軍犬が引綱を振りほどき、草地を蹴って駆け登ってきた。その犬に向かってアイルリンが矢を放った。わが家中のふたりの猟場係のひとりである。射抜かれて犬は悲鳴をあげ、腹から矢柄を突き出させてぐるぐるまわりはじめる。ふたりの猟場係はそろってほかの犬に矢を射かけだし、サクソン人は安全な楯の内側に犬を呼び戻した。魔法使いたちが両翼にあわてて逃げてゆく。まもなく戦闘が始まるのを知っているのだ。矢がサクソンの楯に突っ立ち、さらにもう一本が兜をかすめて飛んでゆく。もうまもなくだ。あと百歩。私は乾いた唇をなめ、まばたきをして汗を払い、獰猛なひげづらを見下ろした。敵は喚《わめ》いていたが、その声を聞いた記憶がない。憶えているのはただ角笛の叫びと軍鼓の響き、草を踏みしだく長靴の音、具足に剣の鞘の当たる音、そして楯と楯が触れ合う音。

「そこをどいて!」背後でグィネヴィアの声がした。その声には歓喜がみなぎっている。「通してちょうだい!」

ふり返ると、彼女に与えた二十人の兵士に押されて、糧食の荷車二台が塁壁に近づいてきていた。分厚い木の円盤を車輪にしたごつい荷車には、その圧倒的な重量のほかにさらに武器がふたつ加わっていた。前部の梶棒を外したあとに、くさびで締めて槍が取り付けてあるし、荷台には糧食の代わりに火のついたイバラの枝が山積みになっている。荷車は一対の巨大な火を噴く飛び道具に変身し、グィネヴィアはそれを密集する敵の戦列に突っ込ませようとしているのだ。敵のあわてふためくさまを見物しようと、そのあとから興奮した女子供がぞろぞろとついてきていた。

「どけ！」私は兵士たちに命じた。「どくんだ！」歌は途切れて戦列はたちまち左右に分かれ、塁壁の中央部は無防備のまま残された。サクソン人はもう七十歩から八十歩先まで近づいている。楯の壁が割れたのを見て、勝利を予感して足を速めてきた。

グィネヴィアは急げと兵士を叱咤し、ほかの槍兵たちも煙をあげる荷車の後ろにまわって押しはじめた。「早く！」彼女が叫ぶ。「もっと早く！」うなり声をあげつつ押したり引いたりするうちに、しだいに勢いがついてきた。「早く！　早く！　急いで！」グィネヴィアが大声で励まし、さらに多くの兵士が荷車の後ろに取りついて、扱いづらい荷車を古い塁壁のなごりの盛り土に押し上げようとする。せつな、その低い盛り土のためにすべてが水の泡になるかと思った。二台の荷車はどちらも動きが鈍り、ついにそこで止まってしまったのだ。濃い煙が渦を巻いて兵士の喉を詰まらせる。だがグィネヴィアがふたたび叱咤すると、全員が歯を食いしばり、最後の力をふり絞って芝土の壁のうえに荷車を押し上げた。

「押して！」グィネヴィアが叫ぶ。「もうひと押し！」荷車は塁壁のうえでためらったが、下から押し上げられてぐらりとかしいだ。「行くわよ！」グィネヴィアが叫んだかと思うと、ふいに荷車は支えを失った。行く手には草むした急坂と敵の戦列があるばかりだ。押しまくっていた兵士たちは疲れ切ってへたりこみ、炎をあげる二台の荷車は丘をくだりはじめていた。

最初はゆるやかに進んでいたが、しだいに勢いがつき、でこぼこの芝土に跳ね上がるたびに燃える枝を右へ左へまき散らしつつ、荷車は炎を背負って突進する。斜面はいよいよ急になり、ふたつの巨大な飛び道具はいまは飛ぶように走っていた。圧倒的な重量の材木と炎の小山が地響きをたてて突っ込んでくるのを見て、サクソン人たちは恐怖に立ちすくんだ。

逃れるすべはなかった。密集した陣形をとっていたからよけようにもよける場所がなく、しかも荷車は狙いどおりに突っ走っていた。煙と炎を噴き上げつつ、敵の戦列のどまんなかに怒濤のように襲いかかってゆく。

「集まれ！」私は命令した。「壁を作れ！　壁を！」

あわてて持ち場に戻るのとほとんど同時に、荷車は敵の戦列に衝突した。敵兵たちはすでに足を止めており、左右に分かれようとする動きもあったが、荷車の真正面にいた者に逃げ場はなかった。荷車の前部に取り付けられた長槍が密な集団に突っ込み、凄まじい絶叫があがる。一台は倒れた死体に前輪をとられて跳ね上がり、後輪で立ち上がっても走りつづけた。行く手の兵士たちを踏みつぶし、火だるまにし、はね飛ばし、車輪で踏まれた楯は真っぷたつに割れた。もう一台はサクソンの戦列にぶつかったときに傾いた。せつな片側のふたつの車輪だけで走っていたが、たちまち横ざまにひっくり返り、サクソン人の頭上に炎の雨を降らせた。密集し整然と行進していた軍は、一瞬にして混沌と恐怖と恐慌のうちに消え失せた。直接に被害を受けなかった場所でも戦列は崩壊していた。二台の荷車の衝撃に、整然と並んだ列は揺さぶられ、ついに砕けてしまったのだ。

「突撃！」私は叫んだ。「おれに続け！」

私は雄叫びをあげて塁壁から飛び下りた。荷車のあとを追って丘をくだるつもりはなかったのだが、思っていたよりはるかに影響は破壊的で、敵の恐怖はあまりに明らかだった。その恐怖をさらにあおるならいまだ。

丘を駆け降りながら声をかぎりに喚いた。それは勝利の雄叫びであり、すでに及び腰の敵を震え上がらせる計算された叫びだった。サクソン軍はいまも数にまさっていることに変わりはないが、楯の壁は崩壊し、兵士は息切れを起こしている。そこへ、私たちは復讐に燃える悪鬼のように高みから襲いかかったのだ。私は敵の腹に刺さった槍を捨て、ハウェルバネを鞘から抜き放ち、大鎌で草を刈る人のように剣を振りまわした。この手の戦闘には計算はなく、戦術もない。あるのはただ眼もくらむ歓喜ばかりだ。敵を圧倒し、殺し尽くし、敵の眼に恐怖を見、後衛の兵士が逃げ去るのを見送る歓喜。私は狂ったように絶叫し、殺戮を心ゆくまで味わっていた。まわりでは、狼尾の戦士たちが敵を斬り捨て、突き刺し、なぎ払ってゆく。私たちの死骸のうえで踊りを踊っていたはずの敵を。

それでもまだ、敵は私たちを打ち負かすことができたはずだ。兵力ははるかにまさっていたのだから。しかし、崩れた楯の壁で丘上を攻めるのはむずかしいし、こちらの急襲に戦意も喪失していた。それに、サクソンの兵士には酔っぱらっている者が多かった。酔った兵士は勝利のときはよく戦うが、敗戦となるとたちまち総崩れになる。サーディックは戦場に踏みとどまらせようとしたが、槍兵たちは浮足立って逃げるばかりだった。さらに丘をくだって追跡したいという誘惑に駆られ、それに屈した若い兵士もわずかながらいた。かれらは深追いしすぎて無鉄砲の報いを受けたが、ほかの者たちは私の命令を守って踏みとどまった。敵はあらかた逃げてしまったが、ともかく勝ったのだ。その証拠に私たちはサクソン人の血にまみれて立ち、丘の中腹にはおびただしい死傷者と武器が転がっている。ひっくり返った荷車は中腹で燃えており、下敷きになったサクソン人が重みに耐えかねて絶叫していた。もう一台はそのまま走りつづけて、ついに丘のふもとの茂みに突っ込んで止まった。

女たちが何人か降りてきて、死者から戦利品を掠奪し、負傷者を殺している。丘に残されたサクソン人のなかにはエレもサーディックもいなかったが、ひとり有力な族長が倒れていた。黄金で身を飾り、みごとな剣を佩《は》いている。柄は黄金で飾られ、黒革の鞘には銀線がななめ十字に巻きつけてあった。私はその剣を剣帯ごと外し、頂のグィネヴィアに持っていった。これまでそんなことをしたことはなかったのだが、このときばかりは彼女の足下にひざまずいた。「あなたのおかげです。なにもかも」私は剣をグィネヴィアに捧げた。

彼女はそれを腰に巻き、私を立ち上がらせた。「ありがとう、ダーヴェル」

「それはいい剣ですよ」

「剣のことでお礼を言っているんじゃないの、わたしを信じてくれたからよ。戦はわたしにもできるって前から思っていたわ」

「おれよりお上手です」どうして荷車を利用することを自分で思いつかなかったのか、無念でならない。

「あいつらよりはうまいわよ！」と、グィネヴィアは打ち負かされたサクソン人を指さした。微笑んで、「明日もまた同じことをすればいいわね」

その夜はサクソン人は戻ってこなかった。美しい夕暮れだった。あたりは柔らかい光に満ちている。歩哨は壁のうえを歩き、足下に伸びてゆく影のなかでは、サクソン人の焚き火の明かりが輝いていた。食事をとったあと、私はイッサの女房のスカラハと相談した。彼女はほかの女たちにも声をかけて針と刃物と糸をそろえ、私はサクソンの死者から奪ったマントを何枚か提供した。女たちは薄暮のなかで手を動かし、日が落ちると焚き火の光で働いた。

かくて、翌朝グィネヴィアが目覚めたとき、マニズ・バゾンの南の塁壁には三棹の旗が立っていた。アーサーの熊とカイヌインの星、だが中央の旗、勝利の将軍にふさわしい名誉ある位置にそびえていたのは、グィネヴィアのしるしである月を戴いた牡鹿の旗だった。夜明けの風に旗がひるがえり、グィネヴィアはしるしに気がついた。あのときの笑顔を私は忘れない。

丘のふもとでは、サクソン人がまた槍を集めていた。

著者

バーナード・コーンウェル［Bernard Cornwell］

一九四四年、ロンドンに生まれ、エセックスで育つ。ロンドン大学を卒業後、英BBCプロデューサーなどを経てアメリカに移住し、作家活動に入った。代表作シャープ・シリーズやスターバック・シリーズのほか多数の歴史小説や冒険小説を執筆している。邦訳書に『殺意の海へ』、『黄金の島』、『ロセンデール家の嵐』、『嵐の絆』などがある。二〇〇六年には大英帝国勲章を受章した。

訳者

木原悦子［Etsuko Kihara］

一九六〇年、鹿児島県生まれ。東京大学文学部西洋史学科卒業。翻訳家。主な訳書に、『地球生命35億年物語』（徳間書店）、『ミイラ医師シヌヘ』（小学館）、『小説アーサー王物語　エクスカリバーの宝剣』［上・下］『同　神の敵　アーサー』［上・下］（原書房）などがある。

本書は、バーナード・コーンウェル著
『小説アーサー王物語　エクスカリバー　最後の閃光』［上］の
本文の一部を改稿し、改装した新装版である。

新装版《しんそうばん》　小説《しょうせつ》アーサー王物語《おうものがたり》

エクスカリバー　最後《さいご》の閃光《せんこう》——［上《じょう》］

二〇一九年三月二二日　初版第一刷発行

著者——バーナード・コーンウェル
訳者——木原悦子《きはらえつこ》
発行者——成瀬雅人
発行所——株式会社原書房
〒一六〇－〇〇二二
東京都新宿区新宿一－二五－一三
電話・代表〇三－三三五四－〇六八五
http://www.harashobo.co.jp
振替・〇〇一五〇－六－一五一五九四

ブックデザイン——小沼宏之［Gibbon］

印刷・製本——中央精版印刷株式会社

ISBN978-4-562-05624-8
Printed in Japan